— Não? — ela repetiu. — *Não?* Tenho certeza de que essa decisão não é sua.

— Vou te morder de novo — Shade interrompeu, parecendo entediado com a discussão. Mas peguei a sugestão de mágoa em seu olhar gelado. Ele não gostava muito dessa linha de pensamento. Pela primeira vez, eu concordava com ele.

Kols, no entanto, permaneceu quieto.

Olhei para ele, esperando ver raiva, mas ao invés disso, peguei um vislumbre de curiosidade.

— Você não pode estar considerando isso — disse a ele.

— Resolveria muitos problemas — ele admitiu dando de ombros.

— Sim, resolveria vários problemas — Aflora concordou enquanto se levantava com as pernas trêmulas.

— E criaria mais mil — retruquei, cruzando os braços.

Kols me deu um olhar que eu conhecia bem. Aquele que me disse que ele estava tramando algo. Então ele voltou seu foco para Aflora.

— Você pode desfazer o vínculo, Fae da Terra? — ele questionou, a pergunta me fazendo perceber sua intenção.

Ele queria testar sua determinação e ver até onde ela iria.

O que significava que ele não queria desfazer o vínculo.

Ainda bem.

Nós não passamos por toda essa besteira apenas para desfazer tudo.

Os vínculos existiam por uma razão. Se Aflora rompesse nossos laços, ela imploditiria, e nenhum de nós permitiria que isso acontecesse. Ela nos pertencia. Fim de discussão.

— Hum. — Ela estremeceu, me fazendo semicerrar os olhos. Isso, bem ali, me disse que ela realmente não queria.

Algo mais a estava levando a sugerir essa insanidade. —
Não tenho certeza, mas vou tentar.

— Não, você não vai — respondi, terminando a
conversa. — Você não vai fazer nada.

— Mais uma vez, essa decisão não é sua — ela retrucou.

Segurei sua nuca e a puxei para mim.

— Você está chateada. Eu entendo. Você não confia em
nós. Certo. Mas essas não são razões para se quebrar um
voto de sangue. Relacionamentos exigem trabalho. E de
jeito nenhum vou deixar você usar a magia Quandary para
sair disso, linda flor.

Ela pressionou as palmas das mãos contra o meu peito e
tentou me empurrar para longe.

— Não me toque.

— Tarde demais. — Apertei meu braço em torno da
parte inferior das suas costas. — Você está brava. Acha que
nós te traímos, mas tudo o que fizemos foi para protegê-la.

Rainha dos Vampiros

Livro Dois

Tradução:
Andréia Barboza

AUTORA BESTSELLER DO USA TODAY
LEXI C. FOSS

Rainha dos Vampiros: Livro Dois

Lexi C. Foss

Copyright de Midnight Fae Academy: Book Two © Lexi C. Foss, 2020.

Texto revisado segundo o novo Acordo Ortográfico da Língua Portuguesa.

Tradução: Andreia Barboza

Copidesque da tradução: Luizyana Poletto

Designer de capa: Raquel Lyon, Crooked Sixpence

Foto de capa por: CJC Photography

Modelo da capa: Lucas Spetsas

ISBN e-book: 978-1-68530-118-7

ISBN físico: 978-1-68530-119-4

Para Jen, por me apresentar ao maravilhoso mundo do harém reverso, permitindo que eu criasse Shade, Kols, Zeph... e aquele outro cara. ;)

RAINHA DOS VAMPIROS

VAMPIROS

LIVRO DOIS

Estou no purgatório.
Inferno.
Uma masmorra Fae da Meia-Noite.
Tudo porque meus companheiros me traíram.

Shade jura que é inocente.
Zeph promete que o que ele fez foi para o meu próprio bem.
Enquanto isso, Kols nem se desculpa. Sua arrogância
pretenciosa alega que o destino interveio no momento
certo.

Odeio todos eles.
E os desejo também.
Agora, tenho que trabalhar com eles para resolver um
segredo milenar, que envolve minha verdadeira herança.

Exceto que nossa busca despertou um poder antigo que
está ameaçando destruir o reino Fae da Meia-Noite com sua
vingança.

Se ao menos a Academia oferecesse cursos de mediação.
Um desses poderia ser útil agora.
Porque, como se vê, sou a única com o poder de impedir que
essa coisa assuma o controle.

E tenho que contar com meus companheiros para me ajudarem a me guiar.

Bem-vindos à Academia Fae da Meia-Noite, onde as aulas são inúteis e os machos Faes são todos idiotas. Me desejem sorte.

Nota da autora: Esta é uma série sombria de harém reverso paranormal com elementos de bully romance (inimigos para amantes). Apesar das opiniões de Aflora sobre o assunto, com certeza haverá mordidas. Shadow, também conhecido como Shade, garante isso. Este livro termina em um cliffhanger.

PRÓLOGO

AFLORA

Os Faes da Terra vivem em um mundo de paz e flores. Valorizamos a vida. Incentivamos o crescimento. Adoramos a vitalidade e a prosperidade.

Esse foi o mundo em que cresci: um universo aquecido pelo sol e acariciado pelo amor.

Agora estou presa na escuridão, lutando pela minha existência entre uma horda de Faes da Meia-Noite traiçoeiros. Não existe confiança aqui. Muitas vezes, os corações são partidos. E os vínculos de companheiros não significam nada para os Faes que residem neste reino.

Essas são as lições que aprendi nos últimos meses, durante meu cativeiro no reino Fae da Meia-Noite.

Eles prometeram me ensinar como controlar meus poderes das trevas crescentes.

Prometeram me manter segura.

Ingenuamente, comecei a acreditar neles.

Então eles mentiram.

A pedra negra e fria sob meus pés descalços é a evidência da traição.

A cela iminente com barras de ferro e uma gárgula de rosto frio definem meu destino.

Mas não vou deixar isso me derrubar.

Se é uma luta que eles querem, eu lhes darei uma. Não vou cair sozinha. Me recuso. Eles me colocaram nessa confusão. É justo convidá-los para a festa do caos.

Vou me segurar.

Esperar meu tempo.

E destruí-los, assim como eles me destruíram.

A porta da prisão se fecha enquanto dois dos meus companheiros assistem com expressões impiedosas. Eu não me incomodo em encontrar os olhares frios deles. Já sei o que vou encontrar – justiça, sem remorso.

No final, vou queimar esses sorrisos presunçosos.

Não sou mais a pequena e mansa Fae da Terra que eles mantiveram em cativeiro aqui.

Agora eu entendo as regras deles.

E assim que eu me libertar da magia dessas amarras, vamos brincar.

Preparem-se para se curvar à rainha, rapazes. Vou pegar vocês.

CAPÍTULO UM

KOLS

Aflora se recusou a olhar para mim.

Não que eu pudesse culpá-la.

Ela achava que eu a tinha traído.

Isso me machucou quase tanto quanto o arrepio resultante no ar da masmorra. A camisa e a cueca de Shade pouco faziam para mantê-la aquecida, mas era mais do que a falta de roupas adequadas. Era sua alma reagindo à confusão ao seu redor.

Faes Elementais não foram feitos para ficarem no subsolo por longos períodos de tempo. Fazia apenas alguns minutos desde a nossa descida, mas peguei o desconforto irradiando de seus ombros. Ele rivalizava com o meu, porque eu não tinha ideia do que esperar. A notícia de seu julgamento chegou esta manhã, e o Conselho havia marcado para se reunir dentro de uma hora para discutir seu destino.

Eu não tinha ideia do que essa suposta gravação revelava. Caramba, eu poderia estar enfrentando minha própria execução. Mas eu duvidava. Caso contrário, estaria acorrentado ao lado de Aflora.

O que significava que ainda havia esperança.

Tudo dependia do que Shade havia dito ao Conselho.

Esfreguei a mão no rosto enquanto as barras de ferro se fechavam atrás de Aflora e a gárgula no alto a observava com severo desgosto.

— Não a machuque — eu disse à criatura de pedra. — Ela ainda é uma convidada até que o Conselho considere o contrário.

Aflora bufou antes de se sentar em um banco de pedra, ainda evitando os meus olhos.

Havia coisas que eu queria dizer, mas não podia com o público ao nosso redor. Então eu apenas disse:

— Alguém retornará se um teste de suas habilidades for necessário para o julgamento. Caso contrário, você será notificada quando o Conselho tomar uma decisão.

Encontrei o olhar de Zeph quando me virei, mas seus olhos verdes não revelavam nada. Discutiríamos isso mais uma vez quando estivéssemos longe de todas as câmeras de vigilância e de nossos dois guardas Guerreiros de Sangue.

Aflora não respondeu ou reconheceu meus comentários, sua postura continuou ereta quando a deixamos sozinha em sua cela.

Pena que não pude forçá-la a um sonho temporário para me comunicar com ela, mas não havia tempo para isso. Então subi as escadas com determinação, passei pelas Câmaras do Conselho e entrei em um corredor que levava a uma sala onde eu poderia falar com Zeph em particular.

Os guardas Guerreiros de Sangue permaneceram na entrada da masmorra. O trabalho deles era garantir que Aflora não escapasse. Só isso me disse que o Conselho não tinha ideia do quanto ela era poderosa. Se soubessem, colocariam muito mais do que dois Faes em guarda.

Zeph fechou a porta atrás de nós. Seu primeiro

comentário foi uma série de xingamentos que terminaram no nome de Shade.

— Eles te deixaram ouvir o resto da gravação?

Balancei a cabeça.

— Só a parte que você ouviu com ela pedindo o próprio extermínio. — Passei a mão pelo rosto uma vez, sentindo a fadiga pesando em meus ombros. — Precisamos de um plano. Porque se isso der errado... — Eu parei, não querendo terminar em voz alta.

— Tirá-la daqui não será difícil. Aqueles dois idiotas nas escadas vão cair em um único feitiço. Mas precisaremos alterar as imagens de segurança.

Sim, estávamos pensando o mesmo. Eu já tinha começado a pensar em quem eu poderia subornar para limpar as gravações.

— Onde vamos escondê-la?

— Essa é a parte que não descobri ainda. Não podemos confiar em ninguém. Nem mesmo no seu Fae Elemental.

Verdade. Se soubessem sobre seu poder crescente, eles não teriam escolha a não ser acabar com sua vida.

— Shade filho da mãe — murmurei, lívido de novo. — O que ele estava pensando? Ele tem que saber que isso vai atingi-lo também.

— Talvez seja isso que ele quer. — Zeph coçou a barba escura por fazer que aparecia em sua mandíbula. — Todos os motivos parecem girar em torno da criação do caos. Se o Conselho descobrir o que aconteceu na noite passada...

A porta se abriu para revelar meu pai do outro lado, com expressão de alívio.

— Ah, bom, você já está aqui. — Ele se juntou a nós sem perguntar nada. Semicerrou os olhos dourados para Zeph apenas o suficiente para indicar que ele ainda não estava satisfeito com o Guerreiro de Sangue antes de se fixar em mim. — A gravação é verdadeira? O poder dela está ficando fora de controle?

— Ainda não ouvi tudo para comentar — respondi com cuidado.

A desaprovação irradiava de meu pai.

— Você passou os últimos meses supervisionando-a. Certamente pode fazer uma avaliação sobre o poder dela.

— Sim. Pelo que observei, seu nível de poder permanece o mesmo desde o primeiro dia em que ela chegou. — Não era exatamente uma mentira. Ela nasceu com habilidades Quandary de Sangue. ela só não as tinha usado até a matrícula forçada na Academia Fae da Meia-Noite. E ontem à noite, ela meio que explodiu por causa desse poder contido.

Então, sim, ela estava perdendo o controle. Mas o ritual de acasalamento que realizamos para conter a explosão deve ajudá-la a se manter. Talvez.

O que abria um novo reino de consequências.

Resolveríamos esses problemas outro dia.

Uma questão de cada vez.

A primeira, era libertar Aflora da masmorra.

— Então por que ela está alegando a necessidade de ser exterminada? — meu pai questionou.

Considerei sua pergunta e rapidamente formulei uma resposta segura.

— Pelo pouco que ouvi sobre a gravação, foi uma afirmação hipotética "se ela se provar muito poderosa, precisaria ser exterminada". A Aflora é muito determinada a proteger seus Faes da Terra.

Meu pai me observou por um longo momento, com os olhos semicerrados.

— Então, o que causou aquele inferno em seu quarto na Residência Elite?

Maldita gárgula, eu fervia. Meu irmão, Tray, não relatou o incidente. Nem sua companheira, Ella. O que deixava o guardião de pedra na porta da frente.

— Isso foi culpa minha. Fiquei um pouco agressivo após meu duelo com Shade e liberei a tensão de forma inadequada. Eu mesmo vou consertar os quartos. Usando magia, é claro.

A tensão na mandíbula do meu pai sugeria que ele suspeitava que eu não estava contando toda a verdade, mas acabou concordando com um aceno rígido.

— A Fae da Terra é seu teste probatório. Confio em você para lidar com isso de forma apropriada.

— E eu estou lidando — prometi a ele. Eu só não estava fazendo isso do jeito que ele pretendia. O que aconteceu com acidentalmente acasalar com a garota durante a transa e mordê-la logo depois para iniciar o vínculo Fae da Meia-Noite.

Meu pai foi embora sem dizer mais nada, nem reconhecendo a presença de Zeph além daquele olhar inicial. Normalmente, isso me irritaria. Hoje, eu tinha outros assuntos mais importantes para tratar.

— Ele sabe que você está mentindo — Zeph disse antes que eu pudesse falar. — Mas não acho que haja algo incriminador nas gravações, ou ele ficaria com raiva, não apenas desapontado.

Uma avaliação justa. Se houvesse algo sobre o acasalamento entre nós quatro na gravação, meu pai teria reagido de forma diferente. Como me jogar na masmorra e Zeph em uma câmara de execução.

— Seja o que for, tem que ser o suficiente para convocar uma reunião de emergência e exigir sua detenção.

— Isso não seria difícil. O Conselho muitas vezes exagera.

Eu bufei.

— Você diria isso.

— Assim como você não diria — ele respondeu, seu tom sem seu habitual desdém provocador. Ele parecia tão cansado quanto eu. Provavelmente porque nós dois não dormimos muito na noite passada, tendo gostado um pouco demais da nova conexão com Aflora.

Passando a mão na nuca, soltei um longo suspiro e olhei para o teto.

— Ela acha que a traímos, Zeph.

— Ela vai superar isso. — Ele claramente não compartilhava minha preocupação. — Vá se preparar para a reunião do Conselho. Se as descobertas forem terríveis, e ela estiver realmente em perigo, me envie uma mensagem sobre a possibilidade de perder algumas aulas esta semana. Se ela estiver bem, me avise quando você voltará ao campus. Vou reagir de acordo.

Assenti em concordância.

— Certo. E se você vir o Shade antes de mim, dê um soco na cara dele para mim.

Zeph grunhiu. Seus olhos verdes brilhando com poder vingativo.

— Se eu o vir primeiro, não restará muito do rosto dele para você acertar.

— Bom. — Porque o filho da puta merecia uma surra por qualquer jogo em que ele nos envolvesse agora.

Eu só esperava que Aflora não pagasse o preço pela diversão dele.

CAPÍTULO DOIS

AFLORA

— Você não pode me trazer um copo de água? — perguntei à gárgula.

Ela bufou em resposta.

— Acho que não — murmurei, suspirando enquanto relaxava contra a parede de pedra.

Este lugar era um inferno. Meu próprio purgatório pessoal. Faes da Terra não pertenciam ao subsolo. Não que isso importasse. Eu não conseguia acessar minha fonte com esse colar no pescoço de qualquer maneira.

Fechando os olhos, voltei à tarefa de tentar desbloqueá-lo com a mente. A magia acariciando minha pele coçava em minha consciência, o mecanismo de camuflagem que parecia aquecer os laços que emanavam do meu coração.

Puxei um deles, e um cheiro familiar de madeira tocou meu nariz. *Zeph.*

Puxar o outro fio encheu minha essência com uma rica especiaria e poder. *Kols.*

E o último soltou uma onda de hortelã-pimenta, o sabor refrescante que se deseja logo pela manhã. *Shade.*

Fiz uma careta. *Por que o colar está conectado a eles? Para ocultar nosso vínculo?*

Isso explicaria a pressa de Zeph para colocá-lo em mim essa manhã. Ele queria garantir que ninguém descobrisse sobre nossos laços.

— *Preciso que você coloque isso e precisamos correr. Agora.*

Suas palavras se repetiram na minha cabeça, e uma careta ainda mais forte que antes surgiu em meu rosto. Como uma boba, acreditei que ele queria me ajudar. Pensei que ele poderia até se importar com o meu bem-estar.

Mas aqueles babacas só se importavam com eles mesmos.

Daí minha situação atual.

Ignorando a raiva, me concentrei novamente no encantamento circulando minha pele e puxei algumas das outras cordas mágicas. Todas pareciam estar sufocando meus poderes, o que explicava a sensação de formigamento em meu espírito. Foi um milagre poder acessar o suficiente da minha essência para investigar os feitiços no colar. Desfazê-los seria outra tarefa.

— Ah, aí está você. — A voz de Shade aqueceu meu rosto, seguida por suas mãos quando ele se materializou na minha frente.

Fiquei de pé depressa, pronta para dar um soco em seu rosto quando ele agarrou meus pulsos com facilidade e me empurrou contra a parede. A gárgula não pareceu se importar. Seus olhos vermelhos e redondos estavam focados em um espaço acima da minha cabeça e não no Fae da Meia-Noite forçando uma coxa entre as minhas.

— O Conselho está prestes a se reunir. Você tem algum pedido especial sobre como devo abordá-lo em seu nome? — ele perguntou, seus olhos azul-gelo capturando e segurando os meus.

Cuspi nele em vez de responder.

Como se eu fosse confiar naquele cara para falar em meu nome.

Toco de salgueiro, pensei, furiosa.

Ele ergueu a sobrancelha quando soltou um dos meus pulsos para limpar a saliva de seu rosto. Aproveitei a oportunidade para tentar empurrá-lo para longe, mas ele segurou meu pulso novamente com facilidade, mantendo-os acima da minha cabeça.

— Está me pedindo para cuspir neles, Aflora? — Ele inclinou a cabeça de uma forma quase brincalhona. — Porque tenho certeza de que isso não vai acabar bem.

— Vá para o inferno — eu disse a ele.

— Já estou nele, baby — ele respondeu.

Elementos Sagrados, eu odiava esse macho. Ele me mordeu contra a minha vontade, me prendeu neste mundo, quase me convenceu a confiar nele, e me jogou em uma cela novamente.

— Você gravou tudo ontem à noite? — perguntei a ele, meu lábio se curvando em um rosnado. — Incluindo a parte sobre nosso...

Ele cobriu minha boca com a sua, empurrando a língua para dentro antes que eu pudesse pensar em responder. A fúria ferveu dentro de mim. Minha reação veio um segundo depois na forma de uma mordida que fez seu sangue escorrer sobre nossos lábios.

Cuspi no chão em vez de engolir, nossos sonhos me ensinando as consequências de absorver sua essência.

O fogo iluminou seu olhar, fazendo com que o gelo se derretesse ao redor de suas íris em uma poça de chamas azuis brilhantes.

— Cuidado, Aflora, ou vamos acabar dando um show e tanto ao Conselho. — Ele inclinou o queixo em direção ao canto, logo acima da cabeça da gárgula. — Eles estão nos observando agora. Ouvindo também. Então, se você tem algo que queira dizer, faça agora.

Seus olhos brilharam com advertência, algum tipo de mensagem oculta se formando em suas profundezas azuis.

Eles o enviaram aqui para me atormentar enquanto observavam?

Eu deveria admitir alguma coisa?

Ficar quieta?

Lutar com ele?

Eu não sabia.

— Ajudaria se eu soubesse pelo que estou sendo julgada — falei, semicerrando o olhar.

— Você não se lembra do que me disse ontem à noite? — ele perguntou, curvando os lábios. — Suponho que o sexo foi bem intenso.

Sexo? Não fizemos sexo. Ele usou sua coxa para forçar meu clímax. Então Zeph e Kols assumiram meus sonhos.

O que você está tentando me dizer?, perguntei a mim mesma enquanto um pouco da minha ira esfriava em favor da confusão. — Eu disse que deveria ser exterminada.

— Sim, *se* seu poder não puder ser controlado — ele respondeu dando ênfase na palavra *se*, o que me fez franzir a testa. — Você tem algo que deseja acrescentar a essa declaração?

— O que eu acrescentaria? — contra-ataquei.

— É por isso que estou aqui. — Seu polegar acariciou meu pulso. — Há alguma coisa que você queira que eu diga em seu nome?

— Não quero que você fale em meu nome.

— Não é assim que nossas regras funcionam.

— Bem, suas regras são arcaicas.

— Talvez, mas isso é uma discussão para outro dia,

Aflora. Preciso saber se há mais alguma coisa que você quer que eu diga a eles. É por isso que estou aqui – a pedido do Conselho – e por que alguns deles estão nos observando agora.

Lá estava, uma reiteração de um aviso.

Eles podem nos ouvir e nos ver.

Certo.

Eu esperava por isso.

Mas por que ele estava preocupado? Por que não queria que eu mencionasse o vínculo quádruplo? Como isso o afetaria? Todos sabiam que éramos companheiros. Kols e Zeph seriam os únicos que sofreriam se eu mencionasse o que aconteceu na noite passada.

Bem, e eu.

No entanto, eu não me importava com nenhum deles.

Assim como Kols e Zeph não se importavam com Shade.

Então, por que ele se importaria?

— Se você não tem nada a acrescentar, então vou cuidar disso — Shade disse. Sua voz soou mais baixa enquanto seu polegar continuava massageando meu pulso. — Sei exatamente o que aconteceu ontem à noite, pequena rosa. Mas não se preocupe. Não vou entrar em detalhes sobre o quanto você goza quando toma meu pau.

Comecei a franzir o cenho.

— O que...

Seus lábios acariciaram os meus.

— Está tudo bem, querida. Eles não vão pedir detalhes. Só querem esclarecimentos sobre a gravação. Sei o que você quis dizer, e vou me certificar de que eles também saibam.

Outro enigma.

Outro jogo.

Outra maneira de me trair.

— Como se eu fosse confiar em você para falar em meu nome — sussurrei.

Ele sorriu.

— Aí está minha companheira de fogo. — Ele levou os lábios ao meu ouvido e baixou sua voz para um sussurro quando acrescentou: — Não a perca, Aflora. Temos muitas provações para enfrentarmos juntos. — Shade roçou os dentes em meu pescoço em uma demonstração de afeto Fae da Meia-Noite antes de me soltar, com os olhos vidrados com poder. — Me deseje sorte, pequena rosa. Estou prestes a exonerá-la ou garantir sua morte. Pessoalmente, espero pelo primeiro. Seria uma grande perda de talento de outra forma.

Ele desapareceu em uma nuvem de fumaça antes que eu pudesse responder, me fazendo rosnar de irritação com o espaço vazio ao meu redor.

Então me concentrei na câmera.

— Vocês são um bando de pétalas de flores arcaicas — murmurei. — Quando estiverem pronto para se juntar a mim no presente, eu lhes darei uma declaração. Até lá, vão se *afofar*.

Comecei a andar de um lado para o outro, minha cabeça chacoalhando com noções das intenções de Shade. Quaisquer que fossem seus objetivos, eles eram, na melhor das hipóteses, autorrealizáveis.

O que significava que eu precisava estar pronta para a luta.

Algo que seria difícil, considerando a minha falta de sono na noite passada, graças aos meus companheiros babacas.

Provavelmente foi por isso que não consegui me concentrar o suficiente para desfazer o poder do meu pescoço. Bem, isso e a inexperiência.

Suspirando, desabei no colchão e bati a mão no tecido macio enquanto visualizava três rostos masculinos diferentes. Eles provavelmente estavam me observando e rindo, o que só me fez bater com mais força.

Eles continuavam a me subestimar.

Isso mudaria hoje.

Me deitei na cama improvisada e fechei os olhos.

Hora de lidar com esse colar, disse a mim mesma. *Quando você estiver livre, eles nunca saberão o que os atingiu.*

CAPÍTULO TRÊS

SHADE

— Qualquer perda de vida é inaceitável. Se não posso ser controlada, devo ser exterminada. — A voz de Aflora ecoou em todas as Câmaras do Conselho, seguida pela minha resposta gravada.

— Essa é uma visão muito estreita, Aflora. E se você pudesse aprender a se controlar?

Vários bufos responderam a essa pergunta enquanto mantive meu comportamento calmo contra a parede, com uma perna cruzada sobre a outra e as mãos nos bolsos. Meu pai queria que eu me sentasse ao lado dele. Eu preferiria aceitar uma posição no inferno.

— Estou tentando isso desde que cheguei — Aflora respondeu, o resto de sua frase alterada para os propósitos desta reunião. Eu jogaria junto apenas até certo ponto. E foi por isso que adulterei a fita antes de entregá-la.

Convença-os de que você está seguindo as regras e eles lhe darão mais liberdade.

Não era exatamente uma profecia, mas um conselho sólido. Como ele estava certo sobre tudo até agora, optei por ouvi-lo. Porque agora, mais do que nunca, eu precisava de flexibilidade para me misturar nas sombras e ajudar Aflora a esconder a verdade.

— Sim, e agora você tem um sistema de suporte no qual confiar. — Outra parte adulterada da gravação, essa mais fácil que a outra, pois foi minha resposta.

— Não tenho ninguém em quem confiar. — Aflora parecia muito descontente. Não que eu a culpasse. — Você nunca me diz nada de importante. Zeph é o pior professor do reino. E Kols me odeia. Que sistema de apoio.

— Sim, ele é um professor de merda. — Sorri, assim como fiz quando disse essas palavras. — Mas o Kols não te odeia, e eu te digo coisas importantes o tempo todo. Você simplesmente não me ouve.

— Certo.

— Aqui, vou melhorar, pequena rosa. Apenas feche os olhos e... — A gravação foi interrompida, fazendo com que vários olhares se voltassem para mim.

Dei de ombros.

— O que posso dizer? Ela é uma mulher linda. — Permiti que eles formassem suas próprias opiniões sobre o que havia acontecido em seguida. Se eles quisessem me julgar, eu aceitava. Porque isso os desviaria da verdade do que realmente ocorreu depois de sua última palavra.

Quando contei a ela sobre o avô de Kols ordenar o massacre dos Quandary de Sangue.

E admiti que sabia sobre sua herança antes de nos conhecermos.

Dois detalhes muito importantes que eu não queria compartilhar com o Conselho.

— É isso? Essa é a totalidade da gravação? — o Rei Malik exigiu.

— Ah, tem mais — falei. — Mas são grunhidos e gemidos. Sem o visual, falta a sutileza do momento.

Kols semicerrou o olhar para mim. Seus olhos dourados brilhando com desdém.

Sim, eu poderia ter avisado sobre minhas intenções. Mas não queria que ele desenvolvesse um falso senso de liderança sobre mim. Eu jogava pelas minhas próprias regras, de mais ninguém. Seria melhor para todos nós se ele aprendesse essa lição agora.

— Então ela acredita ser uma abominação. — O cabelo branco de Tadmir cintilava com chamas azuis, a única indicação externa de seu humor atual. — É o suficiente para mim. Mate a garota. Isso irá liberar Shadow para o vínculo de acasalamento, e ele poderá cumprir o acordo entre nossas famílias.

Permaneci quieto, não confiando em mim mesmo para responder em voz alta.

Kols não foi tão contido, seu tom estava repleto de autoridade quando respondeu:

— A Aflora não se considera uma abominação. Ela está apenas agindo como mártir, porque se preocupa com seu povo. Na verdade, isso só a marca como uma rainha digna ao trono Fae da Terra.

As cintilações azuis cresceram ao redor da cabeça de Tadmir.

— Deve haver uma razão para ela querer ser exterminada. — Ele virou seus olhos pretos e redondos para mim. — Onde está o começo da gravação?

— Não existe — menti. — Começamos a discussão no corredor, fora do alcance. Eu a guiei para o meu quarto no meio da conversa para pegar pelo menos parte de suas palavras para uso do Conselho. — Era uma mentira completa e absoluta, que apenas Kols parecia saber. Felizmente, ele manteve a boca fechada.

— O que levou à proclamação dela? — Chern, sempre o

sábio Fae, jogou direto em minhas mãos do jeito que eu esperava que ele fizesse.

Sangrés de Sangue podiam ser tão previsíveis às vezes em sua propensão à lógica. Hoje, isso funcionou lindamente a meu favor.

— Ela estava chateada com minha briga com o Kols. — Encontrei e encarei os olhos dourados ardentes do príncipe. — Ela não gostou do brilho de poder que nosso duelo criou e estava me ensinando sobre a perda de vidas na Floresta Mortal.

Desviando os olhos dos de Kols, observei a sala de olhares vazios.

Idiotas.

— Ela é uma Fae da Terra — lembrei a todos eles. — Ela valoriza toda a vida, incluindo os cipós queimados destruídos.

Dei de ombros, terminando com as mentiras.

No entanto, mencionei as árvores mortas para ela durante essa conversa.

E, tecnicamente, sua resposta de extermínio veio logo em seguida.

Então não era tudo mentira.

Kols contraiu a mandíbula, mas não me corrigiu. O duelo foi sua brilhante história de disfarce para o que realmente aconteceu entre nós quatro na noite passada. Eu apenas aprimorei sua explicação e também dei ao Conselho um coelho diferente para perseguirem, caso voltassem a questionar a destruição na Floresta Mortal.

— E isso a levou a pedir sua própria morte? — Chern instigou, com seus olhos cinzas inteligentes cintilando.

— Sim, porque eu disse a ela que às vezes as coisas morrem, e ela começou um debate sobre seus próprios poderes e destino. Então ela disse que se não pudesse ser controlada, deveria ser exterminada. Acredito que ela quis dizer hipoteticamente, mas achei prudente compartilhar a gravação com meu pai. Afinal, foi este Conselho que exigiu que eu relatasse quaisquer descobertas, por menores que fossem. Estou apenas cumprindo o decreto.

Aí está. Bobagem floreada para a mesa. Não é lindo?, pensei, lutando contra um sorriso.

O Rei Malik não parecia tão impressionado.

Tampouco Tadmir.

Eles realmente esperavam que eu entrasse aqui e pedisse a morte da minha companheira? Reprimi um bufo. Isso nunca aconteceria.

— Esse foi o pedido do Conselho — meu pai concordou, em tom sério. — E a gravação em si é incriminadora.

Verdade. Mas minha explicação a exonerou sem falhas. Eu só precisava que eles acreditassem em mim. Era o único ponto fraco potencial na minha estratégia.

E exatamente porque eu tinha um plano reserva caso o Conselho votasse negativamente contra Aflora.

— Você passou a maior parte do tempo com ela, Kolstov. — O Rei Malik se virou para seu filho. — Quais são suas opiniões sobre o assunto?

— Como mencionei anteriormente, a Aflora coloca seu povo acima de si mesma. Se ela realmente acreditasse ser um perigo para eles, exigiria sua própria execução.

Frase inteligente, pensei.

— O que ouvi na gravação é exatamente o tipo de declaração que ela daria — ele continuou. — Mas continua sendo uma hipótese, não um fato. Exterminá-la agora seria uma falsa medida preventiva sem mérito adequado e provavelmente ganharia retaliação dos Fae Elementais.

Tudo muito lógico, sem um pingo de emoção.

Se estivéssemos sozinhos, eu o aplaudiria pelo estoicismo.

— Ela é seu teste probatório de ascensão — o rei Malik respondeu. — Se essa é a sua decisão, eu apoio.

Ah, se você soubesse o que Kols estava fazendo em seu pequeno "teste probatório de ascensão" ontem, você não concordaria tão rápido, pensei.

Por fora, permaneci tão calmo e frio quanto Kols, nunca mostrando opinião. O Conselho achava que eu só me importava em transar com Aflora. Eu preferia assim. Facilitava as coisas.

— Então vamos simplesmente mandá-la de volta para a Academia? — O tom de Tadmir combinava com as brasas flutuando ao redor de sua cabeça, demonstrando seu aborrecimento.

— Uma conversa hipotética não é motivo para execução. — Chern esfregou a careca, fazendo os desenhos ao longo de seu couro cabeludo brilharem com magia. — Devemos continuar monitorando seu desenvolvimento por meio dos relatórios de Kolstov.

Kols contraiu a mandíbula mais uma vez, a única indicação de seu desconforto.

Sim, jovem príncipe, qual é a sensação de mentir para uma sala cheia de seus pares? Saber que a verdade o expulsaria daquele trono precioso e potencialmente o mataria no processo?, me perguntei.

Quase tive pena dele.

Aquela pulseira em seu pulso podia esconder a verdade da sala, mas ele fez sua cama quando escolheu convidar Aflora para brincar entre seus lençóis.

Claro, o destino escreveu esse ato nas cartas há muito tempo.

E não havia como escapar do destino.

Bocejei quando os conselheiros começaram os debates habituais, com Tadmir de um lado, Chern do outro, e meu pai e Malik no meio enquanto Svart permanecia obedientemente em silêncio. Alguns dos Segundos falaram, mas a maioria concordou que Aflora deveria ter permissão para retornar à Academia com o príncipe Kolstov como seu diretor.

Havia tantas insinuações na ponta da minha língua sobre o método de tutela de Kolstov, mas engoli todas.

— Continue a relatar qualquer coisa útil — meu pai me disse após o encerramento da reunião. — Não importa que seja pouco.

— Claro — respondi, agindo como se seu pedido não me incomodasse nem um pouco.

Meu objetivo era convencê-lo de que eu estava ao seu lado, que meu dever era para com ele e o Conselho. Porque eu precisava que ele parasse de observar cada movimento meu.

O orgulho em seus olhos sugeria que talvez eu tivesse ganhado algum favor com ele, que talvez ele removesse a vigilância que tinha sobre mim na Academia. Eu saberia em breve, pois passei os últimos meses os evitando.

Esse era um dos muitos benefícios da minha linhagem – minha capacidade de detectar caminhos.

Se ao menos eu pudesse encontrar o caminho mais rápido para sair dessa nova confusão.

Infelizmente, a profecia se manteve, e as coisas estavam prestes a se tornar um inferno muito pior antes de melhorarem.

Ah, minha pobre e querida Aflora. Esse é só o começo. Por favor, não me odeie muito.

CAPÍTULO QUATRO
AFLORA

— Nós realmente precisamos parar de nos encontrar assim, pequena rosa — uma voz profunda murmurou em meu ouvido.

Suspirei, não querendo me mover, meu corpo envolto em um cobertor de calor reconfortante. No entanto, algo sobre essas palavras me incomodava, me arrastando de volta para uma realidade que eu não queria enfrentar.

Para o colchão duro debaixo de mim.

Para o ar viciado de uma masmorra.

Para os olhos vermelhos e redondos da gárgula supervisora.

Me levantei, sentindo a cabeça doendo com o desejo de voltar ao meu sono sem sonhos. *Argh*. A exaustão venceu enquanto eu brincava com a magia em volta do meu pescoço, me deixando na mesma posição de antes: impotente.

Shade passou a mão pela lateral do meu corpo em um gesto reconfortante minado por mentiras. De pé, eu me afastei dele. Ele permaneceu no colchão, apoiado no cotovelo.

— O Conselho concluiu que seu comentário especulativo não era suficiente para exigir ação, e fui instruído a devolvê-la à Academia. Então, quando você estiver pronta para ir, me avise.

Olhei boquiaberta para ele.

— Comentário especulativo?

— Sim. Expliquei a eles como você estava apenas teorizando o que deveria ser feito se seus poderes ficassem fora de controle. Como eles não se mostraram incontroláveis, o Conselho não viu motivo para agir. — Ele deu de ombros. — As aulas recomeçam amanhã – bem, hoje, na verdade – conforme programado.

— Eu estou... estou livre?

— Não exatamente. A Academia é apenas uma prisão mais chique, na minha opinião. — Ele ficou de pé. — Vamos, princesa? — Ele estendeu a mão com a oferta, balançando a sobrancelha escura de forma provocante.

— Isso é uma piada?

— Se você acha que é, então meu ego está ferido. Porque juro que sou mais engraçado que isso.

Eu o encarei.

Ele me encarou de volta.

O tempo passou entre nós com a mão dele estendida.

A gárgula bufou em agitação, suas asas de pedra batendo rapidamente quando ele empurrou a porta e a deixou aberta.

Ou eu estava sonhando, ou Shade tinha me dito a verdade.

— Arrisque — ele se atreveu a dizer, uma promessa pecaminosa provocando as bordas de seus lábios. — Prometo não te morder hoje.

— Acho que é um pouco tarde para promessas — murmurei, contornando-o para chegar à porta.

Shade me segurou pela cintura, me puxando de volta para si.

— Eu disse que você estava livre. — Seus lábios roçaram em minha orelha com as palavras sussurradas. — Não disse nada sobre usar portas.

— O que...

O mundo mudou ao nosso redor em uma espessa nuvem cinza, fazendo meu estômago revirar de incerteza.

Então o cheiro de grama recém-cortada fez cócegas em minhas narinas.

Seguido de flores desabrochando.

E o beijo do sol da manhã.

Estou sonhando, pensei, girando em círculos enquanto a fumaça escura evaporava em um céu azul. Lâminas verdes macias encontraram meus pés descalços, a sensação da terra dando vida ao meu ser e me mandando para o chão em um soluço de alegria não contida.

Terra.

Estou cercada por Terra.

A essência me chamou, mas o mecanismo em volta do meu pescoço parou minha reação, me puxando de volta para uma realidade de dor e sofrimento. Arranhei o couro ofensivo, desejando me livrar dele e gritei de frustração.

Esta era a definição do inferno: estar cercada pelo elemento que eu desejava apenas para ser cortada dele por causa da magia sombria estranha.

Mais tortura.

Mais jogos.

Mais intenção perversa.

Rosnei, pronta para matar o ser que fez isso comigo. Pulei em sua direção, apenas para me encontrar presa em seus braços muito mais fortes, com seus lábios no meu ouvido.

— Respire.

O único comando me fez rosnar.

— Eu te odeio. — Minha voz saiu rouca. As emoções emanando dos meus poros em ondas de fúria.

— Não coloquei esse dispositivo em volta do seu pescoço — ele me lembrou em um tom calmo que só me enfureceu mais. — Mas você tem as ferramentas para desfazê-lo. Então pare de surtar e use seu poder Quandary de Sangue para destruir a magia em torno de sua fonte. — Ele me soltou e deu um passo para trás.

Eu me virei, pronta para dar um tapa nele, quando seu comentário foi registrado.

Você tem as ferramentas para desfazê-lo.

Ele estava certo.

Eu tinha.

Supondo que não adormeceria novamente.

Franzindo o cenho, cutuquei os feitiços que encantavam meu colar mais uma vez e os encontrei esperando ansiosamente pela minha manipulação. Estranho. Eles não tinham feito isso na masmorra. Por que eu poderia vê-los com mais facilidade agora?

— As celas são atadas com feitiços de proteção que dificultam o acesso à magia — Shade disse, lendo minha mente ou a confusão em meu rosto. — Você deve achar que suas habilidades de Quandary de Sangue são muito mais fáceis de acessar, mesmo com essa coisa sufocando a vida de seu espírito mágico.

Ele deu outro passo para longe de mim, suas costas encontrando o tronco de uma árvore.

— Apenas tente se lembrar de como colocar o feitiço de volta. Não podemos deixar que Kols ou Zeph descubram que você pode contornar a obra-prima deles, sim? — Ele deslizou para o chão, ainda apoiado contra a árvore, e fechou os olhos. — Vou ficar aqui tirando uma soneca enquanto você brinca.

Pisquei para ele.

— Uma soneca?

— Hum-hum — ele murmurou, juntando as mãos no colo. — Você não é a única que precisa de sono de beleza, pequena rosa.

— Espere, onde estamos? — perguntei, observando a variedade de campos, árvores e flores ao nosso redor. — No mundo humano?

Ele bufou.

— Não faço ideia de onde estamos. Enquanto tentava devolvê-la à Academia, minha exaustão aumentou e acidentalmente acabamos aqui. Muito ruim, de verdade. É brilhante demais. Infelizmente, eu não queria correr o risco de nos perder ainda mais, então decidimos tirar uma soneca aqui durante o dia antes de tentar novamente. Tenho certeza de que o Kols vai entender. Afinal, ele tem um quarto para arrumar.

— Você sempre fala em enigmas?

— Só quando estou cansado. — Ele bocejou de forma dramática. — E, cara, eu estou cansado. Espero que você não se importe de passar algum tempo aqui, Aflora. Desculpe pela minha falta de coordenação e direção.

Ele não soou nada arrependido.

Mas esse era o ponto.

Ele me trouxe aqui de propósito e estava me contando a mentira que pretendia contar a todos os outros.

Abri os dedos ao lado do corpo, com a percepção ameaçando romper os limites gelados do meu coração. *Ele me trouxe aqui para brincar com minha Terra.*

Ele me deu o presente do sol. A grama. Árvores com folhas de verdade. Flores em plena floração. E embora ele não me dissesse onde estávamos, também me deu instruções sutis sobre o que fazer.

Tudo com seu jeitinho enigmático.

Estudei as feições esculpidas de seu rosto bonito e peguei a leve contração de seus lábios - o único sinal externo de que ele estava satisfeito. Então sua expressão mudou para contentamento enquanto seus olhos continuavam fechados e imóveis.

— Use seu poder Quandary de Sangue para libertar sua fonte de Terra, pequena rosa — ele murmurou. — Sempre preferi aromas florais.

Eu também, pensei, me ajoelhando lentamente mais uma vez enquanto engajava a parte do meu espírito que adorava resolver quebra-cabeças. Parecia muito estranho e ainda familiar. Um enigma de energia que eu não entendia muito bem, mas apliquei ao colar em volta do meu pescoço e lentamente peguei os vários fios de magia. Não toquei naqueles ligados aos meus companheiros Faes da Meia-Noite, mas me concentrei na teia sombria que cercava meus dons Elementais. Pulsos da fonte me espiavam por baixo das cordas escuras, exigindo liberdade.

Era uma dança intrincada, tecida em minha mente com os poderes se misturando de uma maneira que ultrapassava a forma lógica. Isso não deveria parecer certo, mas parecia. A essência se misturou dentro de mim, minhas habilidades de resolução de problemas combinando com meu amor pela Terra enquanto uma faísca de luz se agitava atrás dos meus olhos.

Ali, pensei, vendo a fonte do meu poder Elemental me chamando. Eu a segui conscientemente, me banhando nos raios de boas-vindas que brilhavam através do meu espírito, e abri os olhos para me encontrar rolando pela Terra em um cobertor de flores.

Uma risadinha exuberante escapou do meu peito e a felicidade beijou minha alma depois do que pareceram meses de desespero.

Este era o meu lugar de direito.

Minha casa.

Minha Terra.

Uma brisa corria pelas árvores, me enviando suas calorosas boas-vindas enquanto mais flores brotavam da grama em uma variedade de minhas cores favoritas.

O sombrio está assistindo, uma das árvores sussurrou, chamando minha atenção para onde Shade descansava debaixo dos galhos verdes. Seus olhos estavam abertos e sua expressão era divertida.

— Você me lembra uma ninfa — ele disse baixinho, com a voz profunda e calmante. — Uma linda e pequena ninfa.

— Ouvi essa palavra sendo usada para descrever Faes da Terra antes. É apropriada.

Ele contraiu os lábios e fechou os olhos mais uma vez.

— Me acorde quando o sol cair, pequena rosa. — Ele caiu em um sono real, sua respiração calma mesmo enquanto permanecia sentado contra o tronco da árvore com as pernas cruzadas.

Deixei-o descansar enquanto explorava o prado, sentindo meu coração voar com a canção da beleza e da graça da natureza.

Este lugar não fazia parte do Reino Humano, a vida ao meu redor não estava familiarizada com as essências mortais. Então era um mundo Fae de algum tipo, mas eu não conseguia determinar qual. Toda vez que eu perguntava, as árvores sussurravam sobre algo diferente, algo novo, me distraindo de minhas perguntas e me incitando a esgotar minha essência Terrestre.

Criei uma infinidade de plantas, brinquei com as raízes e o solo. Me deleitei com a folhagem da vida.

Quando o sol começou a descer, me senti cheia de vitalidade e minha alma prosperava de uma maneira que eu não sentia há muito tempo.

Tudo porque Shade me trouxe aqui para brincar.

Sob a desculpa de ter perdido o caminho de volta para uma Academia que ele havia ido milhares de vezes.

Talvez essa fosse sua maneira de se desculpar.

Talvez tudo isso fosse apenas um truque, uma última dança com a vida antes que a morte me consumisse.

Eu não podia ter certeza, pois minha fé nele era inexistente.

Mas isso não impediu que a sensação de gratidão entrasse em meu coração. Ele me deu um presente. Eu só não sabia suas intenções para isso.

Ele se mexeu enquanto a noite enfeitava o horizonte, esticando os braços conforme observava o prado crepuscular. Ele sorriu.

— Isso é lindo, Aflora.

Um elogio.

Não era uma provocação.

Ou não soava como uma.

Permaneci encasulada em meu mar de flores enquanto ele se levantava com a cabeça inclinada para o lado ao me encontrar sob um escudo de Terra. Ele deu um passo à frente, apenas para uma das raízes da minha árvore se levantar e pará-lo.

— Impressionante — ele respondeu, olhando para o obstáculo antes de sombrear em torno dele para aparecer ao meu lado.

Considerei enrolar uma trepadeira nele prendê-lo à terra, mas ele se ajoelhou ao meu lado e tirou uma flor do meu cabelo. Ele a levou ao nariz e inalou profundamente, então soltou um suspiro.

— Infelizmente, precisamos retornar à Academia, ou eles enviarão Guerreiros de Sangue atrás de nós. Minha desculpa só nos protegerá até certo ponto. — Em vez de estender a mão para exigir que fôssemos, ele se sentou e se acomodou no canteiro de flores que eu criei. — Para sua própria segurança, você precisa refazer o feitiço, Aflora. — Seu olhar azul encontrou o meu. — Mas talvez você possa tecer de uma maneira que permita um pouco de flexibilidade na restrição.

Outro enigma.

Outra pista.

Uma sugestão.

— E talvez possamos voltar aqui no futuro — ele acrescentou, roçando os dedos em minha bochecha.

— Isso implica que posso confiar em sua palavra, o que sei que não posso.

— Não pode? — Ele arqueou uma sobrancelha. — Por que não, Aflora? Eu nunca menti para você.

— Suas ações falam mais alto do que suas supostas verdades.

— Minhas ações — ele murmurou, afastando a mão do meu rosto para as pétalas de flores ao seu redor. — Você quer dizer como eu adulterei a gravação para salvá-la da ira do Conselho? Como te trouxe a este lugar especial para te dar um dia de liberdade às custas da minha? — Ele expressou as duas coisas como perguntas. — Essas ações não são a seu favor?

— Você deu a gravação a eles.

— Uma versão alterada, sim.

— Por quê? — exigi. — Você me prendeu para que propósitos?

Ele me observou por tanto tempo que fiquei surpresa quando ele realmente respondeu:

— Para acalmar o Conselho com uma falsa sensação de segurança. Se eles acharem que estou jogando de acordo com as regras, eles vão me dar mais liberdade – algo que seria bom para todos nós no momento. Eu também queria distraí-los de olhar para a explosão de poder da outra noite. A história de Kols sobre o duelo não ia satisfazer meu pai. Ele sabe que eu não sou do tipo perdedor.

Sua explicação me chocou por uma infinidade de razões. Entre elas, o fato de que ele realmente me deu uma resposta factual. A questão era: eu acreditava nele?

— Você acredita que as ações provam integridade — ele continuou, arqueando uma sobrancelha. — Então me peça para trazê-la de volta aqui no futuro. Veremos o que acontece. Nesse meio tempo, preciso que você enfeitice seu colar novamente. Mas se você quiser programá-lo em um *backdoor* para acessar sua Terra, vou olhar para o outro lado e fingir que não notei.

Ele se levantou e limpou as palmas das mãos na calça.

— Estou morrendo de fome — acrescentou, mudando abruptamente de assunto. — Você fez alguma coisa comestível por aqui? Tipo frutas?

Sorri ao pensar em casa e nos pessegueiros favoritos da Rainha Fae Elemental.

— Não. Mas posso. — Era uma das únicas frutas humanas que eu sabia criar, graças à obsessão da rainha Claire com o deleite suculento.

Shade me encarou com a expressão expectante.

Então dei o que ele queria, chamando as sementes para o solo e acelerando o crescimento através do meu acesso à fonte.

Ele assistiu fascinado enquanto a árvore crescia, os

galhos brotando com folhas primeiro e depois deliciosos círculos de frutas. Ele arrancou um da árvore e deu uma mordida. Seu gemido de aprovação tinha um apelo erótico que eu fingi não ouvir.

— Puta merda, isso é delicioso. — Ele se inclinou mais uma vez contra a árvore que usou para sua soneca e devorou o pêssego. Então se aproximou e pegou outro.

— Jogue o caroço ali — eu instruí, apontando com o dedo para onde eu queria.

Ele fez como pedi, e eu usei o núcleo para criar outra árvore.

— A terra é um ciclo contínuo de vida.

— Enquanto os Faes da Meia-Noite são conhecidos pela escuridão da morte — ele respondeu, seus olhos azuis brilhando com conhecimento. — Mas há rumores de que Quandary de Sangue é mais do que apenas magia sombria. Eles são condutores da Fonte. Aquela que controla todos os outros, quero dizer. Foi assim que muitos deles conseguiram se esconder durante o extermínio em massa – eles se igualaram como outros tipos de Faes. Mesmo Faes da Terra. Ou essa é a teoria, de qualquer maneira.

— Você está dizendo que nem todos os Quandary de Sangue pereceram?

— Acho que sua existência responde a essa pergunta, pequena rosa — ele respondeu antes de terminar o segundo pêssego. — Agora temos que parar de enrolar. Se não voltarmos logo, estaremos na masmorra de novo. E não podemos permitir isso. Não depois que passei pelo incômodo de ter a gravação alterada para atender às nossas necessidades. — Ele se afastou da árvore, pulou sobre a raiz que deixei no chão e se assomou sobre mim. — Refaça a magia e vamos.

Ele fez parecer tão fácil.

O que, agora que eu sabia como desvendar o feitiço, na verdade era bem simples de montar. Mas a maneira confiante com que ele falou me fez pensar como ele sabia que seria uma tarefa rápida.

— Você conhece algum Quandary de Sangue, Shade? — perguntei a ele enquanto iniciava o processo de encerrar minha conexão com a Fonte da Terra.

— Agora você está fazendo perguntas interessantes — ele elogiou, seu olhar brilhando com malícia. — Se eu dissesse que sim, você acreditaria em mim?

— Talvez.

— Então talvez eu conheça. Quer dizer, eu conheço você.

— Além de mim — esclareci.

Ele apenas sorriu. Sua mão encontrou a minha enquanto ele me puxava para si e me dava um beijo rápido no canto da boca. — Você criou uma maneira de acessar sua Terra através do feitiço?

Seguindo seu comportamento, não respondi, só dei um sorriso.

— Minha companheira perfeita — ele sussurrou, pressionando sua testa na minha. — Segure firme, pequena rosa. Suspeito que estamos prestes a sofrer uma recepção dura da Academia.

CAPÍTULO CINCO
SHADE

Se eu não estivesse segurando Aflora, teria me abaixado.

Por ela, levei o soco que me esperava na nossa chegada.

— Suas ações falam mais alto do que suas supostas verdades — ela tinha dito.

Que tal uma ação, princesa? pensei enquanto movia a mandíbula para aliviar a dor.

Quando Kols foi para o segundo round com o meu rosto, corri com Aflora para o outro lado de sua suíte real.

A gárgula escolheu aquele momento para aparecer com um som estridente, seu desgosto pela minha presença de Sangue de Morte causando um alarme alto em todo o audacioso apartamento de quatro quartos. Explodi a porcaria com um feitiço silenciador, emitindo um comando da minha mente, fazendo-a se engasgar e desmoronar no chão em um aglomerado de asas rochosas.

Seus olhos vermelhos cuspiam fogo quando veio para mim em toda a sua glória cheia de pedra.

Valentão determinado, pensei, prendendo-o sob uma rede de sombras que conjurei com um movimento do pulso.

Seus lábios se entreabriram em um berro que meu

encantamento silenciador felizmente capturou.

Sorri para o idiota.

— Não é tão difícil agora, não é?

A raiva brilhou em seu olhar, assim como nas íris douradas de Kols enquanto ele avançava pela sala de estar.

— Esta não é uma conversa salutar — apontei, pronto para desaparecer novamente.

Só que Aflora entrou na minha frente e deu um soco na mandíbula de Kols assim que ele se aproximou.

Abri os lábios.

— *Framboesa*! — ela murmurou, sacudindo a mão com um silvo de dor.

A raiva residual de Kols diminuiu sob uma onda de choque tingida de consternação quando ele cutucou sua mandíbula com dois dedos.

— Você me bateu.

Ela esticou os ombros e levantou o queixo.

— Você me jogou em uma cela.

— Para protegê-la, Aflora — ele grunhiu.

Uma risada escapou enquanto ela balançava as longas ondas de cabelo preto.

— Me senti muito segura lá. Obrigada, Príncipe Kolstov. — Ela se virou para sair, mas ele segurou seu pulso.

— O que eu deveria fazer, Aflora? — ele questionou. — Foi o Shade quem deu a gravação, não eu.

Eu bufei.

— Não me envolva nisso.

— Você está brincando comigo? Isso é culpa sua — ele ferveu. — E onde foi que você esteve? Você deveria trazê-la diretamente para cá.

— Ah, eu deveria? — Fingi pensar. — Acho que esse pedido não foi registrado corretamente.

— Para onde você a levou? — Outra ordem. Um dia

desses, ele perceberia que eu não me considerava um de seus preciosos súditos.

— Me solte — Aflora interveio, torcendo o braço.

Ele a segurou com mais afinco.

— Para onde ele te levou?

Ela o olhou de maneira desafiadora.

— Enquanto ele tentava me trazer de volta à Academia, começou a se sentir exausto e acabamos em um local desconhecido. Ele não queria arriscar nos deixar mais perdidos, então ficamos lá durante o dia enquanto ele cochilava. Agora estou aqui. Satisfeito?

Kols tensionou a mandíbula enquanto eu abria um sorriso satisfeito. Minha companheira inteligente usou minha explicação enigmática sem nem piscar.

— Exatamente — concordei assim que Zeph entrou na suíte.

Ele semicerrou os olhos e um lampejo de raiva apareceu em suas feições enquanto ele se dirigia para mim.

Excelente.

— No que é que você estava pensando, Sangue de Morte?

— Que meu pai nunca acreditaria na história do duelo de Kols e que eu precisava dar algo para distraí-lo — respondi friamente. — Funcionou.

Zeph parou no meio do passo, seu olhar calculista me percorrendo enquanto considerava o motivo. Isso era uma coisa que eu gostava no Guerreiro de Sangue. Ele preferia a lógica à emoção. Parte de sua fúria derreteu, mas não completamente, suas íris verdes cintilando com notas de aborrecimento.

— Um aviso teria sido muito apreciado.

— Um aviso poderia ter impactado o destino dos eventos. — Eles não deveriam saber minhas intenções.

Ainda não. E eu me recusava a alterar o escopo do caminho de Aflora apenas para apaziguar os outros companheiros dela.

— Destino dos eventos — Kols repetiu em um tom zombeteiro. — O que você é agora, um Fae Fortuna?

Eu apenas sorri.

— Pareço um?

Ele zombou.

— Você ama seu...

— Aflora! — Ella correu pela sala, com os olhos azuis cheios de alívio. — Graças a Deus você está bem.

Deus, pensei. *Que humano.*

Ella parou ao ver o aperto mortal de Kols no braço de Aflora, sua expressão passando de aliviada a lívida em menos de um segundo.

— Solte-a, idiota — ela retrucou.

Ele arqueou as duas sobrancelhas.

— O quê?

Ela o cutucou no peito, furiosa.

— Não foi o suficiente você ter destruído todas as coisas dela, então agora você vai maltratá-la? Vá se foder, Príncipe.

A Halfling impetuosa acabou de ganhar pontos comigo.

— Destruiu minhas coisas? — Aflora repetiu, franzindo a testa. — O que você quer dizer? Ele me prendeu, mas apenas por algumas horas.

— Você não contou a ela sobre a birra que você fez no quarto dela? —Ella parecia estar pronta para matar Kolstov, algo que eu não me importaria de ver se desenrolar. Ele teria dificuldade em se proteger, com ela sendo a companheira de seu gêmeo e tudo mais.

Que divertido, pensei, cruzando os braços e me preparando para o show.

Pelo menos até ver o lábio inferior de Aflora tremer

sutilmente enquanto ela sussurrava:

— Você destruiu meu quarto?

— Tecnicamente, o quarto é meu — ele murmurou, matando qualquer sensação de diversão que senti sobre a situação. Porque isso era a coisa errada a dizer.

— Você é inacreditável! — Ella gritou, fazendo com que Tray corresse para a sala.

— Que merda você fez, Kols? — ele exigiu, olhando para sua companheira em desânimo.

Mas meus olhos estavam em Aflora, no modo como ela mantinha a cabeça erguida, apesar do desgosto que irradiava de seus olhos.

— Ele tem razão. O quarto é dele, assim como a suíte e esse mundo. Que rei incrível você será, príncipe Kolstov. Agora, se você não se importar em me liberar, gostaria muito de tomar um banho. Supondo que ainda tenha um banheiro funcional que eu possa usar.

— Puta merda, Aflora. Eu...

— Você pode usar o meu — Ella interrompeu, sua expressão irradiando assassinato. — Solte-a, idiota, ou eu vou te obrigar a isso.

— Sugiro que você ouça a minha companheira — Tray adicionou, com as feições frias como gelo.

Kols considerou a sala antes de resmungar um xingamento e soltar o braço de Aflora.

— Precisamos conversar — ele disse a ela. — Tome um banho e se vista. Falaremos a caminho da aula de Defesa Sem Magia.

— E o que ela deveria vestir? — Ella perguntou, arqueando uma sobrancelha loira. — *Você destruiu todas as roupas dela.*

Aflora se encolheu.

Kols rangeu os dentes em aborrecimento.

— Vou comprar coisas novas.

— Com certeza você vai — Ella concordou. — Hoje. Mas eu vou levá-la às compras, não você.

— Ela tem aula — Kols argumentou, suas íris douradas brilhando com poder. — E ela não pode deixar a Academia sem supervisão.

— Então eu serei sua "babá". — Ella não ia recuar, e eu meio que a amava por isso. Aflora precisava de uma amiga forte, capaz de acompanhar seu próprio lado mal-humorado. Parecia que esta fadinha era a parceira perfeita para ela.

— Ela quase te matou em um ambiente acadêmico, Isabella — Kols a lembrou em um tom rude. — Você não é adequada para protegê-la.

— Deus, ela não é um monstro, Kolstov! Ela não precisa ser vigiada vinte e quatro horas por dia.

— Também estou aqui e sou capaz de tomar minhas próprias decisões — Aflora interveio, silenciando a sala. — Preciso de roupas. Se o Príncipe Kolstov não confia em mim para comprá-las sozinha, ele pode supervisionar. Não tenho medo. Não sou uma donzela. Nem uma ameaça. Mas estou cansada desse debate. Quero tomar um banho. E gostaria de comer alguma coisa em algum momento, supondo que ainda posso comer a comida do Príncipe Kolstov.

Ela o olhou com um tom de desafio, e a mandíbula dele tensionou.

A essa altura, o cara ia triturar todos os dentes até virar pó.

— Posso fazer seu café da manhã enquanto você toma banho — Zeph disse.

Aflora olhou para ele, seus olhos azuis brilhando com poder.

— A última vez que aceitei um presente seu, paralisou

meus poderes e acabei em uma masmorra. Então, não, obrigada. Prefiro comer um cipó ardente.

Ele zombou.

— Que infantilidade, Aflora.

— Você diz isso como se sua opinião fosse importante para mim. — Ela inclinou a cabeça. — Não é. — Ela o dispensou em favor de Ella. — Posso, por favor, usar seu banheiro?

— Sim. E você pode pegar algumas das minhas roupas também. Depois vamos fazer compras e tomar um brunch em algum lugar.

— Novamente...

— Eu vou com elas — Tray falou, cortando a provável reclamação de seu irmão sobre Aflora deixar a Academia sem um *guarda*.

— Vocês se esqueceram da aula hoje? — Zeph perguntou, parecendo irritado. — *Minha* aula.

— Ah, eu não esqueci — Ella brincou, curvando os lábios. — Considere este nosso aviso de que vamos tirar o dia de folga

Ele cruzou os braços.

— Vocês não podem simplesmente tirar um dia de folga.

— Parem. — Tray olhou entre Kols e Zeph, seus olhos negros queimando. — Não sei o que deu em vocês dois, mas resolvam isso. Vocês não são o tipo de Faes que fazem essa besteira de bullying. — Ele voltou a se concentrar em Aflora. — Vamos. Vou te mostrar que nem todos nós somos idiotas por aqui.

Ela assentiu, deu um passo, e então fez uma pausa antes de olhar para mim.

— Obrigada por hoje — ela disse baixinho.

— A qualquer hora — respondi, falando sério. — As

ações provam a integridade, certo? — Era a minha maneira de deixá-la saber que minha oferta ainda estava de pé. Tudo o que ela precisava fazer era pedir, e eu a levaria de volta para aquele campo em um piscar de olhos.

Ela me observou por um longo momento, com o olhar cheio de desconfiança. Mas assentiu em compreensão.

Aquele olhar, por si só, me disse que ela não pediria uma visita de retorno ao nosso lugar secreto até que tivesse certeza de que podia confiar em mim. O que ela não tinha neste momento. Isso me deu um objetivo a alcançar.

Queria que ela confiasse em mim. Que contasse comigo. Acreditasse que sempre tive os melhores interesses. Porque eu tinha. Tudo o que fiz nos últimos meses foi por ela. Aflora simplesmente não conseguia ver por causa da maneira como o destino se desenrolou. Mas um dia, ela juntaria as peças do enigma que eu havia deixado e finalmente entenderia nosso propósito juntos.

Nossos destinos foram entrelaçados através de um evento que ocorreu muitos, muitos anos antes de nossos nascimentos.

Dizer a ela não funcionaria.

Ela tinha que ver por si mesma, descobrir seu caminho sozinha, aceitar seu destino neste mundo perverso.

Eu continuaria pressionando-a, porque era o que eu tinha que fazer. Eu a abraçaria quando ela chorasse. Apreciaria cada respiração dela e a fortaleceria das sombras.

Porque este era apenas o começo para nós.

E eu me recusava a aceitar que acabaria.

Ela deve ter visto um pouco desse conhecimento em minha expressão, porque semicerrou os olhos. Então, assentiu e se virou para seguir Ella para fora da sala.

— Bem, isso foi ótimo — Kols murmurou.

— Você estava esperando resultados diferentes de sua abordagem brutal? — perguntei a ele, arqueando uma sobrancelha.

— Você é a última pessoa de quem eu preciso ou quero conselhos — ele respondeu.

Bem, isso é muito ruim, pensei. *Porque estou prestes a te dar um, Príncipe Idiota.*

— Você pode culpá-la pelo vínculo de acasalamento o quanto quiser — eu disse a ele, mudando de assunto para o verdadeiro problema em questão. — No entanto, todos nós sabemos que os laços Faes Elementais exigem que dois participantes dispostos se juntem, especialmente nesse nível. Mas talvez esse seja o caminho escolhido para sua liderança: culpar os outros por suas falhas em vez de assumi-las. Nesse caso, concordo com o comentário de Aflora sobre seu futuro governo, Sua Alteza. — Fiz uma reverência simulada com as palavras depreciativas.

Então olhei para um Zeph sem graça.

Eu não podia nem começar a descrever seus erros.

— Se vocês me dão licença, tenho que me preparar para a aula. Espero que ela não termine com a morte desnecessária de um encantamento. — Meu comentário foi apontado para o idiota que matou o falcão de Aflora só porque não conseguia controlar seus próprios anseios.

E esses dois idiotas achavam que eu era o volátil.

Balancei a cabeça e desapareci em uma nuvem de fumaça antes que eles pudessem responder.

Se os dois não resolvessem seus problemas logo, eu teria que consultar minha avó sobre o futuro novamente. Só para descobrir o que poderia acontecer com o objetivo final se eu matasse de forma acidental um ou dois companheiros de Aflora. Porque neste momento, era uma expectativa justa eu ter que acabar com eles.

CAPÍTULO SEIS

ZEPH

Puta merda.

Eu sabia que Aflora ficaria chateada, mas não esperava que isso me incomodasse.

Não assim.

Esfreguei o punho no peito, franzindo a testa para o corredor em que ela tinha passado momentos atrás com Tray e Ella. As palavras de Shade não me incomodaram. As de Aflora, sim.

Você acha que sua opinião é importante para mim. Não é.

Ela falou sério? Ou estava só implicando?

Eu queria pensar que era o último, mas seu comportamento geral pontuava o primeiro. Ela nos *dispensou*, sua desconfiança era evidente.

— O que é que eu deveria fazer? — me perguntei em voz alta. — Dizer a ela que os guardas estavam vindo?

Kols franziu o cenho.

— Do que é que você está falando?

— Ontem. A prisão. Eu deveria tê-la avisado? — Na verdade, eu queria saber. Nosso plano era apressado, mas sólido. Precisávamos dela com o colar antes que os

Guerreiros de Sangue a capturassem, ou o Conselho sentiria os laços de acasalamento. E isso levaria a um mundo inteiro de perguntas que não estávamos prontos para responder. — Não houve tempo para explicar.

— Também precisávamos que o choque dela parecesse real — Kols apontou. — Era a única maneira.

Considerei isso, aprofundando minha carranca.

— Semelhante a Shade dizendo que nosso conhecimento teria se desviado do caminho que ele pretendia que percorrêssemos. — Ele se referiu a isso como destino, mas entendi sua declaração. — Nossa raiva de Shade...

— É provavelmente semelhante ao que a Aflora sente por nós — Kols terminou para mim.

— Só que pior. Ela estava sozinha naquela cela, incerta de seu destino. E não fizemos nada para convencê-la de que estávamos tentando protegê-la.

— O que explica o fato de que ela nos odeia. — Ele levou a mão a nuca, apertando os músculos antes de olhar para o teto e balançar a cabeça. — Puta merda.

— Sim — murmurei. — Puta merda.

Trocamos um longo olhar, mil palavras viajando entre nós sem nenhum significado definido. Mas o pensamento final era o mesmo: tínhamos que consertar isso.

— Preciso dar a ela um passe livre hoje — eu disse.

— E não preciso pressionar a questão da ida às compras.

Assenti, concordando.

— Vou te liberar hoje também, para que possa limpar o quarto *dela*.

Kols fez uma careta.

— Falei sem querer. Não deveria.

— Obviamente — brinquei. — O que há de errado com a gente? Não somos tão ruins com as mulheres.

— É *ela* — Kols grunhiu. — Ela é... ela é...

— Linda — sugeri.

— Sim, mas é mais do que isso. Ela me enfurece apenas por existir. E não por nada que tenha feito, ela é tão... — Ele parou em outro rosnado.

— Irresistível. Cabeça dura. Poderosa. Proibida. Posso jogar esse jogo o dia todo, Kols.

Ele contraiu os lábios.

— Sexy. Inteligente. Praticamente perfeita, além de toda a parte fora dos limites.

— Ela também é nossa — acrescentei, arqueando uma sobrancelha. — E estamos fazendo um trabalho horrível para fazê-la entender o que isso significa. — O que, para ser justo, é tudo muito novo. Nós também tivemos que lidar com os pequenos detalhes de sua prisão antes que pudéssemos falar com ela sobre o que aconteceu na Floresta Mortal.

— O que sugere que a gente faça para ajudá-la? — Kols perguntou, com um brilho de diversão iluminando suas íris douradas.

— Bem, para começar, precisamos convencê-la a nos perdoar. — O que seria um desafio por si só. *Eu preferiria comer um cipó ardente.*

Ai.

— Sim, isso vai ser divertido. — Ele passou os dedos pelo cabelo castanho avermelhado, segurando as pontas e soltando um suspiro. — Vou começar com o quarto dela.

— E eu vou pensar em alguma coisa. — Não só a fiz usar o colar contra mim, mas também a morte temporária de seu falcão. As duas ações foram feitas com boas intenções, embora duras. Ainda que eu duvidasse que ela aceitasse as razões lógicas.

Nós perdemos sua confiança.

Agora tínhamos que ganhá-la de volta.

Era mais fácil falar do que fazer.

— Não recomendo café da manhã — Kols falou, contraindo os lábios.

— Claramente não. — Talvez eu tentasse jantar, só para zombar da declaração dela. No entanto, ela provavelmente não acharia graça em nada que eu fizesse agora. Eu também não era do tipo divertido. — Preciso ir para a aula. Talvez eu possa acabar com o Shade hoje como demonstração. — Apenas a noção disso me animou consideravelmente.

Kols bufou.

— Bata nele com força por mim.

— Isso eu posso fazer. — Nesse meio tempo, eu descobriria como consertar as coisas com Aflora. Porque, sim, minha suposição de que ela simplesmente superaria estava errada.

E ia levar muito mais que um pedido de desculpas para que eu voltasse a cair em suas boas graças.

CAPÍTULO SETE
AFLORA

— Não preciso de uma varinha nova também? — perguntei depois que as ilusões da AcaWard terminaram de embrulhar todas as minhas compras. Ella havia escolhido o método de envio rápido para que os itens fossem diretamente para a Academia, assim não precisaríamos carregar sacolas.

— O Kols não destruiu sua varinha — Tray respondeu, encostado na parede com uma expressão entediada. — É impossível fazer isso, pois são presentes da Fonte e condutores de nossa magia, não itens reais. Ele deve estar com ela. Vou pedir quando voltarmos.

— Ah. — Suprimi a vontade de fazer careta pela milésima vez hoje.

Kols destruiu todas as minhas coisas.

Porque ele me odeia.

Porque estamos acasalados.

Engoli os sentimentos que faziam meu estômago revirar. Não queria que Ella ou Tray vissem como eu estava péssima por dentro, então passei a metade do nosso dia me segurando e fingindo não me importar com o que Kols tinha feito.

No entanto, meu coração se partia um pouco mais a cada vez.

Tecnicamente, é o meu quarto.

Que linda lembrança da minha falta de lugar neste mundo. Minha presença era considerada temporária, uma vida a ser extinta ao primeiro sinal de problema.

O Conselho me liberou porque Shade adulterou as gravações. O que implicava que Kols tinha concordado com sua explicação.

Por quê?

Não entendia suas escolhas. Todos nós sabíamos que eu era uma abominação e uma ameaça, mas nenhum deles aproveitou a oportunidade para me entregar. Talvez porque temiam a reação do Conselho ao nosso vínculo quádruplo.

Franzindo o cenho, aceitei a capa pendurada diante de mim em um gancho invisível e a coloquei sobre meus ombros para cobrir a combinação de saia e blusa. Minhas botas novas chegavam aos joelhos e adicionavam alguns centímetros à minha altura. A roupa se mostrou adequada para nossos planos da tarde, que incluíam comida e bebida. Aparentemente, Tray conhecia um lugar na aldeia que atendia a todos os tipos de apetites feéricos, não apenas Fae da Meia-Noite. Eles até carregavam hidromel na torneira.

Uma onda de excitação passou por mim com o lembrete, ajudando a me distrair dos meus pensamentos mais sombrios.

Kolstov poderia apodrecer com os tocos de salgueiro durante a tarde.

Eu tinha outros planos.

Levantando a cabeça, olhei para Ella e Tray.

— Acho que é tudo.

— Todos os seus livros foram enviados também — Tray falou, levantando o braço automaticamente para acomodar Ella enquanto ela se aconchegava ao lado dele.

— Obrigada, Nacht. — Ela roçou a boca em sua mandíbula quadrada, e ele a beijou de um jeito doce antes de acariciar seu pescoço.

Os dois se encaixavam como duas pétalas de uma flor perfeita. Senti uma pontada no coração que rapidamente ignorei, não querendo deixar meus companheiros não tão perfeitos azedarem meu humor mais uma vez.

Eu estava cansada de me lamentar.

Não que eu realmente tivesse começado.

Kols queimou todas as minhas coisas. Elas nem eram minhas. Assim como o quarto. Deixe-o fazer suas porcarias de birras e destruir os itens que sua família comprou. Que se danasse. Não importava.

Eles me traíram. Me trancaram. Não me contaram o que é que estava acontecendo.

Tudo bem. Eles poderiam jogar seus jogos um com o outro de agora em diante, porque eu estava farta.

Chega de companheiros.

Chega de sonhos.

Chega de tudo.

Resoluções quase impraticáveis, mas eu descobriria como executá-las. De alguma maneira.

— Preciso de hidromel — anunciei, interrompendo o adorável momento de Ella e Tray.

Ele parou de mordiscar sua mandíbula para sorrir para mim.

— Conheço o lugar certo.

Todos os pacotes giraram em torno de nós em uma onda de magia antes de seguirem direto por uma parede sólida em direção a qualquer expresso encantado que os levaria de volta à Academia. Eu esperava que permanecessem intocados até o meu retorno. Não era provável, mas eu lidaria com isso mais tarde.

Junto com todos os outros problemas da minha vida.

Por enquanto, queria satisfazer meus gostos Fae Elemental.

A caminhada pela cidade revelou vários Faes usando capa vagando pelas ruas em busca de um almoço tardio, assim como nós. Mas a taverna em que Tray nos levou não estava superlotada, deixando várias cabines abertas perto das janelas para que pudéssemos escolher. As mesas de madeira eram de cor escura e adornadas com velas que iluminavam o interior mais escuro. Sem luzes no teto ou lâmpadas, apenas fogo e uma tocha perto do bar no canto.

Ligeiramente assustador, mas estranhamente caseiro por causa da lareira no canto oposto com estantes de livros. Uma gárgula rastejou até nossa mesa, com a expressão entediada.

— O que vão querer?

— Três doses de hidromel, por favor — Ella pediu. — E o cardápio.

— Sim, sim — a criatura de pedra resmungou antes de pular com um barulho alto quando seus pés de pedra encontraram o chão de mármore.

Estremeci, pensando que soava bastante doloroso, mas suas asas enrugaram enquanto ele se pavoneava em direção ao bar. Ele parecia circular com muita facilidade entre o conjunto de mesas e bancos altos, então não deve ter doído nada.

— Três doses, é? — Tray perguntou.

— A Aflora jura que é bom, então vamos experimentar.

— Eu já tomei hidromel — ele respondeu, tocando o dedo indicador na ponta do nariz dela do outro lado da mesa. Ele escolheu um lado da cabine, enquanto nós dividimos o banco oposto.

— E é bom? — ela questionou.

— Acho que você vai descobrir em breve. — Ele piscou para ela. — Mas vou pedir uma boa cerveja para acompanhar o meu.

— Boa cerveja — ela repetiu, olhando para mim e franzindo o nariz. — Ele gosta mais de cerveja humana da Alemanha. Não sou fã de nada disso.

— Não sou fã de bebidas humanas em geral — respondi. — Sem ofensas.

— Não me ofendeu. Mas chocolate quente é divino.

— Nisso, eu concordo. — Tínhamos nossa própria versão como Fae Elemental, mas era bastante semelhante. Apenas com algumas especiarias a mais.

Três canecas de hidromel apareceram diante de nós na mesa com uma série de cardápios em cascata no topo. Tray bateu com a palma da mão em cima deles para impedir que o conjunto colorido de papéis voasse para o chão, já que sua chegada pelo ar provocou um pequeno tornado. Ele desapareceu com um floreio, mas não antes de afastar o cabelo de nossos rostos e nos deixar um toque de vento.

— Bem, isso é diferente — murmurei.

Tray bufou.

— Isso é uma gárgula sendo idiota. — Ele olhou por cima do ombro para a criatura de pedra em questão. — Encontre uma nova ocupação se você não quer servir mesas.

— Ah, a culpa é minha. Ele está de mau humor por ter que trabalhar no balcão para mim enquanto eu preparava um refogado nos fundos. — Uma mulher com longos cabelos brancos e olhos verdes escuros apareceu ao nosso lado. Suas feições jovens e estranhamente velhas ao mesmo tempo. Como se ela tivesse vivido uma vida longa e tivesse visto muito também. Mas não havia uma única ruga em seu rosto adorável. Que interessante.

— Ei, Anrika — Tray falou e seu sorriso se transformou em um par de covinhas que pareciam fazer Ella desmaiar. Ou talvez fosse o fato de ele parecer conhecer todo mundo. Ele abordou todas as ilusões da AcaWard pelo nome também, apesar de serem invisíveis. — Como está a família?

— Você quer dizer Seif? — ela perguntou, bufando. — Ele é imprudente e teimoso, assim como o pai.

— É por isso que você adora os dois.

— Claro. — Sua expressão irradiava orgulho. — Mas sim, ele está bem. Vou dizer que você perguntou por ele. O homem anda ocupado com sua Ômega errante. Ela está dando um trabalhão. Então eu aprovo.

— Ômega? — repeti, franzindo a testa. — Como Fae Fortuna?

— Sim, Seif escolheu a vida de vidente sobre sua magia sombria e sangue. Louco, certo? — Tray piscou para Anrika enquanto falava.

Tomei um gole do meu hidromel enquanto Anrika respondia:

— Ele sempre teve vontade própria. Mas a Gina será boa quando ele a acalmar.

Tossi, o líquido descendo pelo lugar errado, fazendo com que Ella me desse um tapa nas costas. Três pares de olhos me olharam confusos, e Tray arqueou uma sobrancelha.

— Não está de acordo com seus padrões, princesa?

— Não, não é isso — consegui dizer, com a voz rouca da bebida fluindo em uma direção inadequada. Limpei a garganta duas vezes antes de perguntar: — Gina?

— Sim, esse é o nome da companheira relutante dele. Ainda não a conheci. Por quê? O nome significa algo para você?

A visão de um café e uma Fae Fortuna de cabelos escuros surgiu em minha mente. *Gina*, ela me disse. Pouco antes de acrescentar algo sobre nossos caminhos se cruzando como um acaso do destino.

— *Vai ser um ano interessante para você, Aflora* — ela disse.

Eu não tinha pensado muito nisso na época.

Mas agora...

— *Você está nos pensamentos dele agora.*

Pisquei e encontrei os três olhando para mim com expectativa.

— Ah, acho que conheci uma Fae Fortuna chamada Gina em uma cafeteria no Reino Humano.

— Hum, bem, eu sei — Anrika murmurou e um brilho distante deu a ela aquela aura idosa mais uma vez. Um contraste tão estranho com suas feições juvenis. Como se sua idade estivesse de alguma forma presa em uma jovem forma Fae da Meia-Noite.

Claro, todos os Fae da Meia-Noite pareciam jovens. Eles paravam de envelhecer fisicamente por volta dos vinte anos. Esta mulher podia ter milhares de anos. Talvez essa tenha sido a razão pela qual percebi uma sensação tão antiga em sua aparência.

Provavelmente seria rude perguntar, então não o fiz.

— Você é a Aflora — ela disse de repente, aquela aura estranha desaparecendo em um flash, substituída por seu eu jovem mais uma vez. — Ah, sim, eu ouvi tudo sobre você.

— Da Gina? — perguntei, um pouco surpresa com seu truque de mudança de idade. *Sou a única a ver isso?*

— Ah, não. De um velho amigo. — Seus olhos

brilharam. — Estou muito animada por ter você aqui, querida. E imagino que você esteja com vontade de comer alguma coisa de casa, certo?

Um velho amigo?, me perguntei. No entanto, ela me fez uma pergunta. A etiqueta ditava que eu precisava responder a isso primeiro.

— Sim, por favor. Eu adoraria um sanduíche adequado.

— Tenho exatamente o que você está procurando — ela sorriu. — Asas para Tray, certo?

— Sempre.

Quase perguntei o que eram asas, quando Anrika perguntou:

— E você, Ella? Asas também?

— Claro. Já faz um tempo desde que comi um bom molho de búfala.

— As asas de Anrika são as melhores — Tray afirmou.

— Mesmo? — Um lampejo de humor cintilou no olhar de Ella. — Tudo bem. Eu confio em você.

Anrika bateu palmas, fazendo com que os cardápios desaparecessem antes que tivéssemos a chance de lê-los.

— Volto em um piscar de olhos — ela anunciou, desaparecendo em uma nuvem de glitter que me deixou tossindo.

Tray riu.

Assim como Ella.

— Bem, ela é divertida. Por que você não me trouxe aqui antes se as asas são tão incríveis?

— Porque estávamos fazendo nosso tour de frango pelos reinos, Isabella. Eu tive que deixar o melhor para o final.

— Hum-humm. — Ela deu a ele um olhar carinhoso antes de olhar para mim. — Ele tem uma queda por asas de frango. Isso remonta ao nosso primeiro encontro, na verdade.

— Ah, foi uma noite divertida. Sua primeira visita ao reino Fae da Meia-Noite.

— Divertida? Eu quis te matar naquela noite.

— Mas você não matou Você até me deixou te beijar. Duas vezes.

Ela resmungou algo pouco lisonjeiro para ele antes de acrescentar:

— Não gostei muito do Tray quando nos conhecemos. Ele era meio idiota.

Tray bufou.

— Ela entendeu mal minhas intenções.

— Porque você foi um idiota.

Ele deu de ombros.

— Mas meu plano funcionou no final, não foi? Você é minha.

— Sim, sim — ela zombou, revirando seus grandes olhos azuis. Mas peguei a felicidade irradiando sob sua expressão, a alegria absoluta por tê-lo em sua vida.

Eles realmente eram um belo casal.

Muito diferente de mim e meus companheiros.

Em quem eu me recusava a pensar.

Não, não, não.

— Então o filho dela é um Fae Fortuna? — Ela perguntou a Tray, proporcionando uma fantástica distração. — Como um dos Alfas Faes da Meia-Noite que aprendi no ano passado?

— Sim. Ele escolheu se abster de sangue e magia por toda a sua vida e virou Fae Fortuna. Um Alfa, como você disse. Com presas e tudo. — Ele mostrou os dentes para Ella, fazendo-a bufar.

— Ainda não entendo por que vocês vampiros não têm presas — ela murmurou.

— Na verdade, nunca entendi isso também — admiti.

— Anatomicamente falando, faz sentido, já que Faes da Meia-Noite bebem sangue.

— Exatamente — Ella disse, acenando com a mão.

— Nossos incisivos são afiados o suficiente sem a ponta de presa adicional — Tray explicou.

— No entanto, os machos Faes da Meia-Noite que não bebem sangue acabam recebendo presas como Alfa Fae Fortuna. Sim, faz sentido. — A maneira como Ella disse isso implicava que não fazia sentido algum. O que eu concordava. Mas pensando bem, eu tinha orelhas pontudas e isso parecia bobo também. Elas não serviam para nada e eu ouvia tão bem quanto qualquer outro Fae.

— Faes Fortuna são uma raça diferente — Tray murmurou.

— Então, o que acontece com as mulheres Faes da Meia-Noite que rejeitam sua Fonte Sombria? — Ella perguntou, franzindo a testa. — Nós nunca falamos sobre isso em aula.

— Porque elas se tornam Normas — ele respondeu. — Não é tão excitante.

— O que é um Norma? — ela perguntou.

Um tipo de Fae Fortuna, pensei, enquanto Tray entrou em uma lição política que mais do que intrigou sua companheira. Ela o encheu de perguntas que ocuparam a maior parte da nossa refeição, o que foi bom para mim. Me sentei e ouvi enquanto saboreava meu sanduíche – que era de cogumelo e todos os ingredientes e estava muito bom. Anrika me trouxe um segundo Hidromel sem perguntar se eu queria, me dando uma piscada antes de desaparecer no glitter mais uma vez. A magia me lembrou um pouco a de Shade, só que ele preferia a fumaça escura ao confete feliz.

Tomei a bebida enquanto pensava nele e em sua promessa antes de partir.

A qualquer momento.

Uma parte esperançosa de mim queria acreditar que ele falava sério. A parte inteligente se recusava.

Nenhum dos caras era confiável.

Isso eu sabia com certeza.

No entanto, Shade me deu um vislumbre de casa hoje. Tinha até me ensinado um pouco sobre como lidar com meu colar.

Não eram os sinais de um homem que queria me machucar.

— Prontas? — Tray perguntou, me tirando dos meus pensamentos. — Falta uma hora para amanhecer, e Kols provavelmente está pronto para vir nos encontrar.

Olhei pelas janelas e notei as ruas quase vazias.

— Oh. — Não percebi o quanto tinha ficado tarde. Passamos boa parte da meia-noite nesta taverna, comendo e conversando. E tomando hidromel. — Gostaria muito de voltar aqui. — Espere... eu queria descobrir o que Anrika quis dizer sobre seu velho amigo.

Olhei em volta buscando pela mulher e franzi a testa para o ambiente vazio.

— Ah, somos os últimos aqui.

— Sim, a Anrika fechou há uma hora — Tray disse com uma risada. — Ela saiu logo depois de te dar aquela última caneca de Hidromel. Disse ao seu animal de estimação irritado para esperar que saíssemos. — Ele moveu o queixo em direção à gárgula de rosto de pedra parada absolutamente imóvel ao lado da porta. Todos os dezoito centímetros dele pareciam eriçar-se de irritação sem realmente se mover. Impressionante.

— Animal de estimação — ele murmurou, as pedras rangendo com aborrecimento astuto. — Saia.

Tray sorriu.

— Claro.

Saímos da cabine e Tray se inclinou para dar um tapinha na cabeça da pequena gárgula.

— Tenha uma boa noite, garotão.

A coisa rosnou em resposta, o som muito mais feroz do que qualquer ser daquele tamanho deveria ser capaz. Ella soltou um gritinho e praticamente empurrou Tray para o ar frio da noite, comigo logo atrás.

Ele se inclinou rindo, claramente tendo se entregado a mais do que algumas cervejas e hidromel.

Ah, mas todos nós fizemos isso.

Que noite divertida.

Eu realmente me senti aquecida. Mais ou menos como se eu estivesse flutuando em uma nuvem. Comecei a cantarolar enquanto caminhávamos, uma música que minha mãe me ensinou há muito tempo. Uma canção triste com palavras que eu não entendia bem, mas que havia memorizado mesmo assim.

Foi só quando cheguei ao segundo verso que percebi que Ella e Tray estavam olhando boquiabertos para mim.

— O que foi? — perguntei, sentindo minhas bochechas esquentando em sua leitura aberta. — Minha voz não é tão ruim.

— Não, é a música. É assustadora — Ella sussurrou.

— É proibida — Tray corrigiu. — Onde você aprendeu essas palavras?

— O quê? — perguntei, assustada com sua veemência

repentina. — Como uma canção de ninar pode ser proibida?

— Porque você está cantando sobre feitiços usados para realinhar a Fonte — ele respondeu, olhando ao redor como se quisesse ter certeza de que ninguém mais ouviu. — Precisamos ir. — Ele se moveu com urgência em direção ao vestiário que usei com Zeph há pouco mais de dois meses durante minha primeira semana neste reino. Só que todos nós já usávamos nossas capas por causa do clima mais frio.

Tray ativou o portal e nos levou diretamente ao campo de corvos da Academia.

Alguns alunos observaram nossa chegada com interesse, mas não se interpuseram em nosso caminho nem tentaram falar conosco. O que era bom, porque Tray não parecia com disposição para conversar. Ele praticamente invadiu a calçada de obsidiana, passando pelos cipós ardentes e arbustos nus, ignorando as cobras se contorcendo ao longo dos vários postes e cercas, e nos levou pelas escadas para a Residência Elite.

As portas se abriram com um floreio, não precisando de código por causa do que Tray fez com a mão. E subindo a escada principal, fomos para o terceiro andar.

— O que você tem? — Ella questionou quando nos aproximamos da gárgula no final do corredor. Aparentemente, Kols havia desfeito qualquer feitiço que Shade lançou sobre a criatura. Seus olhos vermelhos brilharam ao me ver, como se me culpando pelo incidente anterior.

Junte-se ao clube, pensei. Todo mundo neste lugar parecia pensar que eu era culpada por alguma coisa.

— Vamos conversar na suíte — Tray murmurou.

Ella franziu a testa para ele.

— Certo.

Excelente.

Lá se foi minha noite feliz. Tudo por causa de uma música. Balancei a cabeça e os segui para dentro, pronta para enfrentar qualquer outra coisa vindo em meu caminho. Porque neste ponto, o que era mais uma marca no meu registro?

CAPÍTULO OITO
KOLS

Olhei para a mensagem de Emelyn, sem vontade de lidar com suas besteiras. Infelizmente, não tive escolha a não ser apaziguar a cretina. Eu não podia arriscar que ela descobrisse que acasalei com Aflora. Não porque me importava com a reação emocional de Emelyn – que imaginei ser violenta, considerando que eu deveria acasalar com ela, não com Aflora – mas porque sabia que ela iria direto ao pai com a informação.

E ele falaria com o meu pai.

Suspirando, digitei uma resposta sobre sua pergunta de roupa e apertei *Enviar*. Em seguida, acrescentei:

Não vamos juntos. Porque não iriamos. Não iríamos participar do Baile de Gala de Sangue como um casal.

Fale com seu pai, ela respondeu. *É ele quem manda fazermos uma aparição pública, Príncipe.*

Revirei os olhos, porque ouvi o bufo irônico no final dessa frase. *Tudo bem. Mas não vamos juntos.*

Bom, ela respondeu.

Bom, repeti.

Então coloquei o celular na mesa de centro e passei os dedos pelo cabelo.

— Puta merda — murmurei, exausto. Meu pai vinha tentando forçar minha união com Emelyn Jyn há vários anos. Nenhum de nós estava interessado no acordo, nem tínhamos muito a dizer sobre ele.

Seu pai, Lima, era o braço direito de Malik Nacht. Eles estabeleceram o acordo entre nossas famílias anos atrás, decidindo que cruzar as linhas de nascimento produziria um herdeiro incrível.

Claro, Emelyn e eu criaríamos uma criança poderosa.

Mas isso exigia que transássemos, o que nunca aconteceria.

Ela me desprezava quase tanto quanto eu a ela. E só havia uma mulher que eu queria na minha cama agora – a que estava entrando pela porta com meu irmão e sua companheira. Humm, eu amava as pernas dela naquela combinação de saia e botas. Mas não me importei com a expressão cautelosa ao me encontrar sentado na sala de estar.

Aflora não me perdoaria facilmente. Não traí a confiança dela, pelo menos não intencionalmente. No entanto, seus olhos azuis diziam que destruí todas as pontes que construímos, me colocando perto do topo de sua lista de antipatia.

Limpei a garganta e me levantei.

— Seus pacotes chegaram e foram guardados.

— Por você? — ela perguntou, parecendo descontente com a perspectiva.

— Sim, mas você pode reorganizar como quiser.

Ela levantou o queixo, alongando o pescoço.

— Eu vou.

Sim. Definitivamente não vai me perdoar tão cedo.

Tray limpou a garganta antes que eu pudesse responder, não que eu realmente tivesse uma resposta.

— Aflora, cante de novo.

Franzi a testa com o pedido bizarro.

— O quê?

— Silêncio — ele resmungou para mim, concentrando-se em minha linda companheira. — Cante de novo.

Ela limpou a garganta.

— É só uma canção que a minha mãe me ensinou.

Ele assentiu.

— E eu quero que o Kols ouça. Por favor.

Hum... Olhei para Ella em busca de uma explicação, mas seu olhar preocupado estava em Aflora. Minha companheira torceu as mãos na frente do corpo e limpou a garganta. Então ela começou a cantarolar, e posso jurar que meu coração parou com o som hipnótico.

Fiquei boquiaberto olhando para ela, maravilhado com as notas doces saindo de sua boca. *Canção* era um eufemismo. Aflora parecia uma sereia, sua voz puxando minha alma.

Minha, pensei. *Esta bela criatura é minha.*

Só que ela me odiava no momento.

Não deveríamos estar juntos.

E nosso vínculo quadruplo podia acabar nos matando no final.

Mas eram pequenos detalhes.

Quase bufei com minha ginástica mental quando a expressão intensa de Tray chamou minha atenção. Ele estava tentando me dizer algo com seu olhar. Fiz uma careta, sem entender.

Aflora era uma cantora talentosa. E daí?

Até que suas palavras começaram a ser registradas.

A língua antiga que ela falava era algo que eu só ouvi em

sussurros durante toda a minha educação. Era um antigo dialeto Fae da Meia-Noite que morreu com os Quandary de Sangue.

O Conselho manteve dicas dos feitiços em nossos documentos históricos. Particularmente, o mais violento dos encantamentos.

E foi o que ela proferiu agora – uma série de promessas para realinhar a Fonte através de um encantamento que apenas Quandarys de Sangue entendiam. Parecia tão lindo vindo de sua boca. Eu quase podia me sentir escorregar em sua escravidão, desejando que ela cumprisse a ameaça que espreitava por trás de sua melodia encantadora.

— Aflora — murmurei, dando um passo em direção a ela como se fosse puxá-la para meus braços.

Mas então a música parou, seus olhos azuis nublaram em desconfiança, e ela deu um passo para trás e para o lado de Ella.

Pisquei. Certo. Tray e Ella não sabiam do meu vínculo com Aflora. E eu precisava manter assim para protegê-los, porque se eles descobrissem o que aconteceu na outra noite, seriam forçados a falar com o Conselho ou enfrentariam punições severas por conspirar para nos esconder.

Essa coisa toda era uma confusão gigante.

— Quem te ensinou essa música? — Tray questionou, seu olhar duro.

Aflora engoliu em seco.

— A minha mãe, há muitos anos.

Tray olhou para mim com a sobrancelha castanha arqueada. Olhei para ele, dizendo-lhe com minha expressão que eu lidaria com isso. Este era o meu trabalho, não o dele. Eu iria até Exos e Cyrus, ver se eles poderiam me contar alguma história sobre o passado dela. O Fae da Terra com quem ela cresceu era parte do círculo de acasalamento deles. Talvez ele soubesse algo útil.

— Como Aflora poderia conhecer uma música proibida sobre o realinhamento do poder? — Ella perguntou, me dizendo que Tray havia explicado o que a música significava antes de eles chegarem. Excelente. Eu esperava que ele ficasse de boca calada.

— Talvez a mãe dela tenha ouvido de alguém — sugeri.

— E ela não entendeu o significado, então cantarolou para Aflora quando criança. Faes Elementais não a reconheceriam, então sua mãe não teria pensado muito nisso.

— Certo. Essa é uma teoria — Tray falou, ainda olhando para mim.

Eu o desafiei com meu olhar para expressar outra opção. A tensão em sua mandíbula me disse que ele queria, mas não na frente de Ella e Aflora. Provavelmente porque sua especulação seria condenatória para minha companheira. Não que ele soubesse que tínhamos acasalado.

Bem, ele suspeitava disso.

Embora ele não tivesse admitido expressamente, sabia que eu tinha dormido com Aflora. Meu irmão gêmeo olhou para a destruição que causei no quarto dela, depois para mim e saiu. Só uma coisa me levaria àquela reação emocional, e era causada por dormir com Aflora.

Eu só esperava que ele não suspeitasse do vínculo, ou estaríamos em um mundo de mágoa. Não porque eu não confiava nele, mas porque ele acabaria arriscando a si mesmo e a Ella para proteger minhas ações. E eu não podia deixá-lo sofrer por mim.

Limpei a garganta.

— Escute. Foi uma longa noite. Caramba, foi uma longa

semana. Podemos nos preocupar com a música mais tarde. Apenas... não murmure ou repita as palavras em público, sim? — Essa parte foi dirigida à Aflora.

Ela assentiu em resposta, então puxou a capa em volta de si como um cobertor. Ou talvez ela a considerasse um escudo. Independentemente disso, não havia muito que pudéssemos fazer agora. Expliquei isso a Tray com outro olhar, ao qual ele concordou com um aceno de cabeça.

Então me concentrei novamente em Aflora.

— Vamos. Quero te mostrar o que fiz no seu quarto. — Não esperei que ela reconhecesse meu pedido, apenas me virei e fui para o corredor à esquerda da sala de estar.

Passei pela área de estudo, quarto de hóspedes, aposentos de Tray e parei na porta nova do quarto de Aflora. Ela apareceu um minuto depois, com os ombros um pouco curvados quando me encontrou sozinho no corredor. Ela provavelmente tinha dito a ela para gritar se eu causasse algum problema.

Dada a tensão no ar, isso não demoraria muito a acontecer.

Com um feitiço sussurrado, chamei a nova chave que criei e a fiz pairar na frente dela. Suas íris azuis giravam com poder enquanto ela a observava.

— O que é isso?

— Sua chave — disse. — Está programada para reconhecer sua magia. Eu amarrei na sua varinha, que está na sua cama, lá dentro.

— Por que eu preciso de uma chave?

— Porque coloquei uma fechadura na porta, e isso — gesticulei para o metal ornamentado girando no ar entre nós — é a única coisa que pode abri-la.

Seus cílios cor de ébano tremeluziram.

— Você me fez um cadeado?

— Sim.

— Um que você não pode substituir? — Ela parecia incrédula.

— Sim — repeti. — Eu nunca deveria ter dito que era o *meu* quarto. Uma desculpa não vai compensar isso, então, tudo o que direi é que sinto muito e espero que você aceite minhas desculpas na forma de privacidade reforçada.

Ela olhou boquiaberta para mim.

— Você está se desculpando?

— Sim — eu disse pela terceira vez.

— Sério?

— Quer que eu fique de joelhos também? — perguntei a ela. — Implore um pouco?

Ela apertou os lábios.

— Na realidade...

— Não. — A única maneira de me ajoelhar era se ela abrisse as pernas e recebesse minha língua entre suas coxas. Permiti que ela visse esse conhecimento em meu olhar, o fogo muito real queimando dentro de mim só para ela. Minha companheira.

Puta merda, eu ia levar algum tempo para me acostumar.

No entanto, eu não podia negar o quanto parecia certo entre nós. Talvez por causa de sua influência Fae Elemental. Nós estávamos ligados no nível três, o que, no mundo dela, tornava isso muito permanente. Assim como minha mordida como Fae da Meia-Noite.

Sim, Aflora e eu estávamos ligados indefinidamente.

Quer gostássemos ou não.

Seus olhos vibrantes encararam os meus por um instante, então ela engoliu em seco e pegou a chave para tentar entrar. A magia zumbia ao nosso redor enquanto o mecanismo procurava a identidade de Aflora antes de permitir sua entrada.

— É semelhante a uma gárgula, mas sem o incômodo — expliquei baixinho.

— O que acontece se eu perder a chave? — ela perguntou enquanto a madeira se abria.

— Há um feitiço que você pode usar para chamá-la, como o que acabei de recitar. — Falei o encantamento novamente, desta vez mais devagar, e ela murmurou de volta para mim, o que fez com que sua chave saltasse pela porta e pairasse na frente de seu rosto novamente.

Ela sorriu.

— Isso é útil.

— Estou feliz que você aprove.

Sua diversão diminuiu um pouco, seja com minhas palavras ou com o pensamento de entrar no quarto, eu não tinha certeza. Mas suspeitei que fosse o último quando ela endureceu a coluna e atravessou a soleira. Esperei na entrada, não querendo atrapalhar sua leitura do quarto.

Ela colocou a chave na mesinha de cabeceira, admirou a cama nova, pendurou a capa sobre o edredom azul – do mesmo tom de seus olhos – e então se concentrou na magia cintilante perto de sua janela.

Esperei pela reação, sem saber o que ela pensaria do aprimoramento.

— O que é isto? — ela perguntou, se agachando ao lado do vaso improvisado.

— É, ah, um presente — respondi, apoiando a mão na parte de trás do meu pescoço. — Nossas flores e vegetação em geral são um pouco diferentes aqui, mas a Mestra Marigold disse que isso florescerá com uma planta mágica se for bem cuidada. E então, eu comprei uma para você. — Parecia bobo agora, como um tipo de pedido de desculpas sem brilho. Mas parecia certo quando eu estava trabalhando na redecoração do quarto.

— Mestra Marigold? — Aflora olhou para mim. — Quem é essa?

— Uma das zeladoras da Academia. — Engoli o nó que crescia na minha garganta, irritado com sua presença. Desde quando eu me sinto nervoso perto de mulheres?

Ridículo.

Com um aceno de cabeça, me concentrei em meus arredores em vez de em Aflora.

— A Mestra Marigold está encarregada das residências. Depois que terminei de limpar tudo aqui, me consultei com ela sobre maneiras de tornar o lugar um pouco mais amigável para os Faes Elementais. Ela sugeriu a planta. Então encomendei. Mas se não gostar, posso devolver. Na verdade, se houver algo de que você não goste, é só me avisar. vou devolver. Este é o seu espaço. Você escolhe.

E, uau, desde quando eu divagava?

Essa garota estava me dando dor de cabeça apenas por existir.

Estremeci. Sim. Não é o melhor pensamento. Certo.

— Vou para a cama — anunciei. Um pouco de sono me ajudaria a resolver meu comportamento. Talvez masturbação também. Pensando em Aflora.

Ah, puta merda. Só a noção disso me fez endurecer. *Esse negócio de acasalamento é um saco!*

— Kols! — ela me chamou. Eu já tinha chegado à porta do meu quarto, me afastando dela como se eu estivesse fugindo de um incêndio.

Fiz uma pausa e não olhei para ela.

— Sim?

— Obrigada — ela sussurrou, e a palavra me fez estremecer.

Não fiz isso por sua gratidão. Fiz isso porque... bem, eu não poderia dizer por que passei por todos os problemas de hoje, além de querer compensá-la. Uma espécie de pedido de desculpas para corrigir uma série de erros. E eu duvidava que tivesse conseguido isso. Mas pelo menos, ela pareceu gostar.

Em vez de responder, apenas assenti, não confiando em mim mesmo para falar, e desapareci em meus aposentos.

Eu precisava dormir.

Amanhã, eu pesquisaria seu passado.

Começando por me encontrar com dois Reis Faes Elementais.

Enviei uma mensagem para Cyrus, sabendo que poderia demorar algumas horas até que ele a recebesse. Sua espécie não era tão ligada a tecnologia quanto os Faes da Meia-Noite, mas alguém passaria adiante meu pedido.

Então conversaríamos.

Provavelmente, no Reino Humano.

Pelo menos, eu conseguiria um pouco de sangue, muito necessário. Sexo, nem tanto.

Estremeci, peguei meu telefone novamente e mandei uma mensagem para Zeph. *Celibato não é minha praia.*

Sua resposta chegou um minuto depois. *Merda nenhuma.*

Venha aqui. Ele saberia por que eu enviei o texto.

Assim como eu entenderia sua resposta. *Estarei aí em cinco minutos.*

Jogar um com o outro não quebrava nenhuma regra de acasalamento, principalmente porque estávamos todos juntos nessa. Além disso, se Aflora quisesse vir e se juntar a nós, seria bem-vinda. Mas algo me disse que levaria um tempo até que ela considerasse a oportunidade.

O que significava que precisaríamos trabalhar muito mais para convencê-la.

Eu sempre adorei um desafio, especialmente se fosse proibido. Assim como Zeph. Juntos, quebraríamos sua determinação. Não apenas em seus sonhos, mas também em sua cama, com nossas bocas, línguas e mãos. Até que ela não conseguisse suportar a ideia de respirar sem nós. E então nós realmente a tornaríamos nossa.

Porque que se fodessem as consequências.

Aflora já era minha.

CAPÍTULO NOVE
AFLORA

Me sentei na sala de aula de Política Fae da Meia-Noite, tentando ignorar os sussurros ao meu redor.

Todos sabiam da minha prisão, mas as razões por trás disso estavam todas erradas.

Alguns disseram que ataquei Kols.

Outros alegaram que eu tinha perdido a cabeça depois que Zeph matou Clove e afirmaram que tentei incendiar a Residência Elite.

— Kolstov está bem — ouvi alguém dizer atrás de mim em resposta ao comentário de outra pessoa sobre eu tentar matá-lo. — A Altrina o viu no Reino Humano ontem à noite, usando sua magia em um par de mortais.

Cerrei os dentes. *Foi para lá que ele fugiu?*, me perguntei.

Eu não o via desde a noite em que ele me deu a chave do quarto reformado. Não que eu realmente tivesse ido procurá-lo. Eu precisava de alguns dias para descomprimir e estava grata que meus companheiros me permitiram um tempo sozinha. Mas quando acordei para as aulas e soube através de Ella que Kols ainda não havia voltado, comecei a me perguntar para onde ele foi.

Ele está se reunindo com o Conselho sobre mim?

Ele contou a seu pai sobre nosso acasalamento?

Ele está tentando encontrar uma maneira de desfazer o que aconteceu?

Os pensamentos correram desenfreados pela minha mente, deixando-me inquieta e desconfiada. Fiquei esperando que uma horda de guerreiros de sangue descesse sobre a Academia e me levasse de volta àquela masmorra. No entanto, o principal ataque que recebi até agora foi na forma de rumores.

E agora, isso.

— É a cara do Kols — outra garota respondeu. — Juro que ele já transou com metade da população mortal.

— Bem, se eu tivesse meu destino prometido a uma garota como Emelyn, faria o mesmo. — Isso veio de um homem no fundo da sala.

— Você não teria tanta sorte, Slag — uma mulher empertigada retrucou com um movimento de seu longo cabelo loiro por cima do ombro. — E se eu fosse a Emelyn, não gostaria de estar perto do pênis do príncipe Kolstov. Ele é uma doença ambulante. Ouvi dizer que ele até transa com Halflings.

Alguém bufou.

— Você está confundindo Kols com Tray.

— Ah, não, é uma tradição da família Nacht neste momento. — A Fae pomposa praticamente ronronou as palavras, sua propensão para a crueldade escrita nos ângulos afiados de seu rosto perfeito. — Quero dizer, Tray tomou a vira-lata humana como sua companheiro, e seu irmão sem dúvida transou com a abominação Elemental. Cada um na sua, suponho.

— Ah, você não está tendo pau suficiente em sua vida,

Justine? — Ella perguntou, com expressão de preocupação fingida. — É por isso que tem que se concentrar nos outros? Vive indiretamente através daqueles que você inveja? Isso é uma vergonha.

Um lampejo de magia chamuscou o ar, mas Ella a pegou facilmente com sua varinha e a devolveu à remetente assim que nossa diretora entrou.

— Isabella Cinder! — a diretora Vayera falou, com a capa esvoaçando ao seu redor em uma onda de aborrecimento. — O que você pensa que está fazendo?

— Praticando artes defensivas — Ella respondeu, nem um pouco arrependida.

— Não na minha sala de aula. — A diretora Vayera apontou para a porta com uma unha preta afiada. — Fora.

— Foi um feitiço — Ella argumentou.

— Fora! — ela gritou, não se incomodando em dar a Ella uma chance de explicar.

— A Ella estava só se protegendo — interrompi. — Foi Justine que começou.

— Eu, não! — a loira perfeccionista retrucou, parecendo ofendida.

— Ah, vamos lá — Slag falou lentamente. — Todos nós vimos você enviar aquele vaga-lume para a Halfling. A Aflora está certa, Diretora. A Ella estava só se protegendo.

A diretora Vayera pulsava com irritação, seus olhos azuis vasculhando a sala.

— Alguém mais gostaria de acrescentar algo a esta discussão deliciosa?

— A Ella insultou...

— Essa foi uma pergunta retórica, Corrine — a Diretora Vayera interrompeu, então pegou sua varinha para um feitiõ. Textos grossos pousaram em cada uma de nossas mesas, todos abrindo em uma página com várias seções repletas de jargões jurídicos.

Gemidos ecoaram pelo ar.

— Vocês vão ler e decifrar cada ponto, então apresentar sua seção para a classe à meia-noite. Não haverá intervalo hoje, pois está claro que todos gostaram um pouco demais do ar fresco ontem e anteontem. Em vez disso, faremos um teste que cobrirá todas as apresentações, então sugiro que prestem atenção e sejam cuidadosos na tradução.

Argh, punição acadêmica, pensei, olhando para minha seção sobre as leis de manipulação do tempo Paradoxo Fae. Isso nem sequer estava relacionado com Faes da Meia-Noite. Bem, exceto pela parte sobre como era ilegal trabalhar com um Paradoxo Fae para mudar uma linha do tempo. Mas esse era o caso em todos os reinos.

Soltei um suspiro que se transformou em uma vibração entre meus lábios. Ella bufou em resposta.

E assim começou nosso longo dia de leitura, decifração e articulação em forma de ensaio. Porque, sim, esse foi o método de teste que a diretora Vayera selecionou.

— Ela é má — Ella disse quando entramos na residência várias horas depois.

Tray ficou esperando por ela na escada, arqueando a sobrancelha com a declaração.

— Quem?

— A Diretora Vayera.— Ella tirou o a com um longo gemido. — Ela nos fez ler as ordenanças Faes da Meia-Noite, Tray. Depois nos questionou sobre elas, e foi horrível.

Ele sorriu.

— Parece minha infância.

— Argh, não é o mesmo. — Ela caminhou para seus braços abertos e aceitou seu abraço. — Parecia a faculdade de direito — ela murmurou em seu peito. — Não que eu tenha estudado lá, mas é o inferno que eu imaginava.

— Humm — ele murmurou, puxando-a para perto e beijando o topo de sua cabeça. — Precisa de mim para melhorar as coisas, baby?

E essa foi a minha deixa para continuar em movimento.

— Vocês dois se divirtam — falei, subindo os degraus para o terceiro andar e indo em direção à gárgula.

— Sir Kristoff — cumprimentei.

— Abominação — ele respondeu em seu tom frio. Não ajudava que as pedras se agitassem em sua boca toda vez que ele falava.

Pelo menos, ele me permitiu entrar. Suspeitei que, se ele tivesse escolha, fecharia todas as portas e me manteria presa em uma sala sem entrada ou saída. Semelhante ao seu mestre.

Fiz uma careta ao lembrar da masmorra do Conselho e atravessei a soleira da suíte. Kols e Zeph estavam lá dentro e voltaram sua atenção para mim quando a conversa parou.

— Não parem de falar por minha causa — eu disse, notando a aparência corada de Kols.

Sangue, percebi. *É de beber sangue.* Zeph tinha a mesma aparência, sugerindo que os dois tinham ido ao Reino Humano para um lanche. E provavelmente sexo.

Certo.

Muito bem.

Nós éramos companheiros, mas não havíamos discutido nada sobre estarmos comprometidos. Quero dizer, eles me traíram nem doze horas depois de me morder. Então. O que isso dizia sobre nosso vínculo?

Bufei e fui para o meu quarto, não querendo falar com nenhum dos dois. Se eles quisessem buscar prazer em outro lugar, eu não poderia impedi-los. Eu nem queria dormir com eles mesmo.

Pelo menos, eu sabia por que meus sonhos estavam vagos nas últimas noites. Não foi por respeito a mim ou à sua maneira de me dar tempo. Não, eles estavam muito ocupados brincando com fêmeas mortais e usando-as para obter sangue e prazer.

Bati a porta do meu quarto atrás de mim.

— Não é da minha conta — murmurei para mim mesma.

Quem era eu para julgar? Eu tinha três companheiros. E era uma só. Claro, eu não seria suficiente para satisfazê-los. Não que eles tivessem se incomodado em tentar. Mas eu não queria que eles fizessem isso, então funcionava bem para todas as partes envolvidas. Eles poderiam brincar e me deixar em paz, e talvez encontrássemos uma maneira de romper esse vínculo entre nós.

Eu era uma Quandary de Sangue, certo? Meu dom literalmente desvendou a magia. Por que não experimentá-lo na conexão de acasalamento?

Pendurei minha capa no armário e olhei para o meu reflexo no espelho que Kols havia afixado na parte de trás da porta.

— Qual é o sentido de tudo isso? — me perguntei. — Por que estou aqui?

Porque Shade tinha me mordido.

Semicerrei meu olhar.

Shade.

Eu também não tinha notícias dele há alguns dias. Ele se juntou aos caras em sua orgia humana? Duvidava. Então, onde ele estava? Por que ele não apareceu?

— Pare com isso — me repreendi enquanto tirava a blusa e a saia. — Apenas. Pare.

Os caras não importavam. Meu futuro, sim. O que quer que isso significasse.

Coloquei um short de flanela e uma camiseta branca macia, fechei o armário e caminhei até a cama.

— Chega — murmurei em meu travesseiro. — Chega. Chega. Chega.

CAPÍTULO DEZ

ZEPH

Limpei a garganta, tentando dissipar um pouco da tensão no ar causada pela entrada abrupta de Aflora e sua subsequente saída.

— Ela ainda está chateada — Kols observou, disputando o papel de *Capitão Óbvio*.

— Ela precisa superar isso — respondi. — Demos três dias para ela se acalmar. Agora ela está apenas sendo infantil.

Kols me deu uma olhada.

— Nós destruímos a confiança dela.

— Protegendo-a — apontei.

— Mas ela não entende isso.

— Porque ela está sendo infantil e escolhendo não falar conosco. Em vez disso, ela está andando por aí tendo um ataque. — Como se ela tivesse me ouvido, uma porta bateu em seu quarto, me fazendo revirar os olhos. — É como se ela quisesse que eu batesse nela.

Kols grunhiu.

— Sim, boa sorte com isso.

— Ela ficaria molhada para mim em um segundo, e você sabe disso.

— E ela te odiaria a cada passo do caminho. — Kols balançou a cabeça. — Sério, ferramos com tudo. Vai levar tempo para consertar.

— Algo que não temos.

— Bem, diga isso a ela — Kols falou, gesticulando para o corredor. — Me avise como vai.

Bufei. Iria tudo bem até que ela gozasse em meu pau. Depois, ela voltaria a me odiar. Enquanto a primeira parte seria boa, a última não nos ajudaria a seguir em frente.

Apoiei os cotovelos em minhas coxas quando me inclinei para frente.

— Isto é ridículo. Tudo o que fizemos foi ajudá-la.

— Ela não vê assim.

— É óbvio. — E embora eu pudesse admitir alguma falha na abordagem, ela não estava exatamente nos dando uma chance de explicar.

Ou talvez eu não tivesse me esforçado o suficiente para ser ouvido.

Ou talvez tudo isso, pensei comigo mesmo.

Mas esse não era o ponto.

— Me fale o que o Sol disse. — Kols estava detalhando seu encontro com o Fae Elemental quando Aflora apareceu na sala. Eu estava prestes a sugerir que ela se juntasse a nós para a conversa, mas sua birra ao nos ver na sala de estar me fez morder a língua.

Kols limpou a garganta.

— Certo. Bem, primeiro, ele ameaçou me matar.

— Você contou a ele sobre o acasalamento?

— Não. Ele sentiu. Não tenho certeza se ele aprova.

Eu sorri.

— Aposto que não. Mas ele não pode fazer nada a respeito.

— Foi exatamente o que eu disse. Então pedi a ele para me ajudar com ela.

— E?

— Ele disse para eu ir me foder. — Kols pegou a cerveja e tomou um longo gole. — Então Cyrus interveio e lembrou a Sol de como eu os ajudei com o problema da Chanceler, fornecendo textos de magia sombria. E Exos comentou que trabalhar juntos só ajudaria Aflora, não a machucaria. Como seu companheiro da Terra, tenho o dever de protegê-la e blá blá blá, então, eventualmente, Sol cedeu.

Ele se levantou para pegar o paletó e tirou algo do bolso.

— Esses são os pais da Aflora. — Ele me entregou uma fotografia em estilo de pintura antiquada, de um casal olhando para o bebê nos braços da mulher.

— Esse bebê é a Aflora?

— Sim. — Kols segurou a garrafa de cerveja pelo gargalo e desfrutou de outro gole enquanto permanecia em pé.

Observei a foto

— Ela se parece muito com a mãe. — Maravilhosa. Cabelo escuro. Pele clara. Lindo sorriso. Senti meus próprios lábios se curvarem com a visão e meu coração se aquecer um pouco com uma inocente Aflora sendo amada por seus pais. Eles sabiam que criança poderosa eles criaram? Imaginei que sim.

— Você os reconhece? — Kols perguntou.

Observei o casal e balancei a cabeça.

— Não. Eu deveria?

— Não. Só estava curioso.

— Você já não sabia como eles eram, pelo seu treinamento real? — fiz a pergunta com seriedade. Kols cresceu estudando política Fae. Certamente ele já tinha visto uma foto da realeza Fae Elemental em algum momento.

— Faes Elementais não são conhecidos por tirar fotos. Eles preferem viver a vida, aproveitar o momento e recusam a tecnologia.

— Então, por que os pais dela tinham uma foto?

— Exatamente — Kols respondeu, caindo na poltrona mais uma vez. — Sol me disse que muitas coisas sobre a infância de Aflora eram anormais, incluindo aquela foto. E quando perguntei sobre a canção, ele a reconheceu. Aflora costumava cantarolar com frequência quando era mais jovem, geralmente em momentos de felicidade.

— Mas ele não a reconheceu de outra forma?

— Não. Nenhum deles tinha ouvido antes, então não era como se fosse uma canção de ninar Fae Elemental.

— Bem, pelo menos isso. — Causaria muito conflito político se nossa espécie descobrisse que os Fae Elementais andavam por aí murmurando sobre como realinhar a Fonte da Magia Sombria.

— Ainda é preocupante, e o que não gosto é que o Sol não conseguiu me dizer nada sobre os avós da Aflora. Ela é descendente da linha real Fae da Terra. Como eles não sabem nada sobre aqueles que vieram antes de seus pais?

Fiz uma careta.

— Eles não acreditam em manter registros, além de não gostarem de tecnologia?

Kols bufou.

— Perguntei a mesma coisa. Sol não gostou do comentário.

— É uma declaração justa.

— Eu concordo, assim como Cyrus. Ele achou muito estranho que não se soubesse muito sobre a linhagem real

Fae da Terra. Eles confiam tanto em quem a Fonte favoreceu que não se concentram muito além disso. E ainda que saibam os nomes de seus ancestrais, não podem dizer muito sobre eles. Todos os que os conheceram morreram na praga que a abominação causou.

— A ex-chanceler? — perguntei, buscando esclarecimentos. Houve várias abominações ao longo de nossa história, mas ela foi a última a causar problemas entre os reinos.

— Sim. Elana.

Considerei suas palavras.

— Você acha que ela matou os Fae da Terra de propósito? — perguntei. — Quero dizer, ela alvejou o elemento deles primeiro. E se ela fez isso para apagar a história?

— Por que atacar Aflora quando menina, então?

— Para encobrir suas ações? — sugeri.

Kols terminou a cerveja em silêncio, contemplando meus comentários. Então ele balançou a cabeça de um lado para o outro.

— Não parece certo.

Embora eu concordasse com a avaliação dele, falei:

— Mas vale a pena manter isso em mente.

— Verdade. — Ele colocou a garrafa vazia na mesa. — Tudo bem. Então sabemos que ela é Quandary de Sangue . Sabemos que sua linhagem não tem grandes registros. E que seus poderes estão aparecendo.

— Ela se sente mais firme agora — respondi, sentindo meu vínculo de companheiro com ela. Isso apertou um pouco meu coração, principalmente porque eu podia sentir seu descontentamento. Saber que ajudei a causar essa emoção me irritou. Mas eu não podia mudar nada que tínhamos feito. Era para mantê-la segura, quer ela percebesse ou não.

— Verdade — Kols concordou. — Precisamos mantê-la assim.

— É por isso que você se alimentou enquanto estava no Reino Humano? — perguntei, arqueando uma sobrancelha.

— Você está tão bem alimentado quanto eu.

— Pedi um serviço de entrega — admiti. Digerir comida infundida com sangue não era o mesmo que se alimentar de um pescoço, mas funcionava e rejuvenescia a magia.

— Como foi? — Kols perguntou, com curiosidade genuína em seu olhar.

— Diferente. Não é tão agradável quanto morder a Aflora.

Seus lábios se curvaram.

— Duvido algo que seja tão agradável quanto morder Aflora.

— Você pensou nela enquanto se alimentava?

— Não. Não quis tornar as coisas íntimas e me alimentar sem sexo já é difícil o suficiente.

Assenti, compreendendo.

— Você os enfeitiçou?

— Bastante. Eles vão se lembrar de uma sessão pesada de amassos que os deixou tontos depois. — Ele deu de ombros. — Havia alguns outros Faes da Meia-Noite vagando por aí, então criei algo para eles também. Preciso manter as aparências.

— Funcionou — eu disse a ele. — Ouvi alguns deles fofocando.

— Bom. — Então ele franziu a testa. — Você acha que isso chegou até a Aflora?

— Provavelmente.

— Acha que isso vai incomodá-la?

— O fato de que seu companheiro foi visto no Reino Humano transando com mortais? — perguntei. — Te incomodaria se soubéssemos que a Aflora estava fazendo isso?

Ele fez uma careta.

— Ela não precisa de sangue.

— E o sexo?

— Está tentando me irritar? — ele questionou.

— Não, estou tentando fazer você ver o óbvio, idiota — respondi. — Sua reação agora é sua resposta.

Ele começou a responder alguma coisa, mas fez uma pausa, em seguida grunhiu em aborrecimento.

— Puta merda.

— Sim. — Eu entendia porque ele não gostaria de ouvir isso sobre Aflora. Na verdade, eu provavelmente encontraria o humano que ousasse tocá-la e o mataria. Ela podia não se sentir como se fosse minha ainda, mas não tornava isso menos verdadeiro. Eu a reivindiquei no momento em que meus incisivos encontraram a carne macia de seus seios. Ela só não tinha aceitado ainda.

— Acho que é mais um pedido de desculpas em minha lista — Kols murmurou.

— Talvez devêssemos dar a ela uma dúzia de orgasmos. A maioria das mulheres prefere isso a flores.

Kols bufou.

— Ela é uma Fae da Terra. Você sabe que ela prefere as flores.

— Só porque ela não conhece o resto — comentei, finalmente tomando um gole da minha própria cerveja. — Vou mostrar a ela com prazer quando estiver pronta.

— Em seus sonhos? — Ele parecia esperançoso, mas recusei com um olhar.

— Chega de sonhos para ela. Não até que tenhamos

resolvido tudo isso. — Foi o que eu disse na outra noite, e continuava firme nessa resolução. Precisávamos que nossa companheira confiasse em nós antes que eu pudesse continuar sua educação sexual. Caso contrário, eu arriscava ir longe demais com ela e não queria prejudicar nosso vínculo já fragilizado.

— Argh — Kols gemeu, inclinando a cabeça para trás contra a cadeira. — Você não tem ideia do quanto eu quero transar agora.

— Você sempre quer transar — apontei. — E estou muito ciente disso.

Ele resmungou.

— Idiota.

— Não é uma boa maneira de me atrair para um alívio temporário, Kolstov.

— Não vou ficar de joelhos de novo — ele disse, olhando para mim. Sua referência à outra noite fez meus lábios se curvarem em diversão.

— Então acho que você não vai ser comido — respondi.

— Eu disse que quero comer, não ser comido.

— Semântica.

— Você é um idiota — ele me repreendeu, se levantando e jogando a garrafa em uma lata de lixo próxima. — Vou ter um encontro com minha mão hoje à noite. Você pode se foder.

— Aproveite — murmurei, sem me mover do sofá.

— Pode ir agora.

— Estou bem aqui.

Ele balançou a cabeça e resmungou um xingamento baixinho, então se concentrou na cozinha.

— Sobrou pizza? — ele perguntou, mudando de assunto.

— Claro.

— Bom.

Observei enquanto ele se movia. As brincadeiras me fizeram lembrar de um tempo mais fácil entre nós – algo que eu não tinha certeza de que experimentaríamos novamente. No entanto, quando ele puxou uma caixa da geladeira e colocou o conteúdo em uma bandeja, comecei a pensar em um tipo diferente de futuro. Um onde éramos amigos como antes, só que mais próximos.

Por causa de Aflora.

Ou talvez tudo pegasse fogo e nos queimasse.

Esfreguei a mão no rosto e fechei os olhos. A visão de uma beleza de cabelos escuros com magia cerúleo apareceu em minha mente.

O que vou fazer com você? pensei nela, ciente de que ela não podia realmente me ouvir. Não era assim que os estágios iniciais do vínculo funcionavam. Eu podia senti-la e manipular seus sonhos com magia, mas ainda não conseguia acessar sua mente.

Em breve, conseguiria.

Em breve.

CAPÍTULO ONZE
AFLORA

OLHEI PARA A ROSA NEGRA NO ASSENTO ANTES DE OLHAR PARA Shade do outro lado da sala. Ele piscou e voltou para sua conversa com outro Sangue de Morte. Então a flor desapareceu em uma névoa roxa, e a ilusão se foi.

— Que romântico — Emelyn falou, tendo testemunhado toda a conversa de seu lugar a alguns assentos. — Ele te manda flores mortas como presente.

— Devo fazer o mesmo por você, *minha amada*? — Kols perguntou enquanto se sentava na cadeira ao lado da minha.

Emelyn semicerrou os olhos negros para ele e ignorou a oferta.

— Por que seu pai ainda acha que vamos juntos ao Baile de Gala de Sangue, *querido noivo*?

Baile de Gala de Sangue? repeti para mim mesma enquanto tomava meu lugar.

— Eu disse que lidaria com isso — ele respondeu com um tom de aborrecimento.

— É isso que você estava fazendo enquanto vagava por todo o reino mortal, trepando com várias mulheres? — ela perguntou, piscando seus longos cílios de forma recatada para ele. Mas a violência que irradiava de suas íris escuras contava uma história muito diferente. Algo que entendi muito bem quando meu estômago se apertou com suas palavras.

Homicida, pensei. Era assim que me sentia com aquela declaração.

Eu queria estrangular Kols por ser tão desrespeitoso com nosso vínculo.

O que era ridículo.

Eu tinha que superar isso. Não éramos exclusivos. Nós nem gostamos um do outro. Talvez eu contasse a ele mais tarde sobre minha ideia de usar meus dons Quandary de Sangue para desfazer o acasalamento. Ele provavelmente aproveitaria a chance, com todas as suas outras obrigações. Incluindo a fêmea olhando para ele agora, esperando por sua resposta.

Ele não deu a ela.

Grosseiro.

O diretor Zankry limpou a garganta na frente da sala, seus olhos castanhos ostentando uma cor azulada hoje. Eles tendiam a mudar com seu humor. Verde significava raiva. Preto se relacionava com irritação. Marrom indicava tédio. E o azul normalmente sugeria excitação.

O que significava que ele tinha uma tarefa perigosa para nós completarmos hoje.

Eu me perguntei se mais alguém notou que seus planos de aula combinavam com suas íris ou se eles estavam muito ocupados conversando uns com os outros para prestar atenção.

— Aflora — Kols murmurou.

Eu o ignorei. Assim como fiz durante o café da manhã quando ele me pediu para esperar por ele antes de ir para a aula. Eu não vi motivo, então fui em frente. Ele me pegou na entrada do prédio acadêmico, mas sabiamente ficou quieto.

Parecia que o ataque de sabedoria havia chegado ao fim.

Felizmente, o diretor Zankry interveio com sua marca registrada de limpar a garganta para chamar nossa atenção. Linhas escuras de poder deslizaram como uma cobra para cima e para baixo em seus braços, sua magia maléfica em plena exibição.

— Espero que todos tenham seguido a lista de tarefas do curso e lido o capítulo sobre feitiços alucinógenos, porque essa é nossa tarefa de hoje.

Murmúrios animados irromperam na sala, fazendo com que os pelos dos meus braços se arrepiassem.

Ah, eu li o capítulo direitinho.

Ele queria que brincássemos com magia óptica, do tipo que perturba a mente e cria ilusões perigosas. Se não fosse desviado corretamente, o oponente pode se tornar completamente inútil em segundos.

— E vou combinar vocês através de um encantamento de compatibilidade — o diretor Zankry continuou. A magia girou pelo ar, os fios me lembrando daquele dia na aula de Invocação Avançada quando o diretor Irwin me uniu a Shade durante o curso.

Seus olhos azul-gelo encontraram os meus do outro lado da sala e seus lábios se curvaram como se confirmasse que ele teve o mesmo pensamento. A noção de estar ligada a ele novamente não me incomodou como naquele primeiro dia. Na verdade, eu realmente não me importaria...

— Ah, você deve estar brincando comigo — Emelyn retrucou quando as cordas conectaram meu pulso ao dela.

Ergui as sobrancelhas em surpresa.

— Como ela é compatível com a minha magia? — Emelyn questionou, tirando o pensamento da minha mente. Porque não éramos nada parecidas. De forma alguma. A única coisa que tínhamos em comum era Kols.

— Que merda — um homem disse do outro lado da sala. Era o cara com quem Shade sempre parecia sair durante as aulas. Seu nome começou com um A. Ajax, talvez? — Não há nada compatível entre mim e o filho da mãe do Príncipe Fae da Meia-Noite. — Ele ergueu o pulso, o fio mágico preso a Kols.

Meu companheiro Elite de Sangue.

— Acho que seu encantamento precisa ser trabalhado, diretor.

Shade apenas bocejou, seu fio mágico ligado a Stiggis. O último parecia animado por estar ligado ao meu companheiro Sangue de Morte. Ele claramente não perdoou Shade por dar as costas ao acasalamento com sua irmã, Cordelia.

Era como se todos na sala estivessem ligados a alguém de quem não gostavam, tornando-os o oposto de "compatíveis".

O Fae de cabelos escuros estalou os dedos da frente da sala, chamando nossa atenção de volta para ele.

— Eu não disse nada sobre esses pares serem baseados em qualidades de amizade. Esta aula é sobre duelos e magia ofensiva. Agora parem de brincar e comecem a trabalhar.

Kols olhou com cautela para mim antes de se levantar. A advertência em seus olhos era clara. *Não faça nada*, ele estava me dizendo.

Não dignifiquei o olhar com uma resposta e, em vez disso, observei nossas mesas desaparecerem na névoa, a sala mudando de forma para se assemelhar a uma arena do tamanho de um ginásio com marcas no chão. A primeira vez que isso aconteceu, fiquei boquiaberta.

Agora, eu já esperava por isso e aguardei até que

estivesse terminado antes de permitir que o cordão iluminado me guiasse para o ringue de luta apropriado. Assim que Emelyn e eu estávamos em posição, a magia desapareceu, e ela preparou sua varinha.

O feitiço deixou seus lábios antes mesmo que eu tivesse a chance de me preparar. Chamas vermelhas brilhantes me envolveram e o calor me atingiu. Parecia *real*. *Queimava*. Dobrei os joelhos por instinto e procurei freneticamente uma varinha que não existia. De alguma forma, ela a encobriu. não consegui encontrá-la. Procurei inutilmente enquanto o fogo consumia minhas roupas, me deixando nua, quente e mortificada enquanto todos se viravam para me ver falhar.

Até que todos eles evaporaram em uma nuvem de fumaça e os infames campos da morte no Reino dos Espíritos tomou seu lugar.

Gritos.

Terror.

Morte.

Eu não conseguia respirar. Este lugar tinha assombrado meus pesadelos quando criança. Todos os Faes da Terra o temiam. Era onde as almas atormentadas iam para morrer.

E eu tive experiência em primeira mão, lutando na entrada em forma de alma. De uma forma metafórica estranha.

Isso não é real, garanti a mim mesma, fechando os olhos. *Isso não está acontecendo.*

E então ouvi um sussurro em meu ouvido que me fez me virar. Apenas meu nome, mas soava inconfundivelmente como meu pai.

Impossível.

— ...floresta — ele sussurrou as palavras antes de se perder em uma brisa sutil com aroma de pinho e lavanda.

— Minha doce e linda flor. Sinto saudades de você. Me encontre, minha querida. Me encontre em breve. Junte-se a nós. Venha para casa.

Girei em um círculo, procurando a fonte daquelas palavras, meu coração na garganta.

— Pai? — Balancei a cabeça. Não. Não poderia ser ele. Isso tudo era um jogo. Um truque. Uma ilusão mental, algo que eu precisava quebrar. Mas não conseguia. Não sem minha varinha.

Então me lembrei do treinamento anterior de Zeph. As varinhas eram usadas para focar o controle e não eram a fonte de magia. Ela vinha de dentro.

Procurei, lutando para desvendar o feitiço que Emelyn havia tecido em minha aura. Ao meu redor, as árvores choravam, seu mais recente ataque era uma ilusão de matar o elemento que eu tanto amava: minha preciosa Terra.

As flores murcharam.

Galhos queimaram.

As folhas caíram como lágrimas no chão.

E o tempo todo, o espírito do meu pai pairava por perto, murmurando palavras que eu não entendia. Um aviso, talvez. Mas, não. Tudo estava ligado à crueldade de Emelyn, sua intenção perversa de me destruir da maneira mais dura possível, atacando tudo o que eu amava, incluindo minhas memórias de pais que mal tive a chance de conhecer.

Ela levou o ato de garota malvada longe demais, tornou pessoal e mostrou sua natureza cruel.

Vingativa.

Malvada.

Intimidadora.

Cruzei os braços e fingi me encolher no chão, então lutei contra as amarras que ela segurava em minha mente, desfazendo-as uma de cada vez enquanto mantinha cuidadosamente minha magia escondida. Eu não queria que ela sentisse minha aproximação, preferindo pegá-la de surpresa.

— Me encontre — meu pai sussurrou mais uma vez.

Sua voz foi um choque para mim, formando lágrimas em meus olhos.

Me concentrei nesse vinculo, em seguida arrancando a âncora do meu coração, incapaz de aguentar mais um segundo de seu tormento. *Ele não é real. É irreal. Irreal. Irreal!*

O poder explodiu de mim, o ponto focal em Emelyn. Joguei sua visão nos campos de morte do Reino Espiritual, forçando-a a ver e sentir a dor de todo espírito de estar preso lá. Ela pensou em usá-lo contra mim, não percebendo que eu sabia mais sobre aquele reino do que a maioria dos Faes Elementais. Fui levada para lá por uma abominação horrível que tentou atormentar toda a minha espécie. Eu estive nos portões, bloqueando sua entrada em forma de espírito enquanto lutava para desmantelar seu poderoso domínio e frustrar suas tentativas de acessar a Fonte da Terra.

Eu conhecia a dor.

Eu conhecia a morte.

Eu conhecia a tortura.

E permiti que Emelyn sentisse cada uma dessas coisas enquanto minha raiva queimava o ar ao meu redor.

Ela merecia. Como ela ousava tentar me machucar? Me fazer acreditar por um segundo que meu pai ainda pudesse estar vivo? Era errado. Inaceitável. Ela...

— *Aflora!* — Uma onda de magia defensiva acompanhou meu nome, a fonte vindo do meu lado e me derrubando.

Pisquei, sem saber quando me levantei, ou mesmo

como consegui. E em algum momento, voltei para a realidade da sala de aula estilo ginásio, mas agora me deparei com um príncipe Fae seriamente chateado.

— Isso foi demais — Shade elogiou quando entrou na minha linha de visão. Kols olhou para ele, o que só fez Shade sorrir. — O quê? Mulheres poderosas não te excitam?

O príncipe Fae não parecia se divertir.

— Vou lidar com isso — ele disse, as palavras me confundindo.

— É melhor mesmo — o diretor Zankry afirmou. — Ou ela não vai mais assistir minha aula.

— A Emelyn começou — Shade falou. — Não pode punir um Fae e não o outro.

— Posso quando um está nocauteado e o outro está apenas atordoado — o diretor Zankry retrucou.

— Eu disse que vou lidar com isso — Kols repetiu. Ele estendeu a mão, semicerrando as íris douradas para mim. — Venha. Agora.

Parte de mim queria dizer a ele para se danar. Mas quando olhei ao redor da sala e notei todos olhando para mim, decidi não piorar as coisas.

De mãos dadas, permiti que ele me puxasse, sentindo meu corpo formigar com seu toque. *Que magia ele usou para me tirar daquele feitiço?*, me perguntei, sentindo a eletricidade zumbir sob minha pele. Parecia uma teia de calor envolvendo meu corpo da cabeça aos pés. Uma espécie de rede estática, mas minhas pernas se moviam sem nenhum problema enquanto ele me guiava para fora do Edifício de Educação do Sangue Maléfico e de volta para a Residência de Elite.

Não falei.

Nem ele.

Mas senti Shade nos seguindo. Sua presença era como um cobertor de segurança contra meus sentidos.

Era estranho perceber que eu me sentia segura perto do homem que me forçou a essa confusão para começar e nervosa ao lado de quem alegava querer me ajudar.

Todos eles tinham me magoado.

Me traído de alguma forma.

No entanto, Shade era quem eu procurava, enquanto permitia que Kols me guiasse escada acima. Olhei para trás, precisando me assegurar de que meu companheiro Sangue de Morte ainda seguia atrás de nós. Seus olhos azul-gelo encontraram os meus quando ele piscou, completamente imperturbável pela raiva que vibrava do Príncipe Fae da Meia-Noite.

Assim que estávamos dentro da suíte de Kols, ele me soltou, e a sensação de teia foi embora, me deixando de joelhos quando uma explosão de energia saiu de mim.

— Idiota — Shade retrucou antes de se abaixar ao meu lado para apoiar a mão na parte inferior das minhas costas. — Você está bem, pequena rosa? — ele perguntou baixinho, levando a outra mão para minha bochecha para inclinar meu rosto em direção a ele.

— O que aconteceu? — As palavras soaram roucas, e senti minha garganta de repente seca.

— Kols lançou um feitiço de casulo para prender seu poder sob o dele. Então ele soltou sem aviso, porque ele é um idiota.

Kols bufou para o resumo de algum lugar mais distante. A cozinha, talvez? Eu não podia dizer porque minha visão estava nublada por um mar de poeira de encantamento. Pelo menos, parecia pó mágico. Fosse o que fosse, me fez espirrar e disparar outro raio de eletricidade.

Estremeci com a frieza repentina inundando minhas veias, sentindo o zumbido de antes desaparecer.

Shade passou o braço em volta de mim e me puxou para si, movendo a mão para cima e para baixo no meu braço enquanto sua palma guiava meu rosto para seu peito.

Me derreti nele por instinto, absorvendo seu conforto e permitindo que ele me puxasse de volta para a terra dos vivos.

Os sussurros do meu pai ainda permaneciam em minha mente, me fazendo tremer com as lembranças do meu passado. Eu raramente sonhava com meus pais. Principalmente porque me treinei para não fazer isso. Havia tantas manhãs que eu acordava com a esperança de que aquele pudesse ser o dia em que eles retornariam para mim, apenas para que isso nunca acontecesse.

Eles estavam mortos.

Senti em minha alma no momento em que a Fonte da Terra se tornou minha. Isso só ocorreu quando a antiga âncora morreu.

Então estava tudo na minha cabeça de novo. Por causa de Emelyn e sua cruel...

— Aqui. — Uma garrafa de água apareceu na minha frente, cortesia de Kols.

Shade pegou dele, tirou a tampa e levou aos meus lábios.

— Beba, pequena rosa. Isso vai fazer você se sentir melhor.

Por alguma razão, eu o escutei, e no segundo em que o líquido frio tocou minha língua, fiquei feliz por ter feito isso. Porque era bom. Tão bom que fechei os olhos e deixei que ele me abraçasse enquanto aceitava a bebida.

Ele riu.

— Acho que isso é o mais gentil que você já esteve na minha presença.

Ele não estava errado.

Mas eu não tinha coragem de comentar. Eu estava muito cansada de tudo. A briga. Os sentimentos. Toda essa experiência. Eu só queria que tudo desaparecesse e me deixasse em paz.

Shade tirou a garrafa dos meus lábios, o líquido sumiu.

O silêncio se seguiu, e a atividade silenciosa bem-vinda. Inalei seu cheiro de menta, permiti que ele se agarrasse aos meus pulmões e me enchesse de conforto.

Estava errado. Eu deveria afastá-lo e dizer-lhe para não me tocar.

Em vez disso, me inclinei ainda mais em sua direção, buscando sua força.

Os campos da morte sempre me esgotaram. Apenas a noção de sua ameaça machucava meu coração. Eles se foram agora, graças à Rainha Claire e seus companheiros que derrotaram a abominação que criou o vácuo de almas presas.

Isso não me impediu de lembrar de sua existência.

Shade beijou minha testa e me abraçou com seus braços fortes no foyer da suíte de Kols. A realidade do momento deveria ter arrancado uma risada incrédula de mim, mas eu me sentia muito morta por dentro para emitir um som tão divertido.

Passos ecoaram ao nosso redor quando alguém passou pela soleira, o aroma amadeirado me avisando da presença de Zeph. Me aconcheguei mais no peito de Shade, desejando desaparecer.

Eu me senti fraca.

Sozinha.

Exausta de tudo.

Esse desamparo passaria, a emoção residual das ilusões que Emelyn havia criado. Eu a odiei naquele momento, desprezei sua capacidade de me fazer sentir tão inútil e frágil. Ela se livrou fácil porque Kols me parou.

Por quê? Porque ela era sua noiva?

Apertei a mandíbula com o pensamento. Que ridículo ele defender sua noiva depois de passar dias no mundo humano dormindo com mortais.

Um grunhido ameaçou sair de meu peito, meu aborrecimento aumentando a cada minuto.

Ele era um companheiro horrível.

Ele me negou depois que nosso vínculo se encaixou, me acusando de plantar a semente de propósito. Como se eu pudesse controlar uma conexão Fae da Terra por conta própria. Uma colocação de nível três significava que ele também queria. Mas ele queimou todas as minhas coisas em resposta, me mandou correndo para a Floresta Mortal e encheu nosso vínculo com um poder tão forte que eu senti como se estivesse prestes a explodir.

Então ele alegou não me odiar e, menos de um dia depois, me prendeu.

Bem, tecnicamente Shade me prendeu com aquela gravação.

Kols e Zeph acabaram por orquestrar a prisão e o colar no meu pescoço.

Fiz uma careta, tocando o couro com a ponta do dedo indicador.

Aquilo não fez nada para me impedir de explodir o poder de Emelyn hoje. Ou ele tentou me frustrar e eu acabei por contorná-lo?

Uma consideração para mais tarde.

O que eu estava fazendo aqui, permitindo que Shade me abraçasse assim? Os três machos estavam conversando ao meu redor, suas palavras ecoavam ao longe em meus ouvidos.

— ...ela desmantelou o feitiço da Emelyn, — Kols estava dizendo. — Depois acabou com ela.

— Foi lindo — Shade disse em tom prestativo.

— Ela usou as habilidades Quandary de Sangue.

Shade deu de ombros, ainda esfregando meu braço suavemente.

— Ninguém percebeu. Ela não pronunciou um único feitiço em voz alta. Pelo que eles podiam dizer, ela colocou Emelyn em uma visão, que era o exercício de hoje, certo? Não é culpa de Aflora que Emelyn não conseguiu lidar com uma dose de seu próprio veneno.

— A Emelyn está bem? — Zeph perguntou em voz baixa.

— Ela vai ficar bem — Shade respondeu. — Nossa companheira também vai ficar, a propósito. Caso você esteja se perguntando. — A sugestão de aborrecimento em seu tom criou uma atmosfera tensa que fez os pelos ao longo dos meus braços se arrepiarem.

— Você está tentando insinuar que não posso ver, Shadow?

— Não, estou sugerindo que você redirecione sua preocupação para a fêmea certa, Zephyrus. Você sabe, aquela que é nossa companheira.

— Diga isso um pouco mais alto — Kols retrucou.

— Isso é um desafio? — Shade contra-atacou. — Porque você sabe que farei. Ao contrário de vocês dois idiotas, eu abracei meu destino. Talvez vocês devessem tentar.

— Ou eu poderia desfazê-lo — murmurei, mais para mim do que para eles.

Shade congelou contra mim, fazendo o ar esfriar na

sala.

— O que você acabou de dizer?

Certo. Hora de dizer aos rapazes meus pensamentos sobre todo esse negócio de acasalamento. Como estávamos todos juntos, por que não agora? Já tinha sido um dia e tanto. Poderia muito bem terminar com uma bomba.

Eu me afastei de Shade para que eu pudesse ver os três machos ligados à minha vida e limpei a garganta.

— Eu disse que eu poderia simplesmente desfazê-lo. — Eles olharam boquiabertos para mim como se eu tivesse enlouquecido. — O que foi? Sou uma Quandary de Sangue, certo? Aparentemente, poder de redirecionamento é uma habilidade. Por que não aplicar essa lógica aos vínculos e cortá-los?

CAPÍTULO DOZE
ZEPH

Senti o gelo perfurar minhas veias.

— De jeito nenhum.

Aflora piscou para mim, surpresa.

— O quê?

— Não. A resposta é não. — Eu a reivindiquei. Planejado ou não, ela era minha e eu não permitiria que ela desfizesse o laço.

Ela se irritou com o meu tom e um pouco de fogo cintilou em seu olhar.

— Não? — ela repetiu. — Não? Tenho certeza de que essa decisão não é sua.

— Vou te morder de novo — Shade interrompeu, parecendo entediado com a discussão. Mas peguei a sugestão de mágoa em seu olhar gelado. Ele não gostava muito dessa linha de pensamento. Pela primeira vez, eu concordava com ele.

Kols, no entanto, permaneceu quieto.

Olhei para ele, esperando ver raiva, mas ao invés disso, peguei um vislumbre de curiosidade.

— Você não pode estar considerando isso — disse a ele.

— Resolveria muitos problemas — ele admitiu dando de ombros.

— Sim, resolveria vários problemas — Aflora concordou enquanto se levantava com as pernas trêmulas.

— E criaria mais mil — retruquei, cruzando os braços.

Kols me deu um olhar que eu conhecia bem. Aquele que me disse que ele estava tramando algo. Então ele voltou seu foco para Aflora.

— Você pode desfazer o vínculo, Fae da Terra? — ele questionou, a pergunta me fazendo perceber sua intenção.

Ele queria testar sua determinação e ver até onde ela iria.

O que significava que ele não queria desfazer o vínculo.

Ainda bem.

Nós não passamos por toda essa besteira apenas para desfazer tudo.

Os vínculos existiam por uma razão. Se Aflora rompesse nossos laços, ela implodiria, e nenhum de nós permitiria que isso acontecesse. Ela nos pertencia. Fim de discussão.

— Hum. — Ela estremeceu, me fazendo semicerrar os olhos. Isso, bem ali, me disse que ela realmente não queria. Algo mais a estava levando a sugerir essa insanidade. — Não tenho certeza, mas vou tentar.

— Não, você não vai — respondi, terminando a conversa. — Você não vai fazer nada.

— Mais uma vez, essa decisão não é sua — ela retrucou.

Segurei sua nuca e a puxei para mim.

— Você está chateada. Eu entendo. Você não confia em nós. Certo. Mas essas não são razões para se quebrar um voto de sangue. Relacionamentos exigem trabalho. E de jeito nenhum vou deixar você usar a magia Quandary para sair disso, linda flor.

Ela pressionou as palmas das mãos contra o meu peito e tentou me empurrar para longe.

— Não me toque.

— Tarde demais. — Apertei meu braço em torno da parte inferior das suas costas. — Você está brava. Acha que nós te traímos, mas tudo o que fizemos foi para protegê-la.

Ela bufou uma risada, cravando as unhas na minha camisa de botão.

— Certo.

— Você acha que gostei de vê-los te levando embora? — perguntei a ela. — Não foi minha gravação que te colocou atrás das grades, Aflora. Fiz o que pude para protegê-la.

— Você quer dizer que você fez o que pôde para se proteger e ao Kols — ela corrigiu. — Sem o colar, o Conselho teria sentido nossa conexão. Então não minta para mim e finja que teve alguma coisa a ver comigo, porque sei que não. Você sempre cuidará do Kols em primeiro lugar. Agora estou sugerindo que encontremos uma maneira de libertar vocês dois para que possa voltar a protegê-lo sem que eu esteja no caminho.

— O colar te protegeu também — apontei.

— Mas não era a mim que você pretendia proteger — ela jogou de volta. — Pare de brincar comigo, Zeph. Essa coisa toda é um grande erro. Vou descobrir como desfazê-lo e seguiremos caminhos separados.

— E quanto ao seu equilíbrio? — Kols perguntou, confirmando minha avaliação anterior. Ele queria testar sua determinação e ver se ela realmente havia pensado nisso. — Nossa mordida foi o que te ajudou a parar de implodir na outra noite. Se você remover os laços, corre o risco de implodir novamente.

— Exatamente — concordei.

— Então me coloque no meio da Floresta Mortal e me

deixe explodir — ela retrucou. — Quero dizer, realmente, não é como se você se importasse, certo? — Ela tentou se soltar do meu aperto novamente, mas não me mexi.

— Pare de nos dizer como nos sentimos, Aflora — eu a repreendi, irritado por suas avaliações imprecisas.

Ela revirou os olhos azuis, me fazendo aumentar a pressão em seu pescoço.

— Me. Solta. — Ela pronunciou as palavras através da mandíbula cerrada.

Então eu pronunciei de volta para ela.

— Não.

O poder cintilou através dela, e dei boas-vindas à luta, mas Kols escolheu aquele momento para falar novamente.

— Eu me importaria. — As palavras suaves me fizeram olhar para ele. — Eu me importaria muito, na verdade.

Aflora bufou.

— Certo. É por isso que você passou os últimos dias transando no Reino Humano?

Ah. Aí está: a verdadeira razão pela qual ela está sugerindo isso.

Ela ficou magoada, não apenas por nossa traição, mas também pelo comportamento notório de Kols. Ele percebeu no mesmo momento, dilatando as narinas enquanto suas íris douradas pulsavam.

Eu a soltei, sabendo que ele iria agarrá-la, e foi o que ele fez, apoiando as palmas das mãos nos quadris dela enquanto a empurrava contra a parede.

— O que você está fazendo? — ela questionou, colocando as mãos nos ombros dele para forçá-lo a voltar.

— Há um problema com a sua teoria, companheira — ele disse, empurrando a coxa entre as pernas dela enquanto deslizava as mãos para a lateral de seu corpo, a fim de memorizar suas curvas.

Seu cheiro começou a mudar quando o interesse escureceu os olhos azuis.

— Que problema?

— Os laços Faes da Meia-Noite ocorrem quando um macho morde outro Fae da meia-noite. — Ele moveu uma de suas mãos de volta para o quadril dela enquanto levantou a outra para segurar o pescoço, roçando o polegar na parte de baixo da mandíbula para garantir que ela continuasse encarando-o.

— Estou ciente — ela respondeu.

— Sim, e é uma afirmação permanente de que suas habilidades Quandary podem ser desvendadas — ele admitiu. — Mas você não pode desfazer nosso acasalamento Fae Elemental, princesa. Já estamos acasalados no terceiro nível, o que exigia o acordo de nossas almas. Você entende o que estou dizendo?

— Você não acha que minha magia pode desmantelar os laços dos Fae Elementais.

— Não, linda — ele murmurou. — Estou dizendo que sei que não pode.

Ela balançou a cabeça, com um movimento tenso graças ao aperto dele em seu pescoço.

— Eu nem tentei ainda, então você não pode saber disso.

— Mas eu sei, Aflora. — Ele pressionou o nariz na bochecha dela e passou os lábios em sua orelha. — Você precisaria da minha cooperação até mesmo para tentar, e você não a tem. Porque minha alma quer a sua, assim como a sua quer a minha. Nossos espíritos não nos permitirão quebrar os votos agora. É tarde demais. O que faz você ser minha, *companheira*.

Ela entreabriu os lábios com uma respiração rápida e pupilas dilatadas.

— Eu quero quebrar isso.

— Não, você não quer — ele respondeu baixinho, se afastando de sua orelha para encontrar seu olhar mais uma vez. — Como Zeph disse, você está chateada. Sinto muito. Ele também sente. Puta merda, acho que até o Shade está arrependido. Nenhum de nós quis te machucar. E antes que você me acuse de não me importar novamente, por que você acha que nós três fomos para a Floresta Mortal, Aflora? Por que mordemos você?

— Para esconder meus poderes crescentes — ela respondeu sem hesitação. — Tudo o que vocês fizeram foi para se protegerem.

Ele balançou a cabeça.

— Como formar um vínculo de acasalamento Elemental me protegeu?

— Isso foi um acidente. Você me culpou por enganá-lo, lembra?

— Porque eu fiquei chocado — ele admitiu. — Mas isso não muda o fato de que eu queria você e ainda quero.

— Foi isso que você disse aos humanos esta semana? Aqueles com quem você transou e se alimentou? — Ela semicerrou o olhar para ele. — Todos eles receberam falsas promessas, Kols? Ou só eu?

— Só você — ele murmurou, aproximando os lábios do ouvido dela. — Mas elas não são falsas, princesa. Meus votos para você são totalmente verdadeiros.

Ela bufou, não acreditando em nada.

— Certo. — Aqueles olhos azuis encontraram os meus por cima do ombro de Kols. — E você, Zeph?

Eu arqueei uma sobrancelha.

— O que tem eu?

— Eu te vi ontem à noite, parecendo revigorado pelo consumo de sangue. Você também lhes deu falsas promessas? Ou apenas amarra seus companheiros e os amordaça?

Uma visão dela amarrada na minha cama entrou em minha mente, me intrigando.

— Você quer ser amarrada, Aflora?

— Isso foi tudo que você ouviu? — Ela balançou a cabeça e procurou Shade.

Ele estava encostado na parede há algum tempo para observar. Sua expressão agora a desafiava a provocá-lo com sua boca extraordinária.

— Eu nem quero saber onde você esteve nos últimos dias — ela murmurou.

— Sentiu minha falta em seus sonhos, pequena rosa? — ele perguntou, achando graça.

— Não.

— Mentirosa — ele murmurou.

Ela grunhiu, então voltou a tentar empurrar Kols para longe.

— Me deixe ir.

— Nunca — ele prometeu, segurando seu pescoço para forçar sua atenção de volta para ele. — Nossas almas estão comprometidas, Aflora. Você não pode mudar isso.

— Espere e você vai ver — ela retrucou.

Seus lábios se curvaram.

— Não é possível, linda. Sua alma reivindicou a minha e vice-versa. Até o Sol percebeu, apesar do encanto ligado à minha pulseira. Ele quase me matou por isso.

Aflora parou de lutar, arregalando os olhos.

— Sol?

— Sim, o grandão com pedras nos punhos — Kols explicou. — Ele jogou uma na minha cara. Felizmente, eu me curo rápido. — Ele soltou Aflora e deu um passo para trás. — Ele me deu algumas coisas para você. Estão em uma sacola no meu quarto.

— O quê? Por que você não as deu para mim quando voltou?

— Porque você saiu do quarto feito um furacão ontem à noite, bateu a porta e se recusou a sair depois — ele respondeu, cruzando os braços. — Você não tem sido exatamente aberta ultimamente, Aflora.

— Porque você estava brincando no Reino Humano.

— Se por *brincar* você quer dizer encontrando com o Exos, Cyrus e Sol, então com certeza. E antes que você pergunte, sim, eu me alimentei. Algo que posso fazer sem transar, a propósito. Mas estou muito feliz que estejamos discutindo sobre exclusividade, porque se você tocar em outro homem, eu vou matá-lo.

— Digo o mesmo — concordei.

Shade apenas deu de ombros.

— Estou com vocês dois nessa.

Aflora ficou olhando boquiaberta entre nós três, agindo como se tivesse crescido várias cabeças em nós.

— Como...? Como essa conversa se tornou sobre *exclusividade*? Acabei de dizer a todos que quero desfazer o acasalamento.

— E nós dissemos que isso não vai acontecer, linda flor. — Inclinei a cabeça para o lado. — Três votos contra um.

— Isso não parece justo — ela murmurou.

— Bem-vinda à sociedade Fae da Meia-Noite — Shade falou. — Onde os homens fazem as regras e as mulheres devem segui-las. Não é mesmo, príncipe Kolstov?

Kols ignorou o comentário, seu foco em Aflora.

— Você me escolheu.

— Sim, e você me rejeitou — ela respondeu. — E então, para adicionar insulto à injúria, você incendiou as minhas coisas. O que não importa, já que nenhuma delas me pertence de qualquer maneira. — Ela balançou a cabeça, sua exasperação era palpável. — Por que estamos fazendo isso? Nenhum de nós quer estar nesta situação.

— Você está certa — concordei. — Nenhum de nós quer estar nesta situação.

Ela se moveu, um movimento leve, mas visível. E então acenou com a mão para mim.

— Viu? O Zeph admite.

— Admito não gostar da nossa situação atual — esclareci. — Aquela em que você está brava com nós três e nos punindo com comentários ofensivos sobre nossos laços com você. Não gosto muito desta situação e gostaria que ela cessasse. Agora.

Ela olhou para mim, movendo a boca sem som.

— Muito melhor — elogiei, dando um passo em direção a ela e empurrando seu cabelo escuro atrás da orelha. — Que tal irmos nos sentar na sala e tentar resolver isso como adultos, humm?

— E-eu não entendo. — Ela estava falando mais consigo mesma do que comigo, mas respondi de qualquer maneira.

— Não queremos desfazer nosso relacionamento quádruplo, Aflora. Bem, por mim, eu chutaria o Shadow, mas algo me diz que ele vai ficar.

— Vou — ele disse, aparentemente imperturbável pelo meu comentário. Se alguma coisa, ele parecia estar se divertindo.

Eu ia avaliar isso mais tarde.

— Você está chateada, e sei que prejudicamos sua capacidade de confiar em nós. Mas não podemos mudar o passado, Aflora. Só podemos consertar o futuro. — Shade tossiu, me fazendo olhar para ele. — Isso é divertido para você, Shadow?

Ele limpou a garganta.

— Não posso nem começar a explicar essa reação. Sim, continue. — Ele ainda parecia estar lutando contra um sorriso.

Fiz uma pergunta para Kols com os olhos, e ele apenas deu de ombros como se dissesse: *É o Shade. O que você espera?* Sim, o que eu esperava?

Revirando os olhos, eu me concentrei na mulher diante de mim.

— Sinto muito por não te dizer o que estava prestes a acontecer. Não havia tempo, e trabalhei a situação da melhor maneira possível para garantir sua segurança, além da minha e de Kols. — Segurei sua bochecha e inclinei sua cabeça para trás quando entrei em seu espaço pessoal. — Vou te provar, com o tempo, que seus melhores interesses são importantes para mim. Mas preciso que você me dê a oportunidade de tentar.

Ela engoliu em seco, seus lindos olhos ainda segurando um toque daquele fogo que eu adorava.

— Por que eu deveria?

— Porque sou seu companheiro, Aflora — respondi, abaixando meus lábios para roçar um beijo casto em sua boca. — Quer você me queira ou não, estamos unidos. E isso será muito mais fácil se você aceitar que nossos destinos estão interligados.

— E se eu quiser libertá-los? — A falta de fôlego em sua voz desmentia suas palavras, mas seu lado teimoso se recusava a recuar. Eu realmente adorava isso nela. Só queria que ela direcionasse essa luta para outro tópico, algo menos doloroso.

— Você não quer — sussurrei, esfregando meu nariz

contra o dela. — Então pare de sugerir isso. — Mordi seu lábio inferior com força suficiente para machucar sem romper a pele. Uma reprimenda gentil por suas palavras cruéis. Talvez eu as merecesse, mas não precisava gostar delas. — Você é minha, Aflora. E um dia, você vai confiar em mim novamente. Se você se permitir tentar.

— Não posso — ela admitiu. — Eu não posso confiar em você.

— Ainda não — concordei, pressionando a testa na sua. — Mas logo. Você vai ver. — Com um beijo final em sua bochecha, eu a soltei mais uma vez. — Vamos continuar essa discussão durante o almoço da meia-noite. — Encarei Aflora enquanto acrescentava: — Vou cozinhar. Espero que você goste de cipó ardente.

Um músculo em sua bochecha se contraiu, um que me disse que eu quase ganhei um sorriso dela. Melhor que nada.

— Preciso cuidar de algo primeiro, mas já volto — Shade disse, desaparecendo em uma nuvem de fumaça antes que qualquer um de nós pudesse comentar.

Um segundo depois, Sir Kristoff entrou correndo na sala, com os olhos vermelhos brilhando.

— Onde eles estão?! — ele exigiu, girando em um círculo, sua pequena mão segurando uma adaga de pedra. Bem, imaginei que fosse uma espada para ele, considerando seu tamanho.

— Do que você está falando? — Kols perguntou.

A gárgula rosnou, baixo e ameaçador.

— O Sangue de Morte e seu amigo empunhando espadas. *Onde eles estão?*

Kols e eu trocamos um olhar. Eu não tinha visto nada.

Aflora parecia igualmente perdida.

— Você está falando sobre o Shadow?

— Sim — o demônio de pedra assobiou. — E seu amigo de espada. O ti...

Shade apareceu mais uma vez e atirou uma nuvem de poeira roxa na gárgula, fazendo com que o pequeno diabinho cuspisse e tossisse, piscando os olhos vermelhos repetidamente. Então ele franziu a testa e olhou para o Sangue de Morte.

— Você.

— Ah, você sentiu minha falta, amiguinho? Eu ficaria feliz em amarrá-lo novamente. Sei o quanto você gostou da última vez.

Sir Kristoff rosnou e se afastou, retornando ao seu dever na porta enquanto murmurava algo sobre matar Shade enquanto dormia.

O Sangue de Morte apenas assistiu com profunda diversão e balançou a cabeça.

— Acho que sua gárgula está quebrada, Kols.

A gárgula em questão levantou a adaga como um dedo médio e desapareceu pela porta.

— Que foi isso? — Kols questionou. — Com o que você o explodiu?

— Uma pílula de gelo — Shade falou. — Parece ter funcionado.

— Por que ele estava falando sobre um amigo empunhando uma espada? — Aflora perguntou, com a testa franzida.

Shade apenas deu de ombros.

— Não faço ideia.

Não acreditei nele. Nem por um segundo. Mas também sabia que Shade não nos contaria a menos que quisesse. Kols devia ter chegado à mesma conclusão porque não se deu ao trabalho de discutir. Conhecendo Shade, era o que ele queria. Talvez ele tivesse saído para o corredor para encantar a gárgula e agir como um idiota. Uma distração para o quadro maior.

— Ah, certo. Ainda não terminou. Mas prometo estar de volta em breve — Shade disse, desaparecendo novamente.

— O que é que ele está fazendo? — Kols exigiu, olhando para o lugar que Shade tinha acabado de desocupar.

Eu apenas balancei a cabeça.

— Vou fazer o almoço. Então vamos ter uma reunião quádrupla.

— Uma reunião quádrupla? — Aflora repetiu.

— Sim — eu respondi, travando meu olhar sobre ela. — Somos um quarteto, linda flor. E é melhor você se acostumar com isso, porque está presa a nós. Agora vou fazer um sanduíche. Você gostaria de um suco de mosquito de fogo?

Ela contraiu os lábios desta vez. Brevemente, mas peguei o pequeno movimento, e meu coração deu um baque em resposta.

— Parece adorável — ela brincou.

— Bom. — Pisquei para ela e me virei para a cozinha, deixando-a com Kols. Ele ainda tinha que rastejar.

Caramba, todos nós tínhamos.

Mas eu o deixaria ir primeiro.

Eu era honrado assim.

CAPÍTULO TREZE
KOLS

Aflora observou Zeph com olhos cautelosos, então virou esse olhar para mim. Ela ainda estava contra a parede, exatamente onde a coloquei, mas parecia muito menos mal-humorada agora. Na verdade, ela me lembrava de uma flor murcha com os ombros afundando em insegurança e os braços envolvidos na cintura.

Suspirei, me odiando um pouco por fazê-la se sentir assim.

— Tenho uma reputação de transar — falei baixinho. — Mantive essa imagem durante nossos dias de folga para impedir que os outros fizessem perguntas. Mas usei feitiços de encantamento para fazer isso. Exos e Cyrus estavam lá o tempo todo, se quiser perguntar a eles. Os dois estavam imunes ao meu encantamento, principalmente porque sabiam que eu tinha me ligado a você e teriam me matado de outra forma.

Já foi difícil o suficiente acalmá-los quando eles sentiram meu novo vínculo de acasalamento – algo que me chocou pra caramba.

Aparentemente, minha pulseira só se aplicava aos

vínculos Faes da Meia-Noite, não aos Faes Elementais. No entanto, o Conselho não parecia ter a mesma capacidade de sentir minha conexão com Aflora. O que fazia sentido, porque, de acordo com Exos, era um elo no plano espiritual, algo que só o Espírito Fae podia ver.

E Sol, aparentemente.

Porque ele soube imediatamente.

Embora, eu suspeitasse que o seu fosse relacionado à fonte da Terra.

Faes Elementais eram complicados pra caramba.

— Se eles sabem sobre nosso elo de acasalamento, então sabem que sou uma abominação — ela sussurrou, seus olhos se enchendo de lágrimas. — Eles nunca vão me deixar voltar, não é?

Imediatamente a puxei em meus braços, precisando acalmá-la. Ela tinha sido tão forte, lutando a cada passo do caminho, mas o desamparo sempre pesava sobre si. Eu o vi espiar para mim sempre que ela se questionava. No entanto, ela sempre o escondeu.

Até agora.

— Shhh — silenciei, levando-a ao sofá para se sentar.

Ela nem tentou me impedir, sua respiração vinha em rajadas curtas enquanto o peso de tudo parecia esmagá-la de uma vez. — Eles não deveriam me levar de volta — ela admitiu em uma expiração, com os ombros tremendo. — Eu sou... eu sou...

— Uma das mulheres mais fortes que já conheci — eu disse a ela enquanto a puxava para o meu colo para abraçá-la.

O fato de ela nem sequer se opor me disse tudo o que eu precisava saber sobre seu estado de espírito atual.

Ela tinha desistido.

Apenas por um momento.

LEXI C. FOSS

Mas aquele momento partiu meu coração.

Pressionei meus lábios em sua testa e passei meus dedos por seu cabelo.

— Na verdade, acho que você pode ser a mulher mais forte que já conheci — corrigi, sorrindo para mim mesmo.

— Foi o que me atraiu para você inicialmente. Isso e sua natureza altruísta. Você coloca a segurança de seu povo antes de suas próprias necessidades e desejos, assim como um membro da realeza deveria. Admiro você por isso.

Ela não disse nada por tanto tempo que pensei que talvez a tivesse perdido para a tristeza, mas seus olhos estavam brilhando com lágrimas não derramadas quando ela se afastou para olhar para mim. Aflora não tinha desmoronado, apenas estava à beira disso.

— É meu dever protegê-los — ela respondeu baixinho. — Fazer o contrário é fracassar. É por isso que preciso falar com Sol, para renunciar oficialmente ao meu poder. Porque não posso confiar em mim como uma abominação, algo que imagino que você confirmou com ele, Exos e Cyrus.

Coloquei uma mecha de cabelo atrás de sua orelha, então passei meus dedos pelo seu pescoço.

— Não exatamente.

— Mas eles sabem que trocamos uma promessa de acasalamento um com o outro.

Essa devia ser sua definição para o terceiro nível. Parecia apropriada.

— Sim. Eles sabem que sou seu companheiro destinado e estão cientes das complicações envolvidas com tal voto. Particularmente porque é bem sabido que Shade também reivindicou você e que estou prometido a outra Fae da Meia-Noite.

Sua boca deliciosa se curvou para o lado, as lágrimas brilhando em seu olhar lentamente diminuindo para um brilho inteligente que me disse que ela estava considerando todos os ângulos do quebra-cabeça diante de nós.

— É por isso que preciso quebrar nossos vínculos. Uma coisa é me sacrificar. Outra é derrubar todos vocês comigo.

Passei a mão em sua nuca, alcançando o ponto de pulsação em seu pescoço com o polegar.

— Talvez eu queira ser derrubado com você, Aflora. — Ou *sobre você*, acrescentei em minha mente, curvando meus lábios com o pensamento.

Ela bufou.

— Você me acusou de enganá-lo em nosso acasalamento, Kolstov. Eu sei que você realmente não quer isso.

— Então por que nos vinculamos? — Contra-ataquei. — Pelo que entendo dos vínculos dos Faes Elementais, eles exigem um acordo mútuo. — Muito diferente das conexões Faes da Meia-Noite.

— Nós nos conectamos porque somos compatíveis — ela respondeu com naturalidade. — Somos membros da realeza de linhagens muito fortes e nos deixamos levar.

— Verdade — concordei. — Porque eu soube desde o momento que te conheci que você era uma fêmea digna de potencial de acasalamento. Tentei lutar contra isso, mas estava fraco demais para resistir a você. E ainda que conexão tenha me chocado, me fazendo agir como um idiota, não me arrependo. É por isso que não vou permitir que você a remova.

Pressionei os lábios nos dela, silenciando qualquer argumento que surgisse em seus pensamentos. Porque eu estava falando sério. Eu me recusava a deixá-la quebrar esse vínculo.

Facilitaria as coisas para todos nós? Pode ser.

Isso me salvaria de certa punição? Com certeza.

Mas de alguma forma, eu sabia que acabaríamos voltando aqui, com minha alma ligada à dela e muito sangue ruim entre nós.

Eu não via sentido em lutar contra o inevitável.

— Quero encontrar uma maneira de fazer isso dar certo — eu disse a ela em um murmúrio, roçando a boca na dela com cada palavra. — Podemos não ter a intenção de unir nossas almas, Aflora, mas já aconteceu. E em vez de lutar contra isso e uns contra os outros, eu gostaria de descobrir como seguir em frente. Juntos.

Ela balançou a cabeça.

— É impossível, Kols. Eu não deveria existir.

— Mas você existe — respondi, beijando-a novamente, desta vez com mais força. Seus lábios se renderam aos meus, seu corpo traindo sua mente. — Você existe e é minha — acrescentei, então reivindiquei totalmente sua boca com a minha língua. Meu aperto mudou de seu pescoço para seu cabelo, emaranhei meus dedos em seus grossos fios preto-azulados, segurando-a para mim enquanto eu a devorava.

Se ela não quisesse reconhecer minhas palavras, então poderia ouvir meu corpo.

Levei a outra mão para seu quadril para guiá-la em meu colo e encorajá-la a montar em minhas coxas. Ela seguiu meu exemplo e colocou os braços em volta do meu pescoço, começando a retribuir meu beijo como se dissesse adeus.

Vi através dele, senti sua magia zumbindo para a vida para testar sua determinação, e puxei seu cabelo para expor seu pescoço.

— Experimente — eu a desafiei, com os incisivos já em seu pulso latejante. — Vou morder você de novo, Aflora. E você não pode quebrar nosso vínculo com a Terra a menos

118

que eu permita, o que nunca vai acontecer. Nossas almas já estão unidas.

Pelo menos, foi o que entendi depois de conversar com Exos e Cyrus. Eles disseram algo sobre minha essência tecer em torno dela, semelhante a como a deles sempre gravitava para Claire no Reino Espiritual.

— Você não vê que é o melhor? — ela perguntou em um sussurro, seu corpo tremendo sobre o meu com uma mistura complicada de excitação e determinação.

— Você vai implodir — eu a avisei antes de lamber a ponta tentadora de seu pescoço. — Sou eu que estou absorvendo a maior parte de sua magia agora, Aflora. Se você me soltar, vai detonar. — Não era mentira. Absorvi o peso de seu poder na outra noite, minha conexão com a Fonte Sombria me forçou a servir como um funil.

Ela enroscou os dedos no meu cabelo, apertando como se fosse me puxar para longe de seu pescoço, mas não me mexi.

— Você vai ter que se esforçar mais do que isso, linda.

Ela rosnou em resposta.

— Você está sendo impossível.

— E você está sendo irracional — retruquei, mordiscando seu pescoço. — Não vou inventar desculpas para mim mesmo, Aflora. Reagi mal e lamento. — Mordisquei um caminho de seu pescoço até sua orelha. — Nosso relacionamento é proibido. Ele quebra todas as regras. Provavelmente, vai custar minha coroa. Mas sabe de uma coisa?

Ela engoliu em seco, arranhando meu couro cabeludo com as unhas.

— O quê?

— Isso tudo só me faz querer você ainda mais — admiti. — E se tivesse a oportunidade de fazer tudo de novo, eu faria, mesmo sabendo o que me custaria. — Acariciei sua pele macia, roçando meus lábios em seu pulso mais uma vez. Seu sangue chamou o predador dentro de mim, me incitando a morder, reivindicar. Mas eu não o faria. Não sem a permissão dela.

A menos que ela tentasse desfazer nossos laços.

Nesse caso, eu a morderia repetidamente até que ela parasse.

— Por quê? — ela sussurrou.

— Por que o que, linda?

— Você está arriscando tudo, Kolstov?

— Estou? — perguntei, recuando para encontrar seu olhar.

— Está — ela insistiu. — Você acabou de me elogiar por ser altruísta, colocando meu povo antes de mim. O que você está fazendo? Você está colocando uma abominação antes de sua ascensão. Você está indo contra tudo o que você tem trabalhado. Eu quero saber por quê.

— Porque está na hora de mudar — outra voz respondeu em meu nome.

Olhei para o lado para encontrar Shade sentado na minha cadeira reclinável favorita com os pés apoiados na mesa de centro. Como eu não tinha sentido sua presença, presumi que isso significava que ele tinha acabado de chegar. A menos que estivesse à espreita em forma de fumaça.

Suas habilidades de Sangue de Morte me irritaram muito.

— Mudar? — Aflora repetiu.

— Sim — ele confirmou.

— Pode se explicar? — pedi, arqueando uma sobrancelha.

Seus gélidos olhos azuis brilharam com conhecimento e segredos.

— Você acredita que todas as abominações são más, Kolstov? Que elas devem ser exterminadas sem qualquer julgamento ou causa além de seu sangue e poderes misturados?

— Abominações historicamente provaram ser problemáticas — apontei, evitando suas perguntas como ele fazia com as minhas.

— Mesmo? — ele questionou, arqueando uma sobrancelha escura. — Ou é isso que nosso Conselho quer que acreditemos?

— É uma diretriz internacional executar abominações — eu o lembrei. — Não apenas do nosso Conselho.

— Justo — ele admitiu. — Mas quem propôs esse mandato originalmente?

— Meu avô — respondi, ciente da história envolvida. — Pouco depois de uma certa questão, um milênio atrás.

Ele assentiu.

— Sim. Na mesma época ele também executou todos os Quandary de Sangue. — Ele inclinou a cabeça para o lado. — Agora, posso estar pensando demais nisso, mas me parece que sua família tem um histórico de temer aqueles com potencial para serem mais poderosos do que vocês.

Semicerrei os olhos para ele.

— Se você está tentando acusar a mim ou à minha família de alguma coisa, Shadow, sugiro que pare de se esconder atrás de enigmas e fale.

Ele curvou os lábios.

— Vejo que atingi um ponto sensível.

— Com sua besteira enigmática, com certeza.

— Não. Com minha lembrança concisa do porquê tudo isso começou. Seu avô não queria arriscar que a Fonte fosse realinhada, então exterminou os Quandary de Sangue, ou pelo menos aqueles que ele conseguiu encontrar, e também encorajou fortemente a comunidade Fae a executar todas as abominações. O que, quando se pensa sobre isso, é uma escolha muito estranha, de fato, quando os machos Faes da Meia-Noite podem se tornar Alfas Faes Fortunas apenas por se recusarem a ingerir sangue humano. Assim, sugerindo que os Faes são realmente um pouco relacionados entre as espécies. Mas eu discordo.

Ele tirou os pés da mesa e se inclinou para frente, todos os sinais de diversão deixando suas feições.

— Nosso Conselho requer mudança — ele continuou, suas íris azuis pousando em Aflora. — Você quer uma razão, pequena rosa? Essa é a sua razão. Nosso vínculo vai mudar tudo, inclusive reequilibrar uma Fonte de energia que há muito é abusada pela família Nacht. Com ou sem o conhecimento de Kols.

— Tudo bem. — Apoiei as mãos nos quadris de Aflora para removê-la do meu colo, mas suas coxas apertaram as minhas.

— Espere — ela disse.

— Não. Ele está insultando...

Sua mão cobriu minha boca, me chocando.

— Por que você acha que ela foi abusada? — ela perguntou a Shade.

— Porque os Quandary de Sangue foram removidos da equação, desmantelando assim o equilíbrio e permitindo aos Elite de Sangue acesso irrestrito à Fonte através da linhagem da família Nacht. O avô de Kolstov destruiu os Faes da Meia-Noite que deveriam proteger o equilíbrio, tudo porque temia que a Fonte fosse redirecionada para outra linha.

Afastei a boca da mão de Aflora.

— Essa é a besteira que seu pai diz a você? — questionei com uma risada sem humor. — Inacreditável.

— Sim, ele me contou essa versão dos eventos e também falou sem parar sobre como a Fonte foi roubada de nossa família. — Shade ergueu a mão, com a palma para cima. Então a deixou cair de volta em seu colo. — Ele a quer de volta por todas as razões erradas. Assim como todos os membros do Conselho. O que me traz de volta à necessidade de mudança.

Zeph escolheu aquele momento para entrar com uma bandeja de comida. Ele a colocou na mesa de centro e fixou seu olhar em Shade.

— Você tem minha atenção, Shade. Elabore suas sugestões de mudança.

Claro que Zeph gostaria de entreter esse absurdo.

Dessa vez, Aflora me permitiu tirá-la do colo e colocá-la no espaço ao meu lado. Zeph tomou o lugar ao lado dela, apoiando os antebraços nas coxas esparramadas enquanto se inclinava para focar em Shade.

— Então? — meu Guardião pediu.

Shade o observou por um longo momento.

— Você gostou de ser rebaixado a diretor como resultado de suas travessuras sexuais?

Zeph apenas sorriu.

— Boa tentativa de evasão. Me conte suas ideias de mudança.

— Não são minhas ideias que importam — ele respondeu de forma enigmática. — São as da nossa companheira.

Aflora estava olhando fixamente para a bandeja de comida, mas as palavras de Shade desviaram seu olhar. Estiquei os braço sobre o encosto do sofá para que meus dedos pudessem tocar de leve seu ombro. Foi um movimento natural, semelhante a Zeph abrir as pernas para garantir que sua coxa tocasse a dela.

Shade notou, mas não comentou. Nem parecia incomodado com isso. Na verdade, ele parecia quase satisfeito com a exibição possessiva, como se isso satisfizesse alguma parte dele.

— Eu nunca vou entender você — comentei em voz alta.

A travessura brilhava em suas feições.

— Você vai. Um dia. Mas não hoje. — Ele olhou para Aflora. — Vejo você em seus sonhos mais tarde, pequena rosa. — E então ele desapareceu na fumaça mais uma vez.

— Odeio quando ele faz isso — falei, irritado pra caramba.

— Qual parte? — Zeph perguntou. — Ele acusar sua família de acumular magia, ou o ato de fuga?

— As duas coisas — admiti em um grunhido. — Ele está...

— Isso é bife de dragão? — A atenção de Aflora estava na bandeja novamente, com os olhos azuis arregalados.

Segui seu olhar para a carne cinza escura cercada por folhas. Os outros dois pratos tinham apenas sanduíches. Presumi que um deles era para mim, o outro para Zeph. Shade definitivamente não estava na nossa lista de convidados, apesar de ter sido capaz de passar pela minha gárgula. Que era uma discussão que eu precisaria ter com Sir Kristoff mais tarde, porque eu não tinha dado aprovação para que o Sangue de Morte entrasse à vontade.

— Sim, com salada — Zeph respondeu, espalmando a parte de trás de seu pescoço. — Kols pediu ao Sol algumas sugestões de refeições, já que você não gosta das nossas. Foi o que ele recomendou.

— Ele também nos disse para pegar alguns lanches de

scurbuttle — acrescentei. — Depois que ele saiu, Cyrus me informou que seria uma má ideia e sugeriu que eu ficasse com o bife de dragão. Ele também recomendou que eu não lhe desse bacon.

— Bacon? — ela repetiu.

— Sim. Acho que é como gordura de troll?

Seus olhos se arregalaram de horror.

— Por que você comeria gordura de troll?

— Eu não comeria.

— Então por que comer bacon?

Balancei a cabeça.

— Não é a mesma coisa, é só... Deixa pra lá. Ele recomendou bife de dragão. Então. — Acenei para o prato como se dissesse: *Aí está.*

— Espero ter cozinhado direito — Zeph comentou. — Me lembrou de carne bovina, então grelhei da mesma maneira.

Isso explicava por que ele demorou tanto para preparar a comida.

— Que tipo de sanduíches você fez para nós?

— Peru e queijo — ele respondeu. — Adicionei maionese ao seu porque você gosta. — Ele fez uma careta com o comentário, me fazendo sorrir.

Cobri meu coração com a mão, mantendo o outro braço ainda sobre o ombro de Aflora.

— Você me ama, Z.

Ele bufou, mas não negou.

— Você me fez um bife de dragão — Aflora disse, ainda focada em seu prato. — Porque o Sol sugeriu.

Zeph olhou inquieto para ela.

— Sim, ele sugeriu ao Kols. Será que fiz errado?

— E você adicionou salada.

— Sim, essa parte parecia apropriada com base no que

sei da culinária Fae Elemental. Parece um lado popular? Mas tive que usar magia, porque não temos muitos desses vegetais de raiz aqui. Então, hum, espero que esteja tudo bem.

Ela finalmente olhou para ele.

— Achei que tínhamos concordado em cipó ardente e suco de mosquito.

Contraí os lábios com a condescendência fingida em seu tom. Provocar tinha que ser um bom sinal, certo? Talvez isso significasse que ela não tinha mais a ideia de renegar nossa conexão, ou pelo menos a colocou em espera. Independentemente disso, eu aceitaria.

— Sim, sinto muito, nada de cipó ardente — Zeph respondeu em tom arrependido. — Mas se você não quiser o bife de dragão, eu como, e você pode comer meu sanduíche de peru.

Ele fez menção de pegar o prato dela, e ela afastou sua mão.

— Não se atreva.

Zeph sorriu para ela.

— Ah, agora você quer?

— Você o envenenou? — ela rebateu.

Ele assentiu.

— Sim. Junto com um encanto para que você faça tudo o que eu disser por pelo menos uma semana.

— Na verdade, acho que você pode estar falando sério — ela respondeu.

Ele resmungou, pegou o prato dela e o colocou no colo.

— Coma, Aflora. Ou eu vou encantá-lo.

Ao invés de falar algo para ele, ela arrancou uma folha de seu prato e a usou para pegar um pedaço de seu bife de dragão, então fingiu colocá-lo em sua boca.

De repente, comida era a última coisa em minha mente.

E seus lábios eram tudo que eu podia ver.

— Ah, foda... — murmurei.

— Não — ela respondeu sem perder o ritmo. Ela terminou de mastigar e engoliu antes de olhar para mim. — Ainda não estou pronta para fazer isso de novo.

Zeph encontrou meu olhar sobre sua cabeça, então nós dois olhamos para ela.

— Tudo bem, linda — eu concedi. — Isso é bom.

Meu Guardião concordou com a cabeça.

— Não estou pronto para transar ainda.

Ela olhou para ele.

— Não?

— Não. — Ele se inclinou para sussurrar em seu ouvido alto o suficiente para eu ouvir também. — Não vou transar até que você implore, linda flor. E mesmo assim, ainda posso não transar com você. Quer saber por quê?

— Por quê? — ela perguntou como se hipnotizada por sua voz. E talvez estivesse.

— Porque você ainda não ganhou. — Ele a beijou na bochecha, então pegou seu prato e começou a comer.

— Ele é um idiota — eu disse a ela em tom casual enquanto pegava meu próprio sanduíche. — E, infelizmente, ele fala sério.

Quando Zeph decidia algo, não haveria como mudar. Ele era um idiota teimoso. Mas nisso, eu meio que concordava com ele. Até que estivéssemos em um lugar melhor com Aflora, o sexo estava fora de questão.

No entanto, isso não significava que não poderíamos jogar de outras maneiras.

Tal como em seus sonhos.

Sorri com as lembranças de todas as vezes que me juntei a ela em sua mente. Humm, isso era divertido. Talvez fizéssemos isso de novo mais tarde. Depois que Shade terminasse de brincar com ela.

Ou talvez eu o expulsasse e assumisse o controle.

Zeph encontrou meu olhar novamente, a cintilação em suas íris verdes me dizendo que ele concordava com o meu plano. Nem precisávamos falar sobre isso. Ele simplesmente sabia.

Pobre Aflora. Agora ela tinha três companheiros famintos por seus sonhos.

Pressionei meus lábios contra sua têmpora, demonstrando carinho porque eu queria, então voltei para o meu almoço da meia-noite.

— Fico feliz em ver você comendo uma refeição saudável, Aflora — eu disse a ela. — Você vai precisar dessa energia mais tarde.

— O quê? — ela perguntou, com a boca cheia de bife de dragão.

— Para seus sonhos — Zeph respondeu. Ele ergueu a mão para passar os nós dos dedos pela bochecha dela. — E para o seu treinamento independente amanhã.

Ela gemeu, o som indo direto para o meu pau.

— Fiquem fora da minha cabeça.

— Nunca — Zeph e eu respondemos ao mesmo tempo.

— Tocos de salgueiro — ela murmurou para si mesma. Então voltou a comer, a discussão esquecida.

Bem, uma coisa estava clara: eu precisava pedir mais bife de dragão.

CAPÍTULO CATORZE
AFLORA

Sete noites de tormento sexual.

Sem orgasmos.

Dizer que eu odiava meus companheiros agora seria um eufemismo.

E eles sabiam disso também, os três assistindo de diferentes cantos do pátio com expressões de diversão. Até Zephyrus sorria, seus lábios me lembrando do jeito que ele me segurou na noite passada e me devorou completamente.

Só para parar e me acordar segundos antes de eu explodir.

Olhei para ele, não me importando que estivesse no modo diretor hoje.

Treinamento físico sem magia. Sim, eu mostraria a ele algum treinamento físico, tudo bem.

O fato de Shade e Kols terem escolhido ficar sem camisa para as atividades de luta de hoje só acrescentou insulto à injúria. Porque, sim, eles estavam muito bem e sabiam disso. E enquanto o torso de Zephyrus estava coberto, seus braços estavam totalmente expostos em sua camisa sem mangas. Ele fez um show de alongamento, exibindo seus músculos salientes e me convidando a lambê-lo.

Eu preferia quando achava que todos tinham me traído.

Isso era pior.

Muito, muito pior.

Eu estava até começando a sonhar com um cara qualquer com longos cabelos brancos e olhos azul-prateados. Ele pelo menos me deixava entrar nessas fantasias, que era como eu sabia que o inventei. Porque não tinha escapado ao meu conhecimento que seus traços eram o oposto dos meus companheiros: claramente, a maneira de retaliar da minha mente.

Tocos de salgueiro queimados, pensei, olhando para os machos em questão. *Espero que todos vocês caiam em um cipó ardente.*

— Você está bem? — Ella perguntou, aparecendo do nada ao meu lado. Ou talvez ela estivesse lá o tempo todo. Como meu foco estava inteiramente no colírio para os olhos do outro lado, não podia ter certeza.

— Estou — respondi, com a voz mais afiada do que eu pretendia.

— Tem certeza? Porque pareceu que você acabou de rosnar para o Zeph.

— Provavelmente rosnei. — Eu estava rosnando muito para ele ultimamente.

— Achei que vocês estavam se dando melhor — Ella murmurou. — Vocês todos têm estudado muito.

— Sim, eles estão me ajudando com o controle — murmurei. *E depois me atormentando em meus sonhos.*

— Venha treinar comigo, pequena rosa. — A voz de Shade veio da minha esquerda, atraindo meu foco para seu físico tonificado. A lua brincava com sua pele bronzeada, me fazendo imaginar como ele ficaria sob o calor do sol. Lindo, obviamente. E perverso.

Quase recusei, mas então uma ideia melhor surgiu em minha mente. Eu não podia ficar sozinha em minha agonia aqui, porque os caras também não tinham orgasmo. O que significava que eles estavam se provocando também. Talvez fosse hora de eu retribuir um pouco o favor.

— Tudo bem — respondi.

— Ei, achei que íamos treinar juntas — Ella protestou.

Tray a pegou em seus braços antes que eu pudesse comentar, roçando seus lábios nos dela enquanto murmurava:

— Acho que você é toda minha, El.

Ela suspirou.

— Eu já sou sua, Nacht.

— Eu sei. — Ele balançou as sobrancelhas para ela. — Que tal abandonarmos a luta e fazermos um pouco de nossa própria atividade física na suíte?

— Que tal você fazer os exercícios que te dei e parar de tentar transar na minha aula, Trayton — Zeph brincou.

Tray apenas sorriu.

— Prefiro meu plano.

Zeph não compartilhou sua diversão.

— Coloque-a no chão e comece a correr. Dez voltas.

Ella gemeu e Tray xingou.

— Tudo bem, quinze — Zeph emendou.

— Me coloque no chão — Ella resmungou.

Tray obedeceu com relutância e deu a Zeph um olhar que dizia muito.

— Você é um idiota empata foda, Zeph.

— Devo mandar vinte? — ele retrucou, aquela famosa sobrancelha dele avançando para a linha do cabelo.

— Só vou te ouvir agora por causa da Ella, porque vinte

voltas iriam irritá-la — Tray respondeu antes de sair atrás de sua companheira.

— Incitando meu irmão? — Kols perguntou enquanto corria para se juntar a nós, seu abdômen flexionando de forma sedutora com o movimento. E agora eu queria lambê-lo.

— Ele torna isso muito fácil — Zeph respondeu.

Shade passou o braço em volta de mim, me puxando de volta para sua forma quente.

— Achei que íamos lutar — ele sussurrou contra o meu ouvido.

— Vocês estão me matando — murmurei, mais para mim do que para eles.

— Pronta para implorar já? — Zeph baixou a voz para que os outros não pudessem ouvir. — É uma pena, Aflora. Eu esperava ter que me esforçar mais.

Kols riu, mas Shade apenas pressionou o nariz no meu pescoço e inalou suavemente.

Meu sangue estava em chamas.

E eu queria sufocar todos eles.

— Pare de enrolar e venha lutar comigo — Shade murmurou, provocando arrepios nos meus braços expostos.

Ele me puxou para trás por vários metros, para um dos ringues de luta. Seu flerte capturou a atenção de vários alunos de nossa classe, incluindo os dois que estavam no círculo ao lado do nosso.

— Bem, vocês dois não são fofos? — Emelyn perguntou com um toque de escárnio.

— Alguém está com ciúmes — seu parceiro respondeu, sorrindo para Shade e dando-lhe um aceno amigável. Sim, esses dois eram definitivamente amigos. O que me fez pensar em como Emelyn havia se juntado a Ajax para a tarefa de hoje. Elites de Sangue não tendiam a se misturar com Sangue de Morte.

— Não estou com ciúmes — Emelyn retrucou.

— Mesmo? Poderia ter me enganado, Sua Majestade — Ajax respondeu, fazendo uma reverência simulada.

— Argh, por que sou sua parceira mesmo? — ela exigiu.

— Porque seus amigos não queriam lutar com você hoje. Você é muito temperamental para eles. — Ele cruzou os braços. — Então você vai tentar me bater ou o quê? Estou ficando entediado aqui.

Emelyn o atacou com um rugido que me fez estremecer.

Rabugenta era um eufemismo.

Ela deixou Ajax deitado de costas em menos de um segundo, sua expressão registrando choque, que rapidamente se transformou em determinação enquanto ele a lutava pelo chão em várias manobras habilidosas.

— Não sei como fazer isso — admiti, observando-o se virar e prendê-la. Mas Emelyn não era de ficar para trás. Ela o prendeu dois golpes depois, fazendo minhas sobrancelhas se erguerem.

Shade me puxou para trás, longe de seu jogo violento, e me virou para encará-lo.

— Então me mostre o que você sabe fazer.

— Faes da Terra não lutam — eu disse a ele. — Não há necessidade.

Ele me deu um olhar que dizia que não estava impressionado.

— Eu sei que o Zeph está te treinando.

— Sim, principalmente com magia.

— E eu vi você e a Ella treinarem, então sei que você está aprendendo a lutar — ele acrescentou, implacável.

— Certo, ela me mostrou algumas coisas, mas...

— Me mostre o que você aprendeu — ele interrompeu.

— Sem desculpas. Preciso saber com o que estou lidando aqui.

— Por que você quis treinar? — perguntei a ele, desviando. — Você raramente fala comigo durante a aula. Quero dizer, você mal me reconhece na Classe da Morte, e somos parceiros nessa. Por que hoje? Porque agora?

Ele inclinou a cabeça para o lado.

— Estou cansado de te dar espaço. Você é minha e eu quero lutar. Agora pare de desviar e me dê uma prévia de suas habilidades. Então vamos partir daí.

— Eu te dei uma prévia na primeira vez que você me mordeu.

— Sim, e você jogou com seus elementos e ainda perdeu — ele respondeu, sem se impressionar. — Agora você está com esse colar em volta do pescoço que está dificultando suas habilidades. O que torna esta aula muito mais importante do que você parece perceber.

— Por quê? Porque você está antecipando que talvez eu precise lutar com você novamente em breve? — contra-ataquei.

Ele passou a perna pelos meus joelhos, me jogando no chão em uma lufada de ar. Eu tossi e gaguejei quando ele pousou em cima de mim, suas mãos facilmente capturando meus pulsos para levá-los acima da minha cabeça enquanto seus quadris prendiam os meus na grama preta abaixo.

Não verde, mas preta.

Como todas as vegetações neste reino.

— Estou antecipando que você vai precisar lutar contra os outros — ele sussurrou em meu ouvido. — E assim por diante. Então preciso que você pare de flertar comigo e realmente preste atenção, Aflora.

— Eu não estou flertando com você — eu consegui

dizer em uma expiração áspera, sentindo minhas costas latejar de seu ataque inesperado. — Acho... acho que odeio você.

Ele riu e deu um beijo no queixo, em seguida, levou seus lábios ao meu ouvido.

— Me supere e vou te fazer gozar mais tarde.

Bufei com a oferta.

— Fiz isso quando acordei, então estou bem, obrigada.

Só depois que pronunciei as palavras percebi o que havia acabado de admitir em voz alta. Minhas bochechas aqueceram quando Shade se apoiou nos cotovelos nas laterais da minha cabeça, com os lábios curvados em diversão.

— Mesmo? E você gritou meu nome?

— Saia de perto de mim.

— Não até você detalhar a experiência para mim — ele respondeu, seu olhar malicioso focando na minha boca. — Você pensou em mim?

— Não vou falar sobre isso.

— Então acho que ficaremos deitados aqui a noite toda. Funciona para mim, pois acho essa posição bastante confortável para todas as partes envolvidas. — Ele deu um pequeno impulso, me permitindo sentir sua crescente excitação contra o meu centro aquecido.

Apertei as coxas e minhas entranhas fizeram todos os tipos de cambalhotas estranhas em resposta à sua pequena ação. Eu disse a ele a verdade sobre meu orgasmo anterior, mas isso não fez nada para esfriar as chamas que queimavam dentro de mim.

Tudo porque meus companheiros não deixavam meus sonhos em paz.

E agora isso!

— Pare — rebati.

Ele apenas sorriu.

— Me obrigue.

Rosnei e tentei empurrá-lo de cima de mim, o que não fez absolutamente nada. Bem, não, isso não era verdade. Pressionar as mãos em seus ombros nus provocou uma onda de eletricidade através de mim, me deixando muito mais quente para ele.

Porque ele estava sem camisa e em cima de mim.

Uma Fae só podia ter certo contato pele a pele depois de todas essas noites de tortura sensual.

Ou, pelo menos, foi o que eu disse a mim mesma. Não tinha absolutamente nada a ver com o fato de que meus três companheiros eram homens irresistíveis com corpos de deuses. E definitivamente não era por causa de suas habilidades no quarto.

— Sua contorção está apenas me excitando mais — Shade sussurrou, roçando os lábios em minha orelha enquanto ele passava a boca pelo meu pescoço até minha pulsação trovejante.

— Por que você está fazendo isso? — perguntei a ele, desesperada por uma maneira de removê-lo. Eu também queria pedir a ele para nos levar a algum lugar mais privado para que eu pudesse me juntar a ele no departamento sem camisa.

Não expresse esse desejo. Não. Não. Não.

— Você não é a única empolgada com todos os sonhos, amor — ele disse baixinho, enquanto provocava o ponto sensível atrás da minha orelha agora. — Esperei que você viesse até mim a semana toda e você permaneceu teimosamente em seu quarto. Então estou aumentando as apostas no jogo.

— O-o quê? — gaguejei. — Você nunca...

— Parem de dar uns amassos e comecem a trabalhar —

Zeph retrucou. — A menos que você precise de uma demonstração mais completa das atividades de luta de hoje?

— Me parece que você precisa de uma lição sobre o que significa dar uns amassos — Shade falou, rolando de cima de mim e se levantando. — Devo ir buscar o Kols para você?

— Fofo — Zeph respondeu.

Me levantei do chão e limpei os fios de grama – se é que realmente poderia ser chamado assim – das minhas calças. As pontas afiadas cortaram meus dedos, me fazendo a fazer uma careta. *Definitivamente não era grama*.

— Tudo bem, Aflora. Vamos tentar de novo — Shade sugeriu.

— Não. Você está fora. Vá treinar com Kols. Vou lutar com ela.

— Você quer dizer, você quer que eu fique com o Kols? — Shade parecia surpreso. — Tudo bem.

Zeph bufou e balançou a cabeça.

— Vá se foder, Shade.

— Você é um diretor incrível, Zeph. É uma verdadeira maravilha que não tenha entrado nessa profissão logo após terminar a Academia.

— *Agora* — Zeph disse entre dentes.

— Te vejo mais tarde, pequena rosa. — Shade piscou para mim e saiu na direção de Kols e um dos outros Elite de Sangue. Tray e Ella estavam treinando ao lado deles, as bochechas dela rosadas pelo esforço. Ou talvez outra coisa.

Porque acordei com uma aparência semelhante a esta...

— Aflora — Zeph resmungou e seu peito largo de repente bloqueou minha visão quando ele entrou na minha frente. — Que há de errado com você?

— Eu não tenho dormido muito bem — respondi.

Ele tossiu para esconder um sorriso, mas peguei a contração de seus lábios.

— Bem, isso não é desculpa para relaxar na minha aula. Lutamos mesmo quando exaustos.

— Ah? Você também está tendo dificuldade para dormir? — perguntei-lhe com falsa inocência.

Ele semicerrou os olhos verdes.

— Pare de flertar comigo e comece a trabalhar.

— Não estou flertando com você.

— Está — ele insistiu, dando um passo mais perto para ocupar meu espaço pessoal. Seus lábios foram para o meu ouvido enquanto ele sussurrava: — E se você continuar por este caminho, eu vou puni-la mais tarde.

Estremeci, a porcaria do meu corpo animado com a ideia.

Por que era tão difícil controlar minhas reações a esses machos? Eu os odiava. Bem, na verdade não. Talvez. Eu não tinha certeza. Eu *queria* odiá-los, mas eles estavam desgastando minhas defesas na última semana com seus toques suaves e...

Zeph agarrou meu rabo de cavalo e o puxou com força para expor meu pescoço.

— Você está sendo desobediente de propósito?

Considerei isso.

— Bem, não. Mas luta ainda é novo para mim. Faes Elementais não lutam, a menos que seja na arena dos Campeões Sem Poder.

— Talvez você devesse pedir a ela para ir colher algumas flores em vez disso, Zeph — Emelyn sugeriu. — Ela não é realmente talhada para o atletismo.

Fiz uma careta.

— A luta é apenas uma forma de atividade física.

— Sim, e é uma crucial que você é terrível — ela

retrucou. — Assim como tudo mais neste reino. Quando você vai para casa?

— Chega — Zeph interrompeu, atirando-lhe uma expressão entediada. — Volte para sua missão. Eu vou lidar com isso.

Emelyn soltou um suspiro dramático.

— Ela é como um emprego em tempo integral, exigindo constantemente que uma babá segure sua mão mesmo nas tarefas mais simples.

Eu me irritei com seu tom condescendente.

— Gostaria de ver você tentar se apresentar com uma coleira no pescoço. — Apontei para a gargantilha de couro fina encostada na minha garganta. Provavelmente tinha as impressões labiais de Shade por seu toque em meu pulso alguns minutos atrás, mas eu não me importava. — Talvez eu devesse tirá-la e deixar você usá-la por um dia — sugeri.

Ela riu, o som sem humor adequado.

— Não preciso de coleira, porque já sei controlar meus poderes. Mas o mesmo não pode ser dito sobre as abominações.

— Emelyn! — Zeph grunhiu em tom rouco.

— Ah, eu acidentalmente admiti em voz alta o que todos nós realmente estamos pensando sobre ela? — Ela pressionou a mão em seu coração e me deu um olhar fingido de desculpas. — Foi mal.

Rangi os dentes, principalmente porque eu não sabia como responder. Já que tudo o que ela disse era verdade.

Eu era uma abominação.

Uma poderosa.

E eu não sabia como controlar minhas habilidades. Não completamente, de qualquer maneira.

Meu coração se apertou com o conhecimento, uma

parte de mim se sentindo impotente novamente. Mas eu não podia deixá-la me derrubar.

Sou mais forte do que isso.

Posso aprender.

Não quero machucar as pessoas.

Tenho âncoras para me firmar.

Eu...

Uma onda de energia vibrou sobre minha pele, fazendo com que os pelos ao longo do meu pescoço se eriçassem. Fiz uma careta para meus braços, notando a eletricidade estática zumbindo em meu ser. Não era visível, mas senti. O calor familiar de uma forma estranha, me lembrando da minha própria magia.

No entanto, não estava vindo de mim.

— Já chega, Emelyn — Zeph falou, alheio às sensações girando ao meu redor. — Você está desculpada por...

Uma explosão sacudiu o chão, deixando a todos nós de joelhos. Outro estrondo sacudiu a superfície, fazendo com que gritos soassem por todo o pátio. Zeph me puxou para si, em postura protetora, seu olhar afiado enquanto olhava ao redor procurando a fonte.

Corvos gritaram pelo ar, seguidos por uma nuvem de fumaça enquanto os cipós ardentes queimando ao redor do campus soltavam fogo no céu.

E então vieram as gárgulas, seus guinchos me lembrando de pregos contra uma pedra afiada.

Pressionei as palmas das mãos nos ouvidos enquanto Zeph me empurrava no chão, seu corpo maior cobrindo o meu.

Gritos, calor e uma rajada de vento açoitaram a Academia.

— O que está acontecendo? — gritei para Zeph.

— A Academia está se protegendo — ele gritou de volta.

Arregalei os olhos.

— Ela faz isso? — Mas minhas palavras foram perdidas para a nova onda de caos ao nosso redor. Os assobios do vento provocaram calafrios pela minha espinha.

Vinhas de cobra, percebi, horrorizada. Essas coisas não gostavam de mim em um bom dia. Isso não cairia bem.

O aperto de Zeph aumentou ao meu redor, seu calor me cobrindo, me envolvendo em um casulo de segurança. Literalmente.

Pisquei, percebendo que sua magia se derramava em um escudo defensivo, cobrindo não apenas a mim, mas todos os alunos no campo. Espiei ao redor dele para encontrar Kols do outro lado, seu próprio poder se conectando ao de Zeph para apoiá-lo em seu esforço de proteger toda a classe dos destroços e da insanidade.

Ele ondulou ao nosso redor como um tornado, me lembrando de uma atividade de Fae do Ar que deu errado.

Mais daquele poder familiar zumbiu através de mim, então fugiu, como se estivesse dando um beijo de despedida em minha alma ao sair. As sirenes acima ficaram mais altas, as serpentes rastejantes vindo direto para mim. Eu me encolhi, esperando pelo impacto, só que elas deslizaram sobre o escudo de Zeph e partiram contra o vento para perseguir alguma ilusão ameaçadora.

Meu sangue gelou, meu coração parou no peito. As criaturas sentiram a energia sombria correndo através de mim.

O que aconteceria quando Zeph levantasse sua proteção? A Academia me atacaria com a mesma força brutal?

Estremeci e senti os lábios de Zeph como um fantasma na minha têmpora, o toque breve, mas lá.

— Estou com você — ele jurou, as palavras apenas para meus ouvidos.

Como eu explicaria a ele o que eu sentia? Será que era mesmo real?

Ele lentamente começou a se sentar, sua mão contra o meu esterno me mantendo no chão enquanto ele olhava ao redor. Depois de vários momentos de busca, seu toque aliviou, e ele moveu a mão para o meu ombro para me puxar para cima.

— Está terminado — ele falou em tom ríspido, as palavras atravessando o campo agora silencioso.

— A Fonte está calma — Kols respondeu. Sua declaração foi clara apesar da distância.

Ninguém emitiu um som, todos olhando boquiabertos para as rochas e cinzas espalhadas pelo chão.

Então alguém gritou à distância, fazendo com que Zeph se levantasse.

— Vá — Shade disse, aparecendo ao meu lado. A declaração deve ter sido destinada a Zeph, porque ele saiu correndo, com Kols em seu encalço, junto com vários outros alunos.

Gritos ecoaram no ar, todos vindos da mesma direção. Shade praticamente me pôs de pé, sua palma encontrando a parte inferior das minhas costas enquanto ele me guiava pelos destroços em direção à comoção subindo à frente. Não demorou muito para descobrirmos a causa.

O Edifício de Educação do Sangue de Morte havia sido reduzido a uma pilha de escombros, a torre altiva se tornou uma cascata de rochas obsidianas sem qualquer estrutura.

E acima da destruição havia uma única palavra escrita em chamas vermelhas, a fumaça subindo em espiral para o céu em cordas letais que pareciam correntes.

Era uma palavra que eu conhecia bem.

Porque eu a cantei muitas vezes antes, assim como minha mãe.

— *Alqisian* — sussurrei.

— Sim — Shade respondeu bem baixinho. — Você sabe o que isso significa?

— A tradução, não.

Ele engoliu em seco, seu foco mudando dos escombros para mim.

— Vingança.

— Vingança — repeti, minha voz tão baixa quanto a dele. — O que significa?

Shade me deu um olhar sombrio, seus gélidos olhos azuis refletiam uma infinidade de segredos sublinhados pela dor.

— Significa que o futuro começou.

CAPÍTULO QUINZE
AFLORA

Silêncio.

Começou após a revelação de Shade e continuou muito depois que ele saiu com Kols e Tray para participar de uma reunião de emergência do Conselho. Me sentei no sofá entre Zeph e Ella.

Nenhum de nós sabia o que dizer.

Ella olhou para mim, com os lábios contorcidos como se quisesse dizer alguma coisa, só que ela continuava decidindo não falar. Eu entendia o porquê.

Ela reconheceu a palavra por causa da minha música. Foi uma das frases primárias repetidas ao longo da balada. E estava escrito em fogo acima do Edifício de Educação do Sangue de Morte destruído.

Eu não poderia explicar isso. Assim como não conseguia explicar como reconheci a magia. Não era minha, mas parecia muito familiar. Como se eu conhecesse o Fae que lançou o feitiço.

Impossível, pensei pela milionésima vez. *Simplesmente não é possível.*

Quem poderia ser? Meus pais? Quase ri com o pensamento. Eles estavam mortos. Senti suas almas partirem quando a Fonte da Terra se moveu para mim. E por que eles atacariam a Academia?

No entanto, senti algo ancestral sobre a magia, como se estivesse de alguma forma conectado a mim, mas não em mim.

Eu não sabia como articulá-lo, então guardei o conhecimento para mim enquanto esperávamos.

E esperávamos.

E esperávamos mais um pouco.

Ella pegou o telefone pela milionésima vez para verificar se havia alguma atualização, depois o largou novamente. Zeph fez o mesmo. Eu apenas me sentei com as mãos juntas no meu colo, inútil. Faes Elementais não eram muito ligados em tecnologias. Preferíamos métodos de comunicação mais naturais.

Curvei a boca para o lado e olhei ao redor pela milésima vez. Zeph olhou para mim, seus olhos verdes escuros protegidos e não revelando nada. Eu queria perguntar a ele se isso já tinha acontecido antes. Também queria dizer a ele o que Shade havia dito sobre o futuro ser agora. E eu meio que queria confiar nele sobre o que eu sentia naquele campo.

E se ele me trair de novo?

Posso realmente confiar nele?

Algumas noites de tormento sexual realmente não significavam muito, e ainda que ele fosse contra eu desfazer o vínculo, ainda não havia muitas evidências de que ele se importava comigo.

Exceto que ele me protegeu no campo hoje.

Não, ele protegeu toda a classe.

Humm, no entanto, ele me puxou para baixo de si, em um gesto de proteção, e eu senti sua preocupação com minha segurança. A menos que tudo isso estivesse na minha cabeça.

Ele semicerrou o olhar para mim, minhas emoções provavelmente se refletindo em meu rosto com abandono imprudente, tornando óbvio o que eu pensava.

Porque eu ainda estava olhando para ele enquanto repassava todas as minhas considerações sobre confiar nele ou não.

Engoli em seco e desviei o olhar assim que um som de grasnar ecoou pela suíte. Clove mergulhou pela soleira, suas penas pretas e brancas abertas de uma maneira que mostrava toda a sua glória de falcão. Meus lábios se curvaram ao vê-la e meu coração se aqueceu com a proximidade do meu encantamento.

— Olá, Clove — dei as boas-vindas a ela.

Ela arrulhou em resposta, então deixou cair algo no meu colo de suas longas garras. Olhei para aquilo, curiosa, então congelei ao ver sangue na minha blusa e saia.

— Oh — murmurei, arregalando os olhos.

— Parece que seu encantamento lhe trouxe um presente — Zeph disse, sua diversão palpável.

— O que é que é isso? — Ella perguntou, claramente horrorizada com a coisa morta no meu colo. Definitivamente era algum tipo de animal, mas parecia ser um cruzamento entre um roedor e um pássaro.

Zeph estendeu a mão para pegar o item pela cauda longa e rija e ergueu a visão grotesca diante de nós.

— É um pica-pedra — ele se maravilhou, seu tom sugerindo que deveríamos ficar impressionadas.

— Um *o quê?* — Ella ficou boquiaberta. — Parece um

gambá acasalado com um... um... — Ela apertou os olhos para o bico afiado. — Um pica-pau?

Zeph considerou e assentiu lentamente.

— Posso ver a semelhança, sim. Eles são um pouco chatos, mas incrivelmente poderosos. E são conhecidos por absorver encantamentos de qualquer rocha ou pedra que decidam destruir bicando, daí o nome *pica-pedra*.

Ele colocou o carinha morto na mesa de centro, então olhou para Clove. Ela estava empoleirada no encosto da cadeira reclinável e estava ocupada arrumando suas penas.

— Parece que alguém está brincando na Floresta Mortal — ele comentou.

— Floresta Mortal?

Ele assentiu.

— Pica-pedras estão quase extintos como resultado de serem um incômodo para as estruturas habitacionais Faes da Meia-Noite. Sua capacidade de absorver encantamentos também permite que eles sejam usados para propósitos nefastos, como contornar sentinelas ou runas.

— O que você quer dizer? — perguntei, sem entender.

Zeph levantou o tornozelo para apoiar no joelho oposto e olhou pensativo para o animal, franzindo a testa.

— Muitos estabelecimentos Faes da Meia-Noite importantes são protegidos por guardiões. Você viu as paredes da Academia; elas estão cheias de amuletos de proteção.

— As vinhas de cobra — falei, assentindo.

— E muitos outros — ele respondeu, sua expressão ficando sombria. — Eles são controlados por uma variedade de runas enfeitiçadas para afastar quaisquer más intenções. Mas se um pica-pedra bicasse algumas das paredes ao redor, poderia absorver a magia, que poderia então ser usada por um Fae da Meia-Noite para criar um contrafeitiço.

— Um contrafeitiço — repeti. — Tipo para desmantelar os feitiços de proteção?

Ele assentiu, seu foco ainda no pica-pedra.

— Sim. Isso criaria essencialmente um portal seguro para Faes entrarem e saírem. Também pode permitir que Faes criem um tipo de escudo para desviar todo e qualquer contra-ataque que possa ocorrer após ferir alguém ou algo dentro da estrutura protegida.

— Como explodir um prédio e escrever *Alqisian* em chamas acima da destruição — sugeri, seguindo sua linha de pensamento.

— Sim. Bem desse jeito. — Ele olhou para Clove, depois para mim. — Seu encantamento acabou de nos trazer provas.

— Isso não pode ser bom — Ella interrompeu. — Quero dizer, especialmente depois que a Aflora cantou sobre... — Ela parou, contorcendo as mãos no colo.

— Não fiz isso — jurei.

— Ah, eu sei que você não fez — ela respondeu sem perder o ritmo. — Eu só... — Ela limpou a garganta e olhou para Zeph. — Alguém está armando para ela?

Arregalei os olhos quando olhei para Zeph.

Sua expressão ficou sombria.

— É o que parece. Por que mais...

— Temos um problema — Shade anunciou enquanto se materializava do outro lado da sala. Ele veio em nossa direção, então parou com a visão sobre a mesa. — Por que tem um pica-pedra morto na sala de estar? — Ele arregalou os olhos. — Ah, merda. Você precisa se desfazer disso. Agora mesmo. Antes que os Guerreiros de Sangue cheguem.

— Ela não fez isso! — Ella deixou escapar, adorando

uma postura defensiva. — Ela estava conosco o tempo todo. Eu mesmo irei na frente daqueles idiotas do Conselho se for preciso. E que se foda a merda machista deles. Vou derrubar suas malditas portas e gritar a plenos pulmões.

Shade piscou para ela, então olhou para mim e Zeph.

— Do que ela está falando?

— Clove trouxe o pica-pedra para a Aflora — Zeph explicou, apontando para o resíduo de sangue no meu uniforme. — Acreditamos que alguém está tentando armar para ela.

Shade bufou uma risada.

— Perto, mas não. O ataque tem magia de Elite por toda parte, e meu pai está culpando o Kols.

Meu queixo caiu.

— O quê?

— Não há tempo para explicar. Os Guerreiros de Sangue estão a caminho de realizar uma busca completa nas instalações, e isso não pode estar aqui. — Ele apontou para o pica-pedra.

— Isso é ridículo — Zeph zombou. — O Kols estava na minha classe durante a explosão. Não tem como ele ter feito isso.

— Embora eu concorde, a cena cheira a energia da Fonte. E o Kols...

— É o mais próximo da Fonte — Zeph terminou por ele, xingando baixinho.

Shade baixou o queixo uma vez em confirmação, seu olhar gelado demonstrando um toque de desconforto.

— Ele parece bom para a armação, Zeph. O que significa que alguém está tentando derrubar o futuro rei.

— Onde está o Tray? — Zeph perguntou.

— Com o Kols. Ele é o segundo suspeito em potencial por razões óbvias. — Shade passou os dedos pelo cabelo escuro e soltou um suspiro. — Preciso voltar antes que eles percebam que fui embora. Vim avisar que os Guerreiros de Sangue estão a caminho para fazer uma busca, autorizada pelo próprio rei. Então sugiro que você esconda qualquer coisa incriminadora. — Sua expressão brilhou com significado.

Então ele desapareceu em uma nuvem de fumaça.

Zeph imediatamente puxou sua varinha e proferiu um feitiço que incinerou a evidência na mesa. Então ele pronunciou outro que fez a superfície brilhar. Ele falou tão rápido e de forma eficiente, que nem consegui decifrar suas palavras. Quando ele se concentrou em mim, abri a boca para detê-lo, mas a magia já estava trabalhando em minha roupa e destruindo todas as evidências da criatura do meu colo.

Olhei boquiaberta para o meu uniforme impecável.

— Bem, essa é uma boa maneira de lavar roupa — Ella murmurou, então balançou a cabeça. — Certo, há uma coisa que eu não entendo.

— Só uma coisa? — perguntei, completamente surpresa pelos últimos minutos de conversa e as revelações que Shade tinha feito sobre nós.

— Bem, muitas coisas. Mas o que eu realmente quero saber é, por que o Shade veio aqui para nos avisar? Ele odeia o Kols. Eu esperaria que ele estivesse se regozijando e comemorando a acusação, não... — ela acenou com a mão em torno do espaço que ele tinha acabado de desocupar — você sabe.

Zeph limpou a garganta.

— Bem...

Uma comoção na porta interrompeu sua capacidade de responder quando três guerreiros de sangue entraram na suíte com um irritado Sir Kristoff logo atrás deles.

— A porra da realeza substituindo a realeza — a criatura de pedra murmurou. Ele acenou para eles e olhou para Zeph. — Vou tirar a noite de folga. — Suas asas de pedra ficaram eriçadas e trituradas, então ele desapareceu em uma nuvem de giz branco.

— Eles podem fazer isso? — perguntei, chocada.

— Infelizmente — Zeph murmurou, levantando-se. Em algum momento, ele largou a varinha, mas senti sua magia pairando no ar. — O que é que vocês estão fazendo aqui? — ele exigiu, sua atenção estava focada nos três Faes no vestíbulo.

— Estamos aqui por ordem do rei para revistar a suíte do príncipe Kolstov por qualquer coisa relacionada ao ataque de hoje — aquele com cabelos loiros até os ombros respondeu, seu tom desprovido de emoção.

— Você não pode estar falando sério. — Zeph cruzou os braços. — O que é que o Kols poderia ter a ver com isso?

— Isso é assunto do Conselho — outro falou, erguendo o queixo em clara dispensa. — Você não é mais parte interessada dessa informação, *diretor*.

— Ah, vá se foder, Danqris. Sou um Guardião ligado a Kolstov, o que me torna seu superior por padrão. Um rebaixamento temporário nunca mudará isso.

Os lábios de Danqris se repuxaram em um rosnado.

— Vai, se eu encontrar algo que incrimine-o.

Zeph zombou disso.

— Sim, fique à vontade, idiota. Mas quando você não encontrar nada, e Kols voltar para ver que você destruiu as coisas dele, vou me certificar de dizer a ele a quem agradecer.

O Guerreiro de Sangue pareceu considerar isso mais um desafio do que uma ameaça e começou a destruir a suíte.

Quando chegou ao meu quarto, ele exigiu que eu o destrancasse.

E então começou a destruir tudo dentro.

Incluindo minha nova planta.

Zeph vibrou de raiva no final, mas não era nada comparado a Ella. Ela realmente deu um tapa em dois dos Guerreiros de Sangue depois que eles vasculharam seus itens pessoais. Então ela chutou o chamado Danqris quando ele foi para sua gaveta de roupas íntimas.

Assisti com espanto quando eles realmente recuaram, o loiro até parecendo um pouco arrependido quando a evitou para sair do quarto.

Depois do que pareceram horas de danos desnecessários, os três saíram sem um pingo de evidência.

Clove não se moveu da poltrona reclinável, tendo escolhido tirar uma soneca lá enquanto vasculhavam a suíte. Mas senti seu estado de alerta, como se esperasse que eu a chamasse em meu auxílio caso precisasse.

Eu me perguntei por que ela me trouxe o pica-pedra, se foi algo que ela encontrou do lado de fora das paredes ou se ela estava tentando me dizer alguma coisa.

Minhas suspeitas me diziam que era o último, mas eu não conseguia descobrir o que ela queria que eu soubesse além do óbvio – o criminoso havia usado um pica-pedra para romper os muros da Academia.

— Vou matar esses idiotas — Ella ferveu assim que eles saíram, seus olhos brilhando com fogo azul enquanto ela observava a bagunça que eles deixaram para trás.

— O Kols vai cuidar deles — Zeph prometeu. — Mas nesse ínterim, acho que deveríamos limpar essa merda.

Ella murmurou mais algumas palavras antes de sacar sua varinha.

— Estarei no meu quarto.

Zeph assentiu, seu olhar pegando o meu.

— Vamos. Eu ajudo com o seu.

— Ah, você não precisa fazer isso. Eu posso, ah, bem, eu posso cuidar de tudo — terminei sem jeito, contorcendo os lábios.

Eu podia mesmo.

Só guardaria tudo. Quão difícil poderia ser?

CAPÍTULO DEZESSEIS
ZEPH

— Eu não posso cuidar disso. — Ouvi Aflora murmurar para si mesma na soleira de seu quarto.

Contraí os lábios quando peguei minha varinha e criei um par de invenções. — Coloquem tudo de volta onde estava há duas horas. — Eles seriam capazes de sentir a história dos objetos para saber onde cada item esteve.

As duas entidades invisíveis começaram imediatamente, fazendo com que os itens essencialmente flutuassem pelo quarto enquanto seguiam meu decreto.

— Quando terminarem aqui, trabalhem na cozinha, depois na área de estudo e no outro quarto de hóspedes.

Eles não responderam, mas senti a concordância deles através do meu vínculo mágico com eles.

Deixei-os e segui o cheiro de Aflora pelo corredor até seu quarto, onde a encontrei parada no centro de uma zona de desastre com as mãos nos quadris.

— Tem certeza de que não quer minha ajuda? — perguntei a ela baixinho.

Ela estudou o pote quebrado no canto, franzindo a testa.

— Por que eles destruíram a planta das fadas? Quero dizer, o que poderia estar escondendo?

— Eles estavam sendo idiotas — eu disse a ela da entrada de seu quarto, com as mãos nos bolsos. — Quer que eu te ensine um feitiço que pode consertar isso?

Ela olhou por cima do ombro para mim.

— Podemos consertar?

Eu sorri.

— A magia pode consertar quase tudo, Aflora. — Me afastei do batente da porta e caminhei em direção a ela. — Aqui, pegue sua varinha e fique de frente para a planta.

Surpreendentemente, ela fez exatamente o que pedi, seu foco intenso enquanto ela examinava o canto.

— Certo. E agora?

Pressionei meu peito de leve em suas costas, então passei meus dedos pelo seu braço até a mão que segurava sua varinha.

— Levante-a até aqui — expliquei, guiando seu pulso para cima. — Você quer mirar na planta e desenhar um U assim. — Demonstrei enquanto falava movendo sua mão de forma sutil na forma que descrevi antes de levá-la de volta ao ponto inicial e soltá-la. — Agora repita essa ação enquanto diz, *Illa'shala*.

Ela limpou a garganta, então seguiu minhas instruções ao pé da letra. A excitação zumbiu através dela quando o objeto aderiu ao seu comando para se reparar.

— Tente de novo na porta do seu armário — sugeri.

— Mas a planta não está pronta.

— Não se preocupe. O feitiço continuará até terminar ou até que você diga para parar. Confie em mim.

Ela me lançou um olhar por cima do ombro, um que dizia que não confiava em mim nem um pouco, então fez uma careta ao perceber o que tinha acabado de fazer.

Não comentei, deixando o momento passar, e esperei que ela tentasse o feitiço novamente.

Depois de alguns segundos, ela cedeu, os ombros tensos como se esperasse que o encantamento saísse pela culatra. Quando isso não aconteceu, ela relaxou visivelmente.

— Agora diga, "Roupas Badan", e faça um movimento em ziguezague sobre o armário — murmurei.

— Zigzag, assim? — Ela moveu a varinha pelo ar em um padrão Z.

— Sim, mas não exagere tanto o movimento do pulso. — Estendi a mão para ela novamente, desta vez colocando uma em seu quadril enquanto a oposta alcançou sua mão. Ela não ficou tensa, então tomei isso como um convite para encostar meu peito contra suas costas novamente, em seguida levei meus lábios ao seu ouvido.

— Assim. — Eu a guiei através de um Z muito menor, então passei os dedos pelo seu braço para descansar em seu ombro. — Tente.

Ela o fez e sorriu enquanto seu guarda-roupa se recompunha. Eu estava prestes a dizer a ela para repetir o comando para seus sapatos quando ela se adiantou, e suas botas e outros artigos se alinharam no mesmo lugar em que estavam antes de Danqris enviar um tornado através de suas coisas.

Aflora se concentrou na cômoda em seguida, usando o mesmo comando, então olhou para seus livros.

— Devo empilhá-los manualmente?

— Pode ser ou tente o mesmo feitiço e veja o que acontece. — Eu ainda tinha as mãos sobre ela, com meu peito pressionado em suas costas, então senti sua hesitação mais uma vez. Mas ao invés de olhar para mim de forma interrogativa, ela escolheu proferir o encantamento.

Todos os seus materiais escolares voltaram para a mesa

de cabeceira e para o lugar no canto onde ela parecia guardar seus livros.

— Você precisa de uma mesa — percebi, franzindo a testa para o espaço.

— Não há espaço suficiente para isso — ela respondeu.

Ela estava certa.

— Verdade. — Considerei por um momento. — Quero que desenhe um quadrado no ar e diga: *Estante Kala'key'*. E quando fizer isso, imagine o tipo de estante que gostaria no canto.

— Achei que *Tareero* era o feitiço para querer algo.

— Só comida. *Kala'key* é como você cria algo, mas precisa ser muito específico em sua mente e se certificar de empurrar esse conhecimento para sua varinha. Caso contrário, nada acontecerá. Ou você vai conseguir algo que não quer. Depende de como é feito.

— Isso é... promissor.

— Faça o que eu disse e vai dar certo. — E se ela não o fizesse, eu a ajudaria a consertar.

— Certo. — Ela respirou fundo, então murmurou algo sobre tulipas baixinho.

Contraí os lábios em diversão.

— Não flores, uma estante de livros.

— Estou me concentrando — ela me repreendeu.

Soltei seu ombro para segurar seus quadris com as duas mãos.

— Tudo bem. Estarei bem aqui.

Ela não pareceu me ouvir, ou talvez não tenha se importado, porque continuou a olhar para o canto como se quisesse que a estante aparecesse sem feitiço. O que seria um truque legal e inteiramente possível para uma Fae da Meia-Noite mais antiga, mas ela ainda não estava nesse nível.

Depois de alguns momentos, ela assentiu, ergueu sua varinha e falou o encantamento em voz alta. Em seguida, acrescentou:

— *Badan livros*.

Uma estante do chão ao teto apareceu, os postes de madeira nas laterais decorados com trepadeiras de lindas flores azuis que me lembravam seus olhos. E nas prateleiras estavam todos os seus livros, incluindo os da mesa de cabeceira.

— Linda — elogiei.

Ela deu um pequeno aplauso e se virou para me encarar.

— Eu fiz isso.

— Verdade — respondi, sorrindo para ela. Então fiz um gesto com o queixo para o pote de cerâmica no canto oposto. — Parece que sua planta também agradece.

Aflora virou-se para ela, arregalando os olhos.

— Ah! Que lindo!

Humm, eu teria que mencionar a Kols mais tarde que ela finalmente descobriu como acessar sua magia da Terra através do colar, o que implicava que nosso encantamento anterior que diminuiu seu poder finalmente se esgotou. Nós discutiríamos isso logo depois que eu dissesse a ele que Clove trouxe um pica-pedra momentos antes dos Guerreiros de Sangue chegarem.

Tensionei o maxilar enquanto eu considerava a situação.

— Quando você terminar aqui, precisamos falar sobre o seu encantamento. — Percebi o erro do meu comentário no minuto em que o pronunciei, porque Aflora congelou, sua excitação pela planta morrendo em um instante.

Puta merda.

Ainda não havíamos conversado sobre aquele dia na aula em que Raph matou Clove. Eu estava de mau humor, e na hora pareceu certo lhe ensinar uma lição sobre encantamentos e etiqueta.

E sim, não saiu como planejado.

Ela praticamente me odiou depois disso.

— Quero dizer, em relação ao presente que ela te trouxe — corrigi rapidamente. — Quero ter certeza de que ela não está encantada ou sob a influência de outro Fae.

Aflora franziu a testa para mim.

— Você acha que alguém lançou um feitiço sobre ela?

— Por que mais ela traria o pica-pedra para você? — questionei.

Minha pequena companheira não falou por um momento, sua expressão passando de confusa para cautelosa.

— O que você tem que fazer com ela para determinar se ela foi encantada?

Suspirei.

— Não vou machucá-la, Aflora.

Seus olhos me diziam que ela não acreditava em mim.

— Tudo bem.

Certo. Eu teria que provar isso para ela, então.

— Você terminou aqui ou tem outras coisas para arrumar?

— Acho que está quase bom — ela respondeu, notando a roupa de cama amarrotada, tapetes tortos e persianas rasgadas.

Chamei uma terceira ilusão e disse a ela para arrumar a bagunça.

Aflora ergueu as sobrancelhas.

— Por que você não me mostrou como fazer isso?

— Porque os outros feitiços proporcionaram um momento de ensino.

— Desde quando você gosta de ensinar? — ela

perguntou, e seu olhar tinha um toque de humor que iluminou um pouco a atmosfera entre nós.

— Nunca — admiti. — Mas não me importo de ensinar você. — Era a verdade, mas eu não esperava que ela aceitasse. Em vez de esperar por outro daqueles olhares desconfiados, eu disse: — Vamos. Vamos conversar com Clove.

— Conversar — ela repetiu com notável sarcasmo. — Certo.

— Tenho sido um idiota e você não confia em mim. Isso é bom. — Envolvi o braço ao redor de seus ombros e a abracei, aproximando meus lábios de sua orelha. — Mas continue assim e vou te atormentar pelo resto da noite e do dia com a minha língua.

— Você já faz isso nos meus sonhos — ela apontou mesmo enquanto suas bochechas floresciam em um lindo tom de rosa. — Nada de novo aí.

— Humm. — Passei meu nariz em seu lindo rubor até que meus lábios pairaram a uma escassa respiração dos dela. — Quem falou em sonhos? — Dei um beijo casto no canto de sua boca – o único lugar que me permiti realmente beijá-la fora de sua mente. — Estou no seu quarto, Aflora. Agora mesmo. Bem aqui. Nada disso é um sonho, e eu vou te provocar com a minha língua naquela cama recém-feita. Apenas diga a palavra, linda flor.

Ela estremeceu, sua excitação perfumando o ar em um aroma sensual que eu desejava provar.

Mas queria provar a mim mesmo primeiro.

E para isso, eu precisava de Clove.

Com um beijo demorado no mesmo lugar de antes, eu a soltei, segurei sua mão e a puxei para o corredor sem outra palavra.

Se ficássemos no quarto por mais um segundo,

esqueceria minha tarefa e faria de despir Aflora minha única prioridade. Mas ela ainda não estava pronta e eu me recusava a pressioná-la mais do que já tinha feito.

— Você ainda tem sua varinha, certo? — perguntei a ela.

Ela assentiu em resposta, e vi os nós dos dedos brancos de apertar a ponta com força.

Sorri, entendendo o porquê. Ela foi provocada a semana toda e desejava um clímax, um que eu daria a ela se as coisas corressem bem mais tarde.

Clove não se moveu de seu poleiro na poltrona reclinável, mantendo as penas para trás e seus olhos alertas. Ela me observava com uma cautela semelhante à de sua mestra, confirmando tudo o que eu já sabia sobre a confiança de Aflora em mim.

— Raph não está aqui — assegurei as duas. — A última vez que o vi, ele estava dormindo no meu armário em uma cama de camisas que ele havia tirado das prateleiras. — Ele era um idiota assim e gostava de criar ninhos com minhas roupas limpas.

Clove se irritou com a nossa aproximação, semicerrando os olhos escuros para mim.

Soltei a mão de Aflora e me afastei lentamente antes de estender a palma da mão para o falcão cheirar. Ela não se mexeu, seu desagrado era evidente.

— Você vai ter que se acostumar comigo — murmurei. — Sou um dos companheiros da Aflora.

Isso não pareceu aplacar o encantamento de Aflora. Na verdade, ela parecia ainda mais ansiosa.

Tentei uma tática diferente e me ajoelhei diante dela, me fazendo parecer inferior, depois estendi a palma da mão novamente.

— Sinto muito pela nossa primeira apresentação. Prometo não te machucar de novo.

Se Kols me visse agora, pedindo desculpas a um pássaro, ele perderia a cabeça. Mas isso não era sobre o falcão. Era sobre Aflora.

Eu a tinha machucado.

Para seguirmos em frente, ela precisava ver que eu sabia como me desculpar direito. O que exigia que eu conseguisse que esse falcão me perdoasse.

Clove inclinou a cabeça ligeiramente, seu olhar focado na minha mão.

Ela se moveu para frente e agarrou meus dedos com o bico, mordendo com força suficiente para dar um aviso, mas sem romper a pele.

Não me movi.

Nem pisquei.

Em vez disso, continuei a encará-la.

— Se você precisa de sangue, então tudo bem. Vou dar. — Principalmente porque um gosto diria a ela o que eu era para sua mestra e ela imediatamente me liberaria.

— Não — Aflora disse, falando com Clove. — O Zeph é... um amigo.

Só um amigo?, quase perguntei a ela, divertido. Mas fiquei quieto, permitindo que ela comandasse o show. Era o que a situação exigia.

Clove lentamente soltou minha mão, seu olhar passando de forma afetuosa para Aflora.

— Sim, também gosto dela — admiti baixinho.

O falcão soltou um grasnido suave que interpretei como se ela aprovasse, então eu lentamente estendi a mão para tocar uma de suas plumas. Ela não reagiu ou tentou me morder novamente, o que era um bom sinal. Ela até se inclinou um pouco para o meu toque, permitindo-me conquistá-la com algumas carícias suaves em suas asas.

Olhei para Aflora para vê-la me encarando com surpresa.

— O que foi?

— Você... você... — Ela balançou a cabeça. — Esquece.

— Se surpreendeu que seu falcão me perdoou? — perguntei a ela.

— Não. Estou surpresa que você disse que gostava de mim. Tenho certeza de que você deu a entender o oposto apenas algumas semanas atrás.

Fiz uma careta.

— Eu nunca disse que não gostava de você.

— Não, você está certo — ela disse, seus olhos azuis cintilando com fogo. — Você me chamou de lamentável, assim como Clove.

Eu vacilei.

— Eu estava tentando te ensinar uma lição.

— Que você tem que matar para se proteger. Eu me lembro.

Nós nunca iríamos superar isso se ela não permitisse. E eu só podia me desculpar muito.

Me agachei e olhei para ela.

— O mundo Fae da Meia-Noite não é como o seu Fae Elemental, Aflora. Estou apenas tentando prepará-la para a sobrevivência, algo que vou levar ainda mais a sério agora que nossas almas estão unidas.

— Eu já disse que poderia tentar nos desvincular.

— E eu já disse que não — rebati, irritado por ela sequer pensar em falar isso de novo. — Se você nos libertar, vai implodir.

— Isso não é realmente sua preocupação, é? — ela retrucou.

— É aí que você está errada, Aflora. É a minha preocupação. Eu sou um Guerreiro Sangue. É literalmente meu trabalho guardar e proteger. — Passei os dedos pelo meu cabelo e suspirei. — Em algum momento, jurei mantê-la segura. Não posso dizer quando aconteceu, mas suspeito que foi pouco depois de nos conhecermos. Eu reivindiquei você antes de me permitir perceber isso.

Eu realmente não sabia mais o que dizer para convencer essa mulher de que tudo que sempre quis foi ajudá-la a sobreviver. Talvez eu tenha sido duro com ela, mas não conhecia outra maneira. Guerreiros de Sangue não eram exatamente conhecidos por seu toque gentil.

Ela me encarou por outro momento longo e duro. Então olhou para Clove.

— O que você precisava verificar?

Parte de mim a admirava por nos puxar de volta ao importante tópico em questão. A outra parte ficou desapontada porque deixou nossa conversa inacabada, e eu estava realmente cansado de ela usar o passado contra mim. Não poderíamos seguir em frente se ela continuasse a me odiar pelo que permiti que Raph fizesse com Clove.

Em vez de insistir no assunto, segui seu exemplo, sabendo muito bem que voltaríamos a esse tópico em breve.

— Precisamos ver se ela tem algum fio de energia circulando — respondi. — Se alguém a encantasse, sua assinatura seria deixada para trás por algumas horas.

— E se ninguém fez isso? — ela perguntou.

Mudei meu foco para Clove.

— Realmente não há muitas opções. Pode ser coincidência, o que duvido. Ou alguém pediu que ela o trouxesse para você como uma mensagem.

— Faes podem fazer isso?

— Faes que são próximos de você de alguma forma, como um companheiro. — Quase quis sugerir que Shade poderia ter feito isso, mas eu sabia que era impossível, considerando que ele estava na reunião do Conselho e ficou claramente chocado com o pica-pedra na mesa. Ele também não teria aparecido para nos avisar se quisesse armar para Kols.

— Próximos de mim — ela repetiu. — Como um companheiro... ou família?

Dei de ombros.

— Sim, acho que um membro da família poderia chamar um encantamento. — Estudei Clove, procurando por qualquer vestígio de magia. A maioria dos Faes não seriam estúpidos o suficiente para deixar evidências visíveis, mas valia a pena conferir.

Infelizmente, não vi nada.

— Você vai precisar fazer um feitiço de rastreamento — eu disse a ela. — Ou eu posso fazer isso, se você preferir. — Olhei para ela, esperando que ela concordasse com o primeiro.

No entanto, ela me surpreendeu ao dizer:

— Faça você. Vou assistir e aprender. — Meu rosto deve ter registrado algum choque, porque ela acrescentou: — Se você machucá-la, vou te fazer comer um cipó ardente em chamas.

— Você parece gostar muito da ideia de comer coisas queimadas — respondi. — Está me fazendo questionar as dietas dos Faes Elementais.

— Ha. Ha. — Ela revirou os olhos, mas peguei a pontada de diversão provocando seus lábios. — Vá em frente e teste-a para fios de energia.

Eu sorri.

— Então, depois, vou fazer um suco de mosquito de fogo para você.

— Ou outro bife de dragão — ela sugeriu.

— Ou isso — concordei, piscando. Então peguei minha varinha e dei a Clove toda minha atenção. — Vamos ver quem te enviou, certo?

CAPÍTULO DEZESSETE

KOLS

QUE MERDA DE NOITE.

Soltei um suspiro descontente quando entrei na minha suíte, esperando ver a coisa toda bagunçada e parando ao descobrir o interior intocado esperando minha entrada.

— Eles limparam tudo — Tray explicou do sofá, percebendo minha confusão. Ele estava contente com Ella aconchegada contra si, a cabeça apoiada em seu ombro. — Zeph e Aflora estão no seu quarto terminando, e há algumas sobras no fogão, se você quiser.

Tinha um prato vazio na mesa, sugerindo que ele tinha acabado de comer. Como ele havia saído apenas cerca de trinta minutos antes de mim, esse momento fazia sentido.

— Não estou com fome — admiti, ainda irritado e chateado com as besteiras que o Conselho tinha jogado em mim.

A única razão pela qual eles não me trancaram para observação foi por causa de Aflora. Meu pai argumentou que eu precisava estar no campus com ela para continuar seu monitoramento. Outros sugeriram que ela fosse trancada comigo. Então ele os lembrou do meu papel como futuro rei e a importância de completar essa tarefa para minha ascensão que estava por vir.

Foi tudo uma confusão do caramba.

E eu realmente só queria tirar a porcaria de uma soneca.

Tray assentiu em compreensão, então beijou Ella na testa, abraçando-a.

— Vou colocar as sobras na geladeira para você — ele falou.

— Obrigado — murmurei, falando sério apesar do meu tom rude. — Vou me certificar de que Zeph não reorganizou meu quarto.

— Boa ideia. — Ele voltou o foco para a loira em seus braços, a palma da mão segurando sua bochecha enquanto inclinava seu rosto para cima para receber seu beijo.

Passei os últimos três anos e meio invejando-o e sua capacidade de escolha. Não que eu já tivesse admitido isso em voz alta. Meu destino era servir à coroa, um futuro que eu levava a sério e dediquei minha vida inteira para cumprir.

No entanto, esta noite o Conselho recompensou minha fidelidade com uma acusação injustificada seguida de uma busca em meus aposentos particulares, tudo para procurar evidências que não existiam.

Ninguém tinha acreditado na minha inocência.

Nem mesmo meu pai.

Depois de tudo que desisti por aqueles idiotas, eles se recusaram a acreditar na minha palavra.

E essa porra doeu.

Puxei o nó da gravata e comecei a descer o corredor até o meu quarto, mas parei na soleira ao ver Aflora dando risadinhas. Ela estava sentada de pernas cruzadas no tapete com um prato no colo, enquanto Zeph estava de pé sobre ela com as mãos nos quadris.

— Sério, vou começar a te alimentar com casca — ele estava dizendo. — Talvez coberto com algumas lâminas de carvão.

— É assim que se chama? — ela perguntou. — A grama preta nos campos?

Ele bufou.

— Sim, aquilo não é grama, linda flor.

— Bem, eu sei. É afiado e quebradiço e... como carvão.

Ela contraiu os lábios.

— Daí o nome: lâminas de carvão.

Aflora torceu o nariz para cima.

— Eu não vou comer isso.

— Ainda assim, você come uma monstruosidade de salada de folhas com *mussleberries*.

— São *mouseberries* — ela o corrigiu. — E sim, eu como. — Ela ergueu o prato. — Por favor.

— Já te dei bife de dragão e a outra versão de empada de salada. Se você quiser mais, você mesma pode fazer.

Eu me inclinei contra o batente da porta, entretido por toda essa conversa. Mas meu movimento atraiu os olhos deles para mim e fez Aflora pular e ficar de pé.

— Ah! Você voltou.

— Voltei. — Enfiei as mãos nos bolsos e olhei ao redor do meu quarto. — Parece que você fez um bom trabalho de limpeza.

— Ilusões — Aflora disse rapidamente. — Zeph fez ilusões. Estávamos apenas nos certificando de que está tudo arrumado. Então, você está bem. Vou deixar vocês dois a sós. Ela foi em direção à porta, e eu me movi para bloquear sua saída.

— Estive perto de ser preso por uma explosão na Academia, e você vai me deixar com um "você está bem"? — Arqueei uma sobrancelha para ela. — Jura?

Zeph veio atrás dela, efetivamente prendendo-a entre nós. Ela levantou o prato contra o peito como se isso pudesse protegê-la.

— Hum. — Ela mordeu o lábio, considerando. — Estou contente que você esteja bem. Nós sabemos que você não fez isso. Ah, e Clove não tinha laços mágicos que Zeph pudesse encontrar. Portanto, não temos certeza de quem deu o pica-pedra ou onde ela o encontrou, mas temos certeza de que foi feito de propósito, como uma armadilha para você. Ainda bem que o Shade apareceu para nos avisar sobre a busca.

Isso era informação demais em poucos segundos. Olhei boquiaberto para Zeph.

— Pica-pedra?

— Sim. O encantamento de Aflora trouxe para ela como presente e deixou cair em seu colo. Estamos supondo que é como o culpado entrou no terreno da Academia, mas tive que destruí-lo por causa dos Guerreiros de Sangue.

É claro.

— E as outras coisas? — perguntei a ele, sabendo que ele entenderia minha pergunta.

Ele apontou o queixo para o armário.

— Sir Kristoff fez seu trabalho.

Assenti.

— Bom.

Aflora franziu o cenho.

— Achei que Sir Kristoff tinha tirado a noite de folga.

Resmunguei e coloquei as mãos em seus quadris para levá-la de costas para o peito do meu Guardião, então chutei a porta, fechando-a atrás de mim.

— Sir Kristoff não tira folga — falei, liberando-a para Zeph. Ele prontamente passou os braços ao redor dela, sabendo que eu não queria que ela fosse embora. Os dois observaram enquanto eu caminhava até o armário. Assim que abri, a gárgula em questão saiu com minha caixa.

— Aqui está, meu príncipe — ele falou, segurando-a para mim.

— Obrigado, Sir Kristoff — murmurei. — Você está dispensado.

Ele fez uma reverência e desapareceu em uma nuvem branca de poeira, que era sua marca registrada de partida.

— Agora ele está tirando a noite de folga? — Aflora adivinhou.

— Não, ele voltou para a porta da frente — respondi, mantendo o foco na caixa em minhas mãos. Abri para verificar o conteúdo dentro e assenti. — Tudo aqui.

— Então a gárgula fez seu trabalho — Zeph murmurou.

Assenti.

— Fez.

— O que tem na caixa? — Aflora perguntou, parecendo excepcionalmente ousada esta noite. Ou talvez ela estivesse apenas ficando mais confortável conosco, nesse caso, eu aprovava.

— Seu colar verdadeiro e alguns outros itens que não quero que o Conselho saiba. — Como a foto de seus pais que recebi de Sol.

Fui ao armário para devolver o recipiente ao lugar certo, um que Sir Kristoff conhecia para que pudesse escondê-lo novamente, caso surgisse a necessidade.

Enquanto meu pai comandava o reino, a lealdade da gárgula pertencia a mim. Eu tinha cuidado desse pequeno detalhe no dia em que comecei a frequentar a Academia. Foi uma tarefa fácil, principalmente porque tratei Sir Kristoff com respeito e ouvi seus pedidos. Algumas negociações depois e sua lealdade era minha.

— Meu colar verdadeiro? — Aflora perguntou, tocando

o couro fino ao redor de seu pescoço. — Achei que foi isso que Zeph colocou em mim antes dos guardas virem atrás de mim na semana passada.

Encontrei o olhar dele sobre a cabeça dela, me perguntando se ele queria explicar ou se eu deveria. Ele deu um aceno sutil para eu ir em frente.

— Este não é o colar do Conselho — falei baixinho, me aproximando dela novamente. Levantei o dedo para o couro que circundava seu pescoço e tracei ao longo de sua garganta. — Se lembra de que havia dois antes?

Ela assentiu.

— Eu destruí um na Floresta Mortal.

— Sim. Então o Zeph e eu criamos um novo para substituí-lo, mas tivemos que fazer com que combinasse com o do Conselho. Adicionamos um encantamento temporário para mascarar seus poderes – especificamente, suas habilidades Quandary de Sangue – e também criamos um feitiço de ocultação para esconder nossos laços com você. Foi feito às pressas, mas funcionou.

Pressionei o polegar para o lado, perto de seu pulso, e soltei o couro para tirá-lo de seu pescoço para vê-lo.

— Os feitiços se desgastaram lentamente ao longo da última semana, trazendo a ocultação a um som surdo que deveria estar apenas protegendo nossos vínculos, não diminuindo seu poder. Você sentiu-o enfraquecer? — perguntei a ela baixinho.

Ela franziu a testa para o item na minha mão.

— Eu não tinha pensado muito nisso depois daquela vibração inicial.

— Imagino que tenha doído — comentei, arrependido. — Mas não sabíamos mais o que fazer e não havia tempo para explicar.

— Então você nunca colocou o colar real em mim.

Balancei a cabeça.

— Não. Só de tocá-lo, tira toda a energia de mim. Não consigo imaginar o que faria em volta do seu pescoço. E era precisamente por isso que eu nunca a faria usá-lo.

Zeph se inclinou para beijar sua pele recém-exposta, mantendo os olhos nos meus o tempo todo. Li a mensagem em suas profundezas, assim que notei sua inspiração.

— Oh — ela murmurou, e seus cílios tremularam um pouco. — Eu... eu não percebi que eles eram... diferentes.

Coloquei o colar de lado e voltei a tocar os dedos em sua bochecha corada.

— O objetivo principal desse colar é esconder sua conexão comigo e Zeph. — Mostrei a ela a pulseira em volta do meu pulso. — Zeph e eu temos que usar isso, ou outros sentirão a reivindicação de acasalamento. Shade não precisa, já que todo mundo já sabe que ele mordeu você.

— Acho que podemos removê-las um pouco — Zeph murmurou, com os lábios ainda no pescoço dela. — Supondo que todos nós vamos ficar aqui pelas próximas horas.

Curvei os lábios.

— Acho que vamos ficar aqui por um tempo.

Aflora engoliu em seco, suas pupilas escurecendo.

— Vocês vão me morder de novo?

— Você quer? — questionei, removendo a pulseira do meu pulso e colocando-a ao lado de seu colar. Zeph estendeu a dele para eu adicionar à pilha, então segurou seus quadris para mantê-la entre nós enquanto eu voltava para a minha posição na frente dela.

— Você, ah, precisa de sangue de novo? — ela perguntou.

— Na verdade não. Tomei um shake ontem.

— Um shake? — Ela franziu a testa. — Você chama os humanos de "shakes"?

Eu sorri.

— Não. Me refiro literalmente a um milk-shake. Tray e Ella os fazem o tempo todo em vez de se alimentarem de mortais.

—Mesmo?

— Você nunca notou? — perguntei, arqueando uma sobrancelha. — A Ella toma um shake de proteína com sabor de sangue todas as noites.

— Achei que era apenas um alimento humano.

— É, principalmente. Com os nutrientes adicionados que os Faes da Meia-Noite precisam para permanecer conectados à fonte. O Zeph também está pedindo comida com sangue.

— Não é o meu favorito, mas preciso me acostumar com isso — ele disse, dando de ombros.

— Por quê? — Aflora perguntou.

Ela tentou olhar de volta para Zeph, mas ele pressionou a boca em seu ouvido para murmurar:

— Porque Faes da Meia-Noite com companheiros normalmente não se alimentam de humanos. Isso complica as coisas, como você descobriu na semana passada com sua reação à alimentação de Kols no reino mortal. Somos territoriais e não gostamos de compartilhar.

— Então, nada mais de beber sangue da veia, a menos que seja da sua — eu disse, fechando o espaço entre nós. — E eu não vou te morder de novo até que você me peça. — Ou se eu precisasse sugar o poder dela, mas não adicionei essa parte, porque seria consentimento implícito como se fosse a primeira vez.

— Sim — Zeph concordou. — Nós ouvimos você alto e claro na semana passada, linda flor. Chega de compartilhar.

— E-eu não disse isso — ela gaguejou, seu peito subindo e descendo de forma ofegante contra o meu.

— Estava implícito pela sua reação — eu informei. — E nós discutimos exclusividade, se bem me lembro.

— Nós nunca concordamos com isso — ela apontou.

— Mais uma vez, estava implícito. — Passei o dedo pelo centro de seu torso, acariciando os botões de sua blusa ao longo do caminho. — Tive uma noite infernal, Aflora. Só tem uma coisa que quero fazer agora, e é fazer você gozar com a minha boca. Posso?

Aflora arregalou os olhos.

— Tipo, gozar mesmo? Ou só me provocar?

— Definitivamente haverá provocações envolvidas — prometi a ela, desabotoando o botão de cima da camisa. — Mas isso levará a um clímax que vai te deixar louca.

Uma avaliação arrogante, mas isso não a tornava menos verdadeira.

O brilho em suas pupilas dilatadas me disse que ela sabia disso também.

— Certo — ela sussurrou, se recostando em Zeph. — Mas se isso se transformar em um sonho em que você me deixa insatisfeita, eu realmente vou quebrar nossos vínculos.

— Então acho que vamos precisar morder você de novo também — Zeph respondeu, sua língua traçando a orelha dela. — Não posso correr o risco de você nos forçar a ir embora.

— Me agrade e você não terá que se preocupar — ela respondeu, me fazendo curvar os lábios.

— Humm, eu gosto desse seu lado mais ousado — comentei, abrindo outro botão para expor seu sutiã de renda. — Tire a calcinha para nós, baby. Então entregue-a a Zeph.

Ela estremeceu, suas íris ardendo com intensidade.

— Sim, meu príncipe — ela sussurrou, o título indo direto para o meu pau. Zeph tinha dito a ela para me chamar assim na outra noite, em uma de nossas fantasias, e ouvi-la usar isso agora me fez querer beijá-la para sempre.

Mas em vez disso, me concentrei no próximo botão enquanto ela levantava a saia para segurar a renda entre as coxas. Ela lentamente puxou-a para baixo de suas pernas. Dei um passo para trás para permitir que ela se curvasse enquanto Zeph observava por trás, seus olhos verdes brilhando com antecipação.

Aflora puxou o tecido branco macio sobre os pés descalços, depois se endireitou e a segurou sobre o ombro para Zeph. Ele a pegou e acenou para que eu terminasse de tirar a blusa dela.

Cada botão revelava mais e mais de sua pele macia, atraindo meu foco para baixo para admirar suas curvas sutis e abdômen plano. Ela realmente era linda. Quase doía olhar para ela.

Sua camisa caiu no chão, deixando-a de sutiã e saia, a imagem de *aluna travessa*. Contorci a boca com o pensamento de todas as maneiras que eu poderia fazer esse título se tornar realidade, mas em vez disso permiti que Zeph a levasse de costas para a cama.

— Tire o sutiã — eu disse a ela. — Zeph o quer.

Não me movi do meu lugar, mas levei as mãos a gravata para terminar de desatar a seda e removê-la do meu pescoço.

— Na cama — Zeph disse, assumindo assim que seus lindos seios apareceram.

Ela lhe entregou o sutiã de renda sem um pingo de nervosismo e pulou para cima do colchão.

— Se deite de costas e se segure nas barras da cabeceira — Zeph a instruiu.

Aflora franziu a testa, mas fez o que lhe foi dito. Ele lentamente a apresentou aos seus gostos ao longo da última semana, exercendo seu domínio a cada passo. Esta experiência seria semelhante, seus métodos principalmente suaves como resultado de não querer assustá-la.

E esta seria a primeira vez que ele realmente a tocava.

Pelo que eu sabia, os dois nem haviam se beijado ainda. Porque os sonhos realmente não contavam. Eram apenas fantasias eróticas conduzidas por mentes brincalhonas.

Me inclinei para frente para colocar a gravata sobre seu abdômen enquanto Zeph prendia seus pulsos acima de sua cabeça com a renda da calcinha e sutiã. Ela o observou com surpresa no olhar, então cintilou seu foco para a seda em seu estômago, com a testa franzida.

Mas ela não estava preocupada.

Não, ela estava excitada. Seus mamilos endureceram em pequenos pontos tensos que imploravam pela boca de um homem. Arrepios marcaram um caminho sedutor por seus braços. E sua excitação adocicou o ar, me forçando a inspirar seu aroma aromático a cada respiração.

Ela gostou disso.

Ela queria.

Algo que ela confirmou apertando as coxas e lutando contra um gemido quando Zeph passou os dedos pelos seus braços e sobre o peito até a gravata esperando por ele perto do umbigo.

— Nós vamos jogar um jogo, Aflora — ele a informou.

— Que tipo de jogo? — ela perguntou, sua voz soou em um tom sensual que fez meu sangue bombear um pouco mais rápido.

— Um em que você adivinha quem está te tocando —

ele murmurou, arrastando a gravata de seda até seu pescoço. — Se você estiver certa, nós te recompensaremos. — A peça encontrou sua bochecha. — E se você estiver errada, nós vamos te ensinar.

— Me ensinar? — ela repetiu, umedecendo o lábio inferior. — Me ensinar o quê?

— Você vai ver — ele respondeu, colocando o tecido sobre a testa dela, se preparando para deslizá-lo para baixo. — Agora feche os olhos. Estamos prestes a começar.

CAPÍTULO DEZOITO

AFLORA

Meu coração batia de forma descontrolada no peito e minha respiração acelerava a cada segundo que passava. Meus companheiros ficaram quietos depois que Zeph deslizou a seda sobre meus olhos. Eu podia ouvir o som de suas roupas, de zíperes se abrindo e tecidos caindo no chão. Mas eu não sabia quem estava onde ou o que pretendiam fazer.

O calor aqueceu minhas entranhas, a intensidade aumentando a cada inspiração e expiração subsequente.

O que eles planejavam fazer?

E se eles me deixassem assim?

Nos meus sonhos, eles frequentemente me provocavam por horas e horas. Eles podiam fazer o mesmo agora e negar...

Pulei quando uma mão envolveu meu tornozelo com gentileza, então subiu lentamente, traçando minha perna até a parte interna da minha coxa, onde um único dedo roçou minha boceta. Um gemido escapou da minha boca, sendo engolido por uma de suas bocas.

Oh....

As cócegas dos pelos contra o meu queixo me disse quem era.

Zeph.

Minha suposição foi confirmada na próxima respiração quando sua língua entreabriu meus lábios e exigiu controle dentro da minha boca. Seu cheiro amadeirado se derramou sobre mim, me reivindicando, me dominando, me devorando. Em meus sonhos, pensei que ele era dominante, mas na realidade era muito mais.

Sua força se tornou minha, me encorajando e me fazendo desejar libertar as mãos para enfiar meus dedos em seu cabelo.

Apertei as coxas, puxando meu foco de volta para a mão entre elas. Só podia ser Kols, ou eu sentiria o calor do braço de Zeph em meu torso, mas tudo que eu podia sentir era sua boca na minha.

Querido Fae, ele beijava bem. Ele me guiou a cada passo do caminho. Seus lábios eram uma presença confiante contra os meus, me ensinando, provocando e me hipnotizando a cada movimento.

Gemi quando Kols penetrou um dedo em mim, atraindo meu foco de volta para ele.

Então alguém agarrou meu seio, o polegar acariciando meu mamilo e arrancando um suspiro da minha garganta.

Suas mãos estavam de repente em todos os lugares, confundindo meus sentidos e sobrecarregando meus instintos. Minhas veias queimavam com a necessidade, meus pulmões se esqueciam de como trabalhar, minha garganta estava rouca e seca.

Os lábios de Zeph deixaram os meus, se movendo para baixo para o meu peito enquanto Kols cobria meu clitóris com sua boca. Eles sugaram juntos, assim como nos meus sonhos, apenas o raspar dos dentes contra o meu núcleo me lembrou mais Zeph do que Kols, me deixando confusa.

Eles haviam trocado de lugar? A boca de Zeph não passou pelo meu pescoço a caminho do peito. Ele me deixou completamente, mas apenas por um breve segundo. Ou era assim que me sentia antes de a sensação sobrecarregar meu...

— Ah! — gritei, arqueando o colchão.

Definitivamente, era Zeph entre minhas coxas. Reconheci aquele raspar de sua barba, provocando meus lábios sensíveis. No entanto, Kols deixou seu dedo dentro de mim.

Não, não um.

Dois.

Ele os moveu dentro e fora, me atraindo para mais perto do clímax a cada movimento. Me perdi no calor e desejo induzidos por seu toque, seus beijos íntimos, suas lambidas, mordidas e mordiscadas.

Uma semana de tormento sensual criou um turbilhão na parte inferior do meu abdômen, atirando chamas em minhas veias e forçando gemidos a fazer cócegas na minha garganta.

Eu não conseguia me concentrar.

Me esqueci de como respirar.

Deixei de lado todos os meus pensamentos, sentimentos e medos.

E permiti que eles me puxassem para um esquecimento que literalmente roubou minha consciência por um breve momento, me apresentando à vida após a morte antes de me puxar de volta para a realidade de sua presença. Um deles estava rindo. Zeph. O outro desceu para se banquetear com a minha excitação.

Eles estavam em todos os lugares ao mesmo tempo, me levando perto do clímax de novo.

— Ainda não — Zeph disse, se afastando. — Precisamos jogar nosso jogo primeiro.

Rosnei em resposta à sua ideia de jogar um jogo. Eu queria gozar de novo. Agora mesmo.

— Não seja gananciosa, companheira — ele murmurou, se deitando ao meu lado. Kols tomou o outro lado, e o calor de seus corpos me banhou em um êxtase induzido pela luxúria que eu desejava nadar para sempre.

Eles estavam nus.

Eu não podia vê-los, mas podia senti-los. O comprimento impressionante de Zeph encontrou meu quadril, seu pau pulsando com um desejo que eu conhecia muito bem. Ele permaneceu vestido em todas as nossas fantasias compartilhadas, nunca permitindo que eu o visse. E ah, como eu ansiava por vê-lo agora.

Então Kols pressionou sua virilha do outro lado, sua excitação mais familiar, ainda que nem tanto. Nós só tínhamos sido verdadeiramente íntimos uma vez, e não terminou bem.

Agora eu tinha os dois.

Na realidade.

Nus.

E não conseguia ver nenhum. Ou tocá-los.

Devo ter rosnado de novo, porque Zeph falou:

— Nada disso, Aflora. Nós deixamos você gozar uma vez, sem minha permissão, que fique claro. Então agora vamos jogar um jogo.

Mordi o lábio, me lembrando de todas as vezes que ele exigiu que eu pedisse permissão para o orgasmo. Ele tinha que estar no controle o tempo todo, seu domínio escrito em tudo o que fazia. E eu quebrei uma de suas regras.

O que significava que ele pretendia me punir por isso, provavelmente negando mais orgasmos, outra de suas atividades favoritas. Ou então, assumi, dado tudo o que ele fez comigo na última semana.

— Desculpe, Zeph. Eu me esqueci — admiti.

Ele se inclinou e pressionou a boca na minha em um beijo carinhoso.

— Você está perdoada, linda flor — ele sussurrou, acariciando meu nariz. — Adorei te ver gozar em seus sonhos, mas isso... — Ele impulsionou o corpo contra meu quadril, cobriu meu peito com a mão e deu um aperto sensual. — Humm, isso foi muito mais doce e real.

Sua boca capturou a minha, me forçando a provar minha própria excitação de sua língua. Gemi, apertando mais a cabeceira da cama apertando enquanto eu lutava contra o desejo de me libertar da renda que prendia meus pulsos. Seus nós eram frouxos, algo que eu suspeitava ter sido feito para meu benefício, mas não queria desagradá-lo me soltando cedo demais.

Algo em Zeph me fazia querer obedecê-lo.

E assim o fiz, beijando-o como ele me beijava e permitindo que ele me guiasse para a intimidade que desejava.

No entanto, não consegui parar o som de protesto que deixou meus lábios quando ele se afastou. Sua boca era meu novo vício favorito. Ele riu em resposta, mordiscando meu queixo.

— Não se preocupe, linda flor. Também gosto de te beijar. Mas você precisa responder algumas perguntas primeiro.

— Tudo bem — concordei, sentindo minhas bochechas se aquecerem.

Kols se inclinou para beijar meu pescoço, seus lábios

encontrando meu pulso enquanto ele gemia em aprovação contra minha pele.

— Espero que você responda corretamente, linda.

— Quem te beijou primeiro esta noite? — Zeph perguntou, começando o jogo.

— Você — respondi sem hesitação.

— Boa menina — ele falou, se inclinando para tomar minha boca novamente, desta vez como uma recompensa.

Kols continuou a lamber meu pescoço enquanto Zeph me possuía com a língua. A intensidade combinada me forçando a apertar as pernas em busca do atrito necessário.

— Os dedos de quem deslizaram dentro de você primeiro, princesa? — Kols perguntou contra o meu ouvido. — Eram os meus? Ou pertenciam ao Zeph?

Engoli em seco, este não tão claro. Mas eu tinha certeza de que era Kols.

— Seus — falei. — Você tocou meu tornozelo e deslizou pela minha perna e por baixo da minha saia, então Zeph me beijou.

Ele apoiou a palma da mão no meu estômago antes de descer para repetir a ação por baixo da saia, penetrando seus dois dedos em mim com facilidade mais uma vez, confirmando que eu estava certa porque parecia o mesmo.

— Quem chupou seu clitóris? — ele perguntou. — Eu ou Zeph?

— Zeph — sussurrei, me lembrando da forma como sua barba parecia contra a minha carne.

— E quem te levou ao orgasmo? — Zeph perguntou, com os lábios ainda pairando sobre os meus.

— Vocês dois — respondi com um gemido quando Kols enganchou os dedos para acariciar um ponto dentro de mim que me fez ver estrelas.

— Você é incrível neste jogo — Zeph elogiou,

aproximando os lábios em meu ouvido. — Agora vamos te dar prazer com nossos paus, e você vai adivinhar qual de nós está dentro de você com base apenas no gosto.

Kols removeu seu toque de baixo e levou a mão à minha boca.

— Chupe — ele instruiu, enfiando os dedos na minha boca.

A luxúria de me provar em sua pele me fez gemer em aprovação, enquanto meu coração batia muito forte dentro do meu peito. Então eles estavam se movendo novamente, se reorganizando na cama e soltando meus pulsos das amarras.

Permiti que eles me guiassem para onde me queriam, ciente de quem me segurava com base apenas em seus cheiros. Primeiro, Kols me guiou de joelhos. Então Zeph me virou e pediu para que eu me inclinasse para frente até que minhas mãos se apoiassem no colchão.

Nenhum dos dois me soltou até que tivessem certeza de que eu estava firme, passando as mãos em cada centímetro de mim, deixando minha pele em chamas ao longo do caminho. Eles se moveram novamente, um deles se movendo para atrás de mim enquanto o outro se posicionou na minha cabeça. Reconheci o cheiro picante de Kols quando ele empurrou meu queixo para cima para o ângulo que preferia.

Então a cabeça de seu pau tocou meus lábios.

Abri para ele por instinto, permitindo que ele entrasse e me entreguei ao seu sabor familiar.

Canela, especiarias e homem.

Gemi, engolindo-o tão profundamente quanto minha garganta permitia. Seus dedos se enroscaram no meu cabelo, me acalmando quando comecei a me afastar para respirar. Ele parecia estar tentando recuperar o fôlego, talvez até sem emitir nenhum som, mas eu já sabia que era ele, algo que eu teria dito se pudesse.

Depois de um instante, ele me permitiu me mover, enquanto eu dilatava as narinas para inalar o oxigênio muito necessário, mas ele não me deixou tirá-lo da boca. Em vez disso, ele voltou, me segurando com mais firmeza enquanto me forçava a tomar mais dele.

Relaxei a garganta, permitindo que ele me guiasse enquanto uma mão alcançou entre minhas coxas para testar minha excitação. O beijo contra a base da minha espinha me disse que Zeph aprovou o que encontrou.

Aquele pequeno gesto entregou o jogo, confirmando o que eu já sabia sobre suas posições: Kols estava na minha boca com Zeph atrás de mim.

Zeph sempre me protegeu em meus sonhos, seu olhar estava sempre atento como se precisasse se assegurar de que eu estava gostando do ato. E ele me tocava com frequência para avaliar meu interesse por certas coisas, como fazia agora, passando o dedo pela minha umidade.

Isso me fez confiar nele, mesmo quando me tirou da zona de conforto.

Kols deixou meus lábios lentamente, me puxando de volta para si e provocando uma reclamação da minha garganta. Ele acariciou minha bochecha em resposta, então se moveu para trocar de lugar com Zeph.

Considerei dizer a eles que eu já sabia quem estava onde, mas o beijo aveludado da excitação de Zeph contra a minha boca me distraiu.

Ah, sim, por favor. Eu queria saboreá-lo. Conhecer seu gosto. Agradá-lo. Engolir seu prazer assim como ele engoliu o meu.

Abri os lábios para ele, movendo a língua para recebê-lo quando ele deslizou para dentro de forma muito mais gentil do que eu esperava. Podia sentir a tensão nele, a maneira como ele se segurava e, por alguma razão, isso me fez querer empurrá-lo. Para ver se eu poderia abalar um pouco de seu controle e libertá-lo.

Porque eu queria experimentá-lo, o homem por trás do domínio, aquele que me desejava sem remorso. Eu tinha visto aquele macho à espreita em seu olhar, tinha o sentido em meus sonhos, mas ainda tinha que experimentá-lo em carne e osso.

Eu precisava devorá-lo, conhecê-lo, senti-lo dentro de mim.

Queria que ele gozasse.

Aprofundei as bochechas, enquanto minha garganta se movia para levá-lo mais fundo, enquanto ele segurou a parte de trás do meu pescoço para me puxar para longe dele. As palmas das mãos de Kols queimavam contra meus quadris enquanto ele me mantinha no lugar e a ponta do pau de Zeph contra meus lábios.

Me inclinei para lambê-lo, mas fui segurada por sua mão em volta do meu pescoço.

— Você já sabia que era eu, não é, linda flor?

— Sim — admiti. — Kols foi primeiro, mas queria provar você, então não disse nada.

Ele soltou minha nuca e passou os nós dos dedos pela minha bochecha de uma maneira carinhosa. Os dois pareciam interessados naquele pequeno movimento.

Na verdade, havia muitas semelhanças entre Zeph e Kols.

Eu sabia que eles compartilhavam mulheres, os rumores eram desenfreados sobre isso, mas agora eu entendia o porquê. Eles trabalhavam bem em equipe. Mesmo agora com a forma como Zeph acariciou meu rosto com gentileza enquanto os polegares de Kols desenhavam padrões hipnóticos contra meus quadris.

Sempre tocando e garantindo meu conforto. Menos a negação do orgasmo.

Zeph passou o polegar sob a venda improvisada, guiando-a lentamente para cima e sobre minha cabeça para me permitir ver.

Pisquei algumas vezes, meus olhos desajustados à luz.

Ele pressionou a palma da mão na minha bochecha quando vacilei um pouco, sua força me dando a estabilidade que eu precisava para me orientar mais uma vez. Enquanto isso, os polegares de Kols continuavam aquele padrão delirante contra minha pele, o calor de sua virilha era uma presença firme em meu traseiro e excitando meus nervos.

Eu queria os dois dentro de mim.

Agora.

Olhei para Zeph, abrindo os lábios em um pedido. Só que o que eu estava prestes a dizer morreu na garganta, meu olhar ficou hipnotizado pela maravilhosa exibição de músculos e pele musculosa diante de mim.

Oh, Fae... Tirar a venda tinha sido uma péssima ideia. Eu não conseguia pensar, muito menos falar.

Porque, *uau.*

Zeph era todo homem, cada centímetro dele era perfeitamente proporcionado e esculpido em pedra.

Não admirava que ele pudesse se mover tão rápido. Ele era músculo sólido em forma de guerreiro. Eu me senti pequena, quase inadequada, mas igualmente intrigada.

Como seria senti-lo dentro de mim?

Ele passou o polegar sobre meu lábio inferior, o que serviu como uma notificação de que eu estava olhando para ele com a boca aberta. Não foi meu momento de maior orgulho, mas eu estava além de me importar.

— Quero provar você de forma adequada — disse a ele. Ele mal tinha estado na minha boca.

— Quer? — ele perguntou, levando os dedos de volta para o meu cabelo para tirar a venda por completo e a jogou na cama ao nosso lado. Seu olhar deixou o meu para se concentrar em Kols atrás de mim. — Ela jogou muito bem o nosso jogo. Acho que merece uma recompensa.

CAPÍTULO DEZENOVE

AFLORA

— Concordo — Kols afirmou, enquanto movia uma das mãos para alisar minhas costas. — O que você tinha em mente?

— Uma escolha — ele respondeu.

— É? — Ele fez uma pausa para considerar, enquanto passava o dedo pela minha espinha até parar na base dela. — Hum, sim. Dê a ela as opções, deixe-a decidir qual caminho seguir.

Estremeci, intrigada com o que quer que eles não estavam dizendo em voz alta.

O toque de Kols retornou aos meus quadris quando ele me puxou de volta para agachar, envolvendo os braços por trás de mim em um casulo de calor reconfortante. Zeph estendeu a mão para abrir minhas pernas, e seu olhar se desviou para o meu núcleo antes de traçar lentamente meu torso até meus seios e, eventualmente, meu rosto.

Minhas mãos estavam apoiadas em minhas coxas em uma posição natural, algo que ele parecia aprovar.

— Ela é perfeita — maravilhou-se.

— Sim — Kols murmurou, aproximando os lábios em

meu pescoço para deixar uma trilha de beijos até minha orelha. — Linda também.

— Um pouco teimosa — Zeph adicionou.

— Humm, verdade, mas também real, inteligente e leal — Kols sussurrou.

— E nossa — Zeph disse, sua mão encontrando minha bochecha novamente quando ele se inclinou para me beijar. — Puta merda, eu amo sua boca, Aflora.

Ele não me deu a chance de responder, sua língua duelando com a minha em seguida enquanto ele perdia uma fração de seu controle firme. Me deleitei com isso, animada por ter esse poder místico sobre ele, mesmo que apenas por um breve momento.

E então ele retrucou, seus olhos verdes brilhando com fogo lascivo.

— Você tem duas opções — disse, finalmente se dirigindo a mim.

Eu teria comentado sobre sua propensão a falar sobre mim como se eu não estivesse presente, mas uma parte mais sombria de mim gostava um pouco disso. Quase como se eles tivessem me dado um vislumbre *voyeurístico* de suas mentes e o que eles realmente pensavam sobre mim.

— A primeira opção é você ficar assim enquanto Kols e eu nos masturbamos em sua linda boceta. Então Kols vai te lamber até você ficar limpa e fazer você gozar até não poder mais falar.

Meu coração disparou com o visual que suas palavras rudes criaram em minha mente, e uma nova onda de calor fez cócegas no espaço sensível entre minhas coxas. Sim. Sim, eu quero isso.

— Ou — ele continuou, seu olhar brilhando com segredos obscuros — você pode me chupar enquanto Kols te come, depois vou retribuir as carícias e fazer você gozar com tanta força que você perderá a consciência durante a noite.

Eu parei de respirar.

A segunda opção.

Definitivamente, a segunda opção.

Ele arqueou uma sobrancelha.

— Aflora? — chamou, claramente incapaz de ler minha mente.

— Segunda — consegui forçar a voz, sentindo minha garganta de repente seca.

— Frases completas, linda flor. Me diga o que você quer, ou eu decido por você.

Kols puxou o lóbulo da minha orelha antes de sussurrar:

— O Zeph tem uma queda por comunicação. Diga a ele explicitamente o que você quer, e ele lhe dará.

O que significava que eu tinha que repetir a opção que desejava. Minhas pernas se apertaram, a vontade de me tocar me atingiu com força no peito. *Necessidade. Muita necessidade.*

Tudo organizado por meus companheiros provocando noites a fio.

E agora eu tinha a capacidade de acalmar um pouco desse fogo dolorido. Eu só tinha que *falar.*

Zeph não me pressionou. Sua expressão era paciente enquanto esperava que eu criasse coragem. Olhei para seu comprimento impressionante antes de me permitir outra leitura completa de sua forma sexy.

Meu.

Tudo meu.

Limpei a garganta e encontrei seu olhar ardente, meu pulso batendo em meus ouvidos.

— A segunda opção — eu disse, com a voz rouca e quase irreconhecível. — Quero que o Kols me coma enquanto eu chupo você, depois quero que você me lamba até ficar limpo.

Suas narinas se dilataram ao ouvir suas palavras repetidas para ele, e os braços de Kols ficaram tensos, sua respiração estremecendo em meu ouvido.

— Eu amo ouvir você dizer sacanagens — Kols admitiu baixinho. — É muito sexy.

— Fique de quatro — Zeph ordenou, seu domínio assumindo mais uma vez.

Kols beijou meu pescoço antes de me ajudar com a posição. Eu tremia com a necessidade, minhas coxas vacilando quando ele as separou para acomodar sua forma maior. O calor de sua virilha queimou minhas entranhas enquanto ele se alinhava com a minha entrada, suas mãos acariciando meus lados.

Eu só tive um segundo para me preparar antes de Zeph agarrar minha mandíbula e chamar minha atenção para o pré-sêmen que permanecia em sua ponta em um convite de boas-vindas.

— Chupe — ele ordenou. Não que ele precisasse. Eu já estava avançando para saboreá-lo.

No segundo em que senti o gosto de sua essência em minha língua, eu gemi, ansiando por mais, e o levei em minha boca com uma ânsia que eu não sabia que possuía.

Kols estocou dentro de mim ao mesmo tempo, me esticando e me forçando a aceitá-lo enquanto me penetrava em um único impulso.

Zeph pareceu gostar da ideia, porque a replicou na minha boca, indo mais fundo do que antes e me dando minha primeira introdução real à sua força e preferências.

Eu estava certa sobre ele estar pegando leve comigo antes e suspeitava que essa ainda era sua versão gentil, mas ele segurou meu cabelo para me guiar em seu ritmo preferido. Kols devia saber, porque ele combinou o ritmo entre as minhas pernas, o movimento dos dois eram longos, profundos e completos, seus gemidos eram afrodisíacos para os meus sentidos.

— Faça-a gozar — Zeph exigiu, sua voz mais profunda e provocando espasmos em minhas coxas.

Kols manteve uma mão no meu quadril enquanto passava a outra pela minha lateral até a barriga, descendo para o lugar que queimava por seu toque. Estremeci ao primeiro toque de seu polegar, meu corpo muito mais preparado do que eu havia notado.

— Quero sentir você gemer ao redor do meu pau — Zeph murmurou, passando o polegar por minha mandíbula enquanto sua mão oposta continuava a conduzir o ritmo. — Abra um pouco mais a garganta, baby. — Ele inclinou minha cabeça em um novo ângulo, seu toque me persuadindo a me submeter.

Inclinei o corpo a sua vontade, permitindo que ele tivesse um acesso mais profundo assim que Kols pressionou meu clitóris. Gritei com a sensação, o êxtase estremecendo meu corpo e deixando minha alma em chamas.

— Puta merda — Zeph gemeu, acelerando os movimentos ao mesmo tempo que Kols. — Isso é incrível.

— Tão apertada — Kols sussurrou, apertando meu quadril de forma gentil enquanto sua mão oposta continuava a acariciar meu clitóris. — Incrivelmente molhada também. *Merda.*

— Ainda não — Zeph murmurou.

— Porra — Kols mordeu.

— Vou te punir se você gozar antes de eu estar pronto.

Kols estremeceu atrás de mim, tentando manter seu corpo imóvel contra o meu.

— Puta merda. — Ele pulsava profundamente dentro

de mim, atingindo um ponto que me fez gritar de prazer induzido pela dor. Eu queria mais disso.

Muito. Mais.

Zeph se moveu entre meus lábios, seu olhar verde capturando o meu enquanto meus próprios olhos começaram a lacrimejar de suas investidas duras. Não ousei dizer a ele para parar, minha garganta estava seca e pronta para aceitar seu calor.

— Suas íris estão vivas com poder — ele sussurrou, enquanto suas próprias íris queimavam com admiração. — Nunca vi nada tão bonito em toda a minha existência. — Seus movimentos diminuíram, como se ele estivesse prolongando o momento, perdido nas sensações do nosso abraço. A cor ruborizou suas bochechas, seus músculos abdominais ficaram tensos. — Agora, Kols.

— Obrigado — Kols gemeu e seus quadris voltaram ao ritmo, me estocando naquele lugar delicioso que fez minhas pernas ficarem fracas.

— Ela vai gozar de novo — Zeph se maravilhou com a voz tensa.

Kols respondeu com seu toque mágico, seus dedos e pau me acariciando ao mesmo tempo para me levar cada vez mais perto do ápice.

Me senti embriagada com sua luxúria, seus grunhidos masculinos, seu êxtase crescente e seu conhecimento sensual. Eles sabiam exatamente como se mover e onde me acariciar, seus corpos levando o meu em direção a um reino de êxtase que só eles tinham as chaves para abrir.

Zeph gemeu meu nome, seguido por Kols, os dois me arrastando para um mar de sensações com eles. Suas essências quentes banharam minhas entranhas, Zeph em erupção na minha garganta ao mesmo tempo em que Kols gozou dentro de mim, sua exaltação conjunta me puxando para um mundo de felicidade do qual nunca me recuperaria.

Eles me destruíram.

Me reivindicaram.

Me fizeram deles sem ter que me morder novamente.

Porque eu nunca mais seria a mesma depois dessa experiência.

Esses dois machos me arruinaram para qualquer outra pessoa.

Não, não dois.

Três.

Porque senti Shade dentro de mim também, sua essência era como um beijo sombrio contra meu espírito. Ele não estava aqui, mas ao mesmo tempo estava.

Suspirei de contentamento, abrindo os olhos apenas para perceber que tinha sido movida para o centro da cama, nua, quente e totalmente saciada. A palma da mão de Kols estava apoiada na minha barriga e a outra em sua cabeça enquanto ele olhava para mim.

— Aí está você — ele murmurou, se inclinando para passar a língua sobre a minha boca. — O Zeph estava preocupado que já tivéssemos te esgotado.

— Não sou de promessas incompletas — Zeph acrescentou por entre minhas coxas abertas.

Arregalei os olhos, sentindo minhas pernas começarem a se fechar, mas ele me manteve com elas abertas com facilidade. Kols recuou para me permitir ver melhor e manteve a palma da mão com firmeza no meu abdômen como se quisesse me segurar no lugar.

— Prometi te derrubar com minha língua, Aflora — Zeph disse baixinho. — Falei sério. — Ele se inclinou para beijar minha boceta enquanto seu olhar prendia o meu, então deslizou sua boca para baixo, forçando minhas costas a se arquear e sair da cama.

Kols me empurrou de volta. Sua risada foi como uma respiração contra meu ouvido.

— Você é quem queria orgasmos, amor — ele sussurrou, em seguida, levou os lábios para a minha garganta e desceu para os meus seios.

— Eu não posso... eu não... Oh, Fae... — Eu não conseguia formar um único pensamento, muito menos falar. Os dois estavam me deixando louca, com suas bocas em todos os lugares ao mesmo tempo, suas línguas perversos instrumentos de tortura que eles sabiam usar muito bem.

E antes que eu percebesse, estava voando mais uma vez, totalmente cativada pelos dois e me perdendo em um clímax insano acompanhado por terremotos arrebatadores.

Meu corpo zumbiu.

Eu gritei.

Seus nomes pareciam xingamentos e orações quando saíram da minha boca.

A escuridão me consumiu, seguida pela luz, e eu ainda tremia, meu mundo se despedaçando repetidamente. Perdi a noção, sem saber quem me tocava onde. Tudo o que eu sabia era que me sentia possuída pelos dois.

E por Shade, cuja presença permaneceu em minha mente.

O que vou fazer?, me perguntei, consumida.

Uma lambida firme entre minha entrada chamou minha atenção para baixo, com um apelo em meus lábios para que ele parasse e me concedesse um alívio. Só que a cabeça entre minhas coxas não era a que eu esperava.

Longos cabelos loiros-branco.

Olhos azul-prateados pecaminosos.

Dei um solavanco, fugindo para trás até que bati na cabeceira de uma cama desconhecida atrás de mim, então puxei meus joelhos para cima. Kols e Zeph desapareceram, e os lençóis eram de um preto sedoso muito diferente dos vermelhos escuros em que eu estava momentos antes.

— O que você está fazendo aqui? — murmurei, boquiaberta com a invenção da minha imaginação.

— Você chamou por mim — ele respondeu, rondando para frente como um gato predador, sua parte superior do corpo ajustada com perfeição muscular. Ele ainda tinha aqueles pequenos músculos em seus quadris. Eu sabia porque os tinha criado em meus sonhos. Assim como tinha garantido que ele era bem-dotado para completar o pacote. No entanto, esta noite ele usava calças pretas.

Inclinei minha cabeça para o lado.

— Você não deveria estar aqui.

— Por que não? — ele perguntou.

— Porque não preciso de prazer agora. — Fiz uma careta. — E... bem, é meio errado, acho. Quero dizer, não era antes porque meus companheiros estavam sendo idiotas. Mas agora... — Parei, pensando. — É como se fosse traição.

Seus lábios se curvaram, a diversão brilhando em seu olhar hipnótico.

— Traição, hum?

Assenti.

— Criei você para evitá-los.

— Mesmo? — Ele parou bem diante de mim na cama, seu peito pressionando contra minhas canelas enquanto ele apoiava as palmas das mãos em cada lado dos meus quadris.

Tão grande, eu me maravilhei. Ainda mais musculoso que Zeph, seus ombros largos e ocupando minha visão do quarto.

— Você não deveria estar aqui — repeti em um sussurro.

— Provavelmente não — ele concordou.

Franzi o cenho.

— Então porque está?

— Me diga você, estrelinha. — Sua voz baixou para um sussurro sombrio que provocou meus sentidos. — Por que você acha que estou aqui?

— Porque sonhei com você todos os dias desta semana — pensei em voz alta. — Então era natural chamá-lo para mim novamente.

— Definitivamente natural — ele concordou, seu rosto a poucos centímetros do meu. — Você pensou em mim quando eles fizeram você gozar?

Balancei a cabeça e mordi meus lábios.

— Não. — Mas agora, senti que deveria, o que era ridículo, considerando que eu inventei esse cara para minha própria satisfação pessoal.

Ele não parecia desapontado, apenas curioso.

— Eles morderam você de novo?

Uma invenção da minha imaginação já não deveria saber a resposta para isso?

— Não.

Agora ele parecia satisfeito.

— Que bom.

Estranho.

— Você não quer que eles me mordam?

— Não, particularmente, não — ele admitiu. — Você quer que eles te mordam?

Suas palavras me fizeram parar. *Esta é a maneira do meu subconsciente me dizer que não quero que eles se acasalem comigo?* me perguntei, o pensamento me deixando desconfortável.

— Eu... eu não sei — sussurrei. — Eu quero?

— Não sou eu quem devo te dizer — ele respondeu, recuando um pouco antes de se mover para se sentar ao meu lado com as pernas longas esticadas e cruzadas.

Ele me lembrava sexo. Sexo perigoso, quente e suado. Não que tivéssemos nos entregado a nada disso em minhas fantasias. Sempre foi ele me agradando, nunca o contrário.

Por isso, fantasia.

Olhei para ele.

— Por que você está aqui?

— Você já me perguntou isso — ele respondeu, divertido.

— Você não me respondeu.

— Não respondi mesmo. — Ele sorriu. — Na verdade, raramente respondo.

— Porque está tudo na minha cabeça — murmurei, entendendo. — Você deveria ser minha consciência? Porque isso seria meio estranho.

— Por quê?

— Porque não tenho certeza do que isso diria sobre meu estado mental se, ah... — Balancei a cabeça, a consideração me deixando tonta. — Esquece. Você é muito atraente para ser minha mente.

— Ah, não sei. Acho sua mente bastante fascinante — respondeu ele.

— Você diria isso como uma invenção da minha imaginação — respondi para ele.

Ele riu.

— E é isso que eu sou?

— O que mais você poderia ser?

— Talvez eu seja um de seus companheiros — ele sugeriu.

Eu ri.

— Ah, que divertido isso seria. O Zeph ia amar. O Kols também. — Eles já queriam matar Shade. Por que não adicionar o Cara da Fantasia à mistura? Eu ri novamente. — Isso seria divertido.

— Não seria? — Ele sorriu, um par de covinhas apareceu e me deixou tonta. Ele realmente era uma invenção atraente.

— Acho que você pode ficar por aqui, mas não mais, ah — acenei para meu corpo nu — nada mais disso. Chega de sexo.

Seus olhos azul-prateados percorreram minha nudez e ele estendeu a mão para empurrar meus joelhos e revelar meus seios à sua vista. — E se eu quiser sexo?

— Isso não pode acontecer.

— Por que não?

— Porque é traição — decidi em voz alta. — Eu... eu não quero ser infiel, mesmo que seja apenas na minha mente.

— E se for a mim que você está traindo? — ele perguntou, arqueando uma sobrancelha loira acinzentada.

Eu bufei.

— Traição em minha própria mente. Há um enigma para você.

— Talvez seja verdade.

— Você sabe que não é — respondi, divertida. — Não posso trair alguém que não é real.

— Então, por essa definição, transar comigo não é trair. Já que você não me vê como real.

Considerei isso por um momento antes de repetir:

— Nada de sexo.

Ele curvou os lábios novamente.

— Tudo bem, estrelinha. Vamos jogar pelas suas regras. Por enquanto. — Ele estendeu a mão para mim e se inclinou para beijar minha testa, seu toque era quente, terno e meio perfeito.

Um suspiro me escapou, algo em sua presença era familiar e calmante.

Talvez essa tenha sido a verdadeira razão pela qual o chamei – eu precisava de alguma normalidade depois de ser completamente destruída por meus companheiros.

Engraçado que uma invenção pudesse me fazer sentir normal.

— Bons sonhos, querida estrela — ele sussurrou em meu ouvido.

— Bons sonhos — murmurei de volta para ele, voltando ao meu estado delirante.

Um beijo encontrou meus sentidos, me afogando em um mar de felicidade.

Um que me lembrou da minha infância e uma memória fora do meu alcance.

Então, finalmente, eu dormi.

CAPÍTULO VINTE

SHADE

Eu me escondi nas sombras, observando os lábios de Aflora se curvarem enquanto ela dormia. Kols e Zeph estavam desmaiados ao lado dela, alheios aos seus sonhos.

Mas eu sabia.

Senti a presença dentro dela, o poder sombrio prosperando em suas veias. Cresceu durante toda a semana, culminando nos eventos desta noite, e continuaria a seduzi-la até que o destino a obrigasse a fazer uma escolha.

Era apenas uma questão de tempo antes que ele aparecesse. Eu só esperava ter um controle melhor sobre o coração dela antes que acontecesse. No entanto, sua música o chamou na aldeia, a melodia assombrosa carregando um feitiço que ela não entendia.

Tray e Kols estavam igualmente alheios.

Semelhante à como Kols e Zeph estavam agora.

Eu queria dizer a eles, acordá-los e apontar para a essência mágica pairando sobre Aflora. Mas eles não seriam capazes de ver, muito menos acreditar em mim.

Caramba, eles provavelmente se perderiam em um ataque de raiva ao perceber que eu estava no quarto do

Príncipe Real sem permissão. Mas toda essa situação estava além das formalidades de nossa sociedade.

Se não tivéssemos cuidado, Zakkai venceria.

Fechei as mãos, falhando em uma sensação incômoda que agitou meu abdômen.

Isso não acabou.

Ainda não.

Ela ainda poderia nos escolher.

Eu só esperava que, quando ela o fizesse, não fosse tarde demais.

A escuridão finalmente se dissipou, o poderoso Fae liberando seu domínio sobre os sonhos de Aflora e se dissolvendo no nada. Eu a observei por um instante, debatendo sobre ir a um encontro em sua mente, mas seu suspiro de contentamento me fez me afastar dela.

Ela precisava descansar.

Jogaríamos outro dia.

E eu tinha negócios para cuidar.

Me envolvi em fumaça, usando-a para me levar através do tempo e do espaço para a Floresta Mortal onde Kyros estava esperando por mim usando sua jaqueta de couro e jeans.

— Hum. Cronometrei que você chegaria em trinta segundos a partir de agora — ele falou em boas-vindas. — Acho que você estava um pouco menos preocupado com sua linda flor do que eu esperava.

Revirei os olhos.

— Vamos acabar logo com isso.

— Tão ansioso — ele zombou, se afastando da árvore, com a espada contra seu quadril queimando com chamas violetas. — Tudo bem, meu amigo sombrio. Começaremos em Nova Orleans, pois tenho alguns idiotas para questionar lá primeiro. Então vamos passar para Dallas.

Semicerrei meu olhar.

— Quanto tempo isso vai levar?

— Quantas vezes trabalhamos com você e seus companheiros durante toda aquela discussão de realinhamento de vínculos? — ele respondeu com uma pergunta, batendo no queixo pensativo. — Cinco? Seis? Não, sete vezes. Então, acho que o pagamento de sete dias é mais do que gentil da minha parte.

— Sim, menos eu tendo que entrar e limpar a memória da gárgula depois do fato — respondi, ainda irritado por aquele contratempo não tão pequeno em nosso acordo.

Kyros inclinou a cabeça para trás em uma risada, sua diversão à minha custa evidente. Ele meio que me lembrava um pouco Ajax em tamanho muscular e feições angulares. Os dois também tinham o mesmo cabelo preto e grosso que sempre caía em seus olhos, não importa o que eles fizessem. No entanto, Kyros tinha tatuagens do pescoço até a ponta dos dedos, cobrindo cada centímetro de seu torso, enquanto Ajax tinha apenas o piercing no lábio.

Essa era a diferença entre Paradoxo Fae e Faes da Meia-Noite: nossos corpos curavam todas as feridas, incluindo aquelas infligidas por agulhas coloridas. Enquanto isso, Paradoxos Faes podiam ser feridos e permanecerem assim. Embora, eles carregassem espadas mágicas empunhando o tempo que lhes permitiam se recuperar ao voltar ao passado, então tudo se equilibrava no final. Na maioria das vezes.

— Aquele pequeno cretino ficou tão chateado — Kyros apontou, enxugando as lágrimas de seus olhos quase negros.

— Sim. Ha. — Cruzei os braços. — Nova Orleans?

Ele sorriu.

— Sim.

— Então segure firme. Vai ser um passeio esfumaçado.

Ele agarrou meu antebraço, e comecei minha jornada para o Reino Humano para ressuscitar os mortos.

Kyros me fez ajudá-lo por sete dias, o cretino só me permitindo voltar ao campus algumas vezes para checar Aflora e seus outros companheiros. Felizmente, eles pareciam estar se dando bem.

Embora eu sentisse sua angústia pela minha ausência contínua, um fato que ela tornou evidente agora com sua expressão ao me ver em meu lugar em nossa aula de Invocação Avançada.

Ela arregalou os olhos de surpresa, depois o semicerrou em aborrecimento.

Sim, eu estava em apuros.

Felizmente, eu tinha uma desculpa.

— Oi, pequena rosa — murmurei enquanto ela se sentava ao meu lado. — Como foi a sua semana?

— Tudo bem — ela respondeu, então fez uma careta com a palavra que usou para descrever uma semana de intensa atividade sexual. Porque era assim que ela passava seu tempo fora da aula e durante seus dias livres: explorando com Zeph e Kols. Pelo que pude ver, eles não a morderam novamente. Estavam apenas brincando e apresentando a ela suas preferências, que eram um pouco mais sombrias que as minhas.

Zeph, especificamente.

Ele tinha uma propensão para a dominação. Felizmente para ele, Aflora não se importava. Ela também não parecia se importar que Zeph e Kols gostassem de atividades sexuais um com o outro – algo que demonstraram para ela completamente na noite passada.

Suas bochechas coraram como se ela estivesse recordando isso agora, umedecendo os lábios.

— Onde você esteve a semana toda? — ela deixou escapar e seu rosto corou para um lindo tom vermelho. — Desculpe, quero dizer, ah...

— Você tem permissão para me perguntar onde estive — eu disse a ela baixinho. — Sou seu companheiro, Aflora.

— Então por que você não me disse que iria embora?

— Você gostaria que eu te informasse no futuro se eu pretender deixar a Academia? — perguntei a ela, genuinamente curioso.

— Hum, só se você quiser.

— Há um monte de coisas que eu quero — admiti, encarando-a.

— Isso não é verdade — Ajax murmurou quando chegou para reivindicar a cadeira do outro lado de mim.

Estendi a mão para ele bater, do jeito que normalmente nos cumprimentávamos. Sua batida foi um pouco mais forte hoje, me mostrando em que tipo de humor ele estava.

Sem dúvida resultado de seu último encontro com uma certa mulher que era considerada fora dos limites para ele. Parecia que nós dois tínhamos uma propensão a escolher mulheres que não deveríamos querer.

— Você e o Kyros se divertiram esta semana? — ele me perguntou, nem um pouco preocupado com Aflora ouvindo do meu outro lado.

— *Diversão* não é a palavra que eu escolheria — falei, me encolhendo com o número de fantasmas com quem falei esta semana em nome do Paradoxo Fae. — Mas estou sem dívidas com ele de novo.

Ajax grunhiu.

— Talvez você devesse parar de pedir favores a ele.

— Eu gostaria que isso fosse possível — respondi, sabendo muito bem que precisaria usá-lo novamente, e em breve. — Mas ele é um aliado útil para se ter.

— A maioria dos Paradoxos Faes são — ele concordou, fazendo as sobrancelhas de Aflora se erguerem.

— Você está lidando com um habitante do tempo? — Ela parecia ao mesmo tempo impressionada e mortificada. — Eles são trapaceiros.

— Estou muito ciente — respondi, mudando minha atenção para o Diretor Irwin quando ele chegou. Ele ignorou a classe em favor de apreciar o ambiente recém-reformado. O Conselho havia restaurado o edifício Sangue de Morte com uma abundância de poder logo após sua destruição, mas as torções mágicas ainda estavam se resolvendo.

As gárgulas estavam tendo um dia de trabalho, tentando manter a ordem dentro do prédio. Os alunos continuavam perdidos ou indo parar no lugar errado, já que trepadeiras de cobra foram arrancadas e presas, e uma horda de mosquitos de fogo foi liberada do laboratório do diretor Jericho.

Eu teria ficado entretido com o caos se não soubesse quem o causou.

Meu humor azedou ao pensar em Zakkai, principalmente porque eu sabia que Aflora tinha sonhado com ele todos os dias esta semana novamente. Foi isso que causou a pontada de culpa em seus olhos agora? Ou estava relacionado à sua ginástica no quarto com Zeph e Kols?

— O que você fez a semana toda? — perguntei a ela, curioso para ver como ela responderia.

— Eu, ah, estudei muito — ela disse e suas bochechas revelaram que era mentira.

Bem, não inteiramente.

— Zeph é um diretor completo, humm? — Não pude deixar de provocá-la, e a expressão horrorizada que ela me deu em troca disse que valeu a pena.

— Eu... quero dizer... eu não... — Ela limpou a garganta. Seus lindos olhos transmitiram uma mistura intoxicante de desculpas e aborrecimento que me fez sorrir.

— Sim, muito completo mesmo — murmurei, piscando para ela.

O diretor Irwin escolheu aquele momento para começar a aula, deixando Aflora corando ao meu lado e incapaz de responder.

Eu sorri, divertido.

— Hoje, vamos praticar psicometria — o diretor Irwin anunciou. — Como todos sabem, os objetos têm histórias, assim como as almas. Mas às vezes, chamar o passado de um item é mais difícil do que o de uma pessoa. — Ele usou sua varinha para produzir uma caixa com uma fenda no topo. — Todo mundo vai pegar algo desta caixa aleatoriamente e depois trabalhar com seu parceiro para decifrar a história por trás do item.

O recipiente flutuou até sua mesa no centro da sala, aterrissando com um floreio em meio a uma pilha de papéis e espalhando-os por toda parte como confete.

— Eu vou primeiro — ele continuou, indo até sua criação e enfiando a mão dentro. O Fae da Meia-Noite mais velho puxou um relógio que pertencia mais ao Reino Humano do que a este e o ergueu para todos nós vermos.

Ajax bufou ao meu lado.

Concordei completamente com seus sentimentos.

Que colossal perda de tempo, realmente. Nosso prédio foi atacado há uma semana, e o diretor Irwin queria nos ensinar a olhar para os objetos. Devíamos nos concentrar em feitiços defensivos, como convocar antigos espíritos guerreiros para ajudar a proteger nossa escola. Mas todos estavam muito ocupados agindo como se não tivéssemos sido atacados na semana passada.

Ridículo.

Pelo menos, Kols parecia ser considerado inocente por aqueles no campus. Se ao menos o Conselho tivesse a mesma fé nele que todos os Fae da Meia-Noite mais jovens tinham.

Idiotas, pensei, nem um pouco impressionados com nossa estrutura de governo, um fato que meu pai sabia muito bem. Assim como minha mãe.

— Acho que preciso ser parceiro da Janice — Ajax murmurou, chamando minha atenção para as cadeiras que se moviam. — Me deseje sorte.

— Você não precisa disso — respondi. — Ela, sim. — Não era nenhum segredo que a fêmea Sangue de Morte tinha tesão pelo meu melhor amigo. Infelizmente para ela, ele preferia outra Fae – uma que ele não deveria.

Ajax girou o piercing no lábio com a língua, depois soltou um suspiro.

—Você é um idiota.

— Eu sei. — Sorri para ele. — No entanto, você sai comigo de qualquer maneira. O que isso diz sobre você?

— Eu prefiro más companhias — ele respondeu. Sua diversão era palpável enquanto ele juntava suas coisas e se dirigia para a pequena mulher de cabelos escuros esperando por ele com estrelas nos olhos.

Aflora pigarreou ao meu lado.

—Você vai pegar o item, ou eu pego? — ela perguntou.

Como eu estava totalmente apagado na demonstração, sugeri que ela fosse primeiro para que eu pudesse ver que feitiço deveríamos proferir. Havia várias relacionados à psicometria, e eu não tinha ideia de qual deles o Diretor Irwin havia escolhido para explorarmos hoje.

Minha companheira deixou sua cadeira e sua saia me distraiu enquanto ela se movia.

Uma bunda tão boa.

Pernas longas.

Humm, gostei das botinhas que ela escolheu para usar hoje. Sim, eu a deixaria ficar com elas enquanto a tomava contra a parede.

Mas a blusa poderia perder alguns botões. E eu a preferia com essa roupa sem as roupas de baixo. Eu não tinha nada contra seda e renda; só queria ver seus seios através do tecido branco fino.

Uma consideração grosseira, mas tinha sido uma longa semana assistindo sem tocar.

E eu realmente queria tocá-la.

— Por que você está olhando assim para mim? — ela perguntou, de pé na minha frente com uma pedra na mão.

Olhei para ela.

— Foi isso o que você escolheu da caixa?

Ela deu de ombros.

— Foi a primeira coisa que encaixou na minha mão.

Contraí os lábios. Eu ficaria feliz em dar a ela outra coisa para sua mão, mas poderia não servir, como ela disse.

— Sério, por que você está me olhando assim? — ela questionou.

Me levantei para poder entrar em seu espaço pessoal. Então me inclinei para sussurrar em seu ouvido.

— Porque estou pensando em todas as coisas que gostaria de te ensinar com minha língua.

Ela parou de respirar.

Eu beijei seu pescoço – logo acima de seu colar – e levantei a cabeça para olhar para ela.

— Agora vamos terminar esta tarefa para que eu possa brincar com você corretamente.

Ela estremeceu e suas pupilas cintilaram. Seus lábios formaram um O sem som, então ela engoliu em seco.

Segundos se passaram.

Então nosso momento foi destruído pelo diretor Irwin limpando a garganta. A sala inteira havia se esvaziado ao nosso redor.

— Vão fazer o trabalho — ele retrucou.

Fiz uma careta.

— Para onde todos foram?

Aflora suspirou.

— Você ouviu quando ele deu instruções?

— Não, eu tinha outras coisas em mente. — Permiti que ela ouvisse a insinuação em meu tom e apreciei seu rubor resultante.

Então ela balançou a cabeça, pegou suas coisas e disse:

— Siga-me.

— Com alegria — concordei, pegando meu único caderno e me arrastando atrás dela pelo corredor. — Por favor, me diga que vamos para um canto escuro para nos beijar.

Ela zombou de mim, me levando para fora do prédio e para a noite ao invés de uma sala silenciosa sem janelas onde eu poderia devorá-la.

— O diretor Irwin nos disse para nos espalharmos e encontrarmos um lugar seguro para praticar, para que nossos feitiços não se sobrepusessem. Então devemos relatar nossas descobertas.

— Bem, isso é muito mais chato do que a ideia que eu tinha na cabeça — admiti, desapontado.

— Aposto que sim — ela respondeu, mas peguei um lampejo de diversão em suas feições. — Que tal ali? — Ela apontou para um banco ao lado do prédio, bem em frente a uma nova estátua de dragão guardada por duas gárgulas. Um dos Sangue de Morte provavelmente as colocou lá para proteger o prédio de outro ataque. Não ajudaria, mas eles não sabiam disso.

— Shade? — Aflora chamou.

Certo. Ela queria saber se poderíamos nos sentar lá.

Então dei de ombros.

— Certo. Por que não?

— Bom. — Ela se sentou nas lâminas de carvão que decoravam o caminho pavimentado em vez de no banco, então colocou a pedra no chão.

Olhei entre ela e o banco, mas decidi me juntar a ela no chão, por que não? Ela era uma Fae da Terra, afinal. Ela provavelmente preferia a substância semelhante a grama a um assento de metal. Então saciei minha pequena rosa, me sentando ao lado dela com as pernas esticadas e cruzadas sobre os tornozelos.

— Que feitiço o diretor Irwin nos disse para usar? — perguntei a ela.

— Você não estava mesmo prestando atenção — ela murmurou.

— Não. — Olhei para sua boca. — Como eu disse, eu tinha outras coisas em mente. — Eu não conseguia me lembrar o que eram essas coisas agora, mas eu estava certo de que tinham algo a ver com seus atributos deliciosos. Zeph e Kols brincaram com ela a semana toda, enquanto eu mal a toquei desde a noite em que ela dormiu na minha cama.

— Foco, Shade.

— Estou muito focado, Aflora.

Ela bufou, mas peguei a diversão persistente em sua

expressão. Ela gostou da minha provocação, o que era bom porque eu pretendia provocá-la muito mais.

Estendi a mão para afastar seus longos fios pretos de seu ombro. Kols estava permitindo que ela dormisse sem o colar em seu quarto, assim como ele removia sua própria pulseira. Estudei como ele removeu o mecanismo na outra noite, apenas no caso de precisar replicar a ação. Era tentador fazer isso agora, simplesmente para expor seu linda pescoço, mas não queria arriscar que ninguém percebesse seus laços com Kols e Zeph.

Eles não eram talentosos o suficiente para esconder seus vínculos.

Ao contrário de certos outros Faes.

— Tudo bem, princesa. Me mostre o que vamos fazer — pedi, afastando meu olhar de sua boca para a pedra no chão. Aflora já estava com sua varinha, movendo os lábios com o feitiço, mas sem pronunciar em voz alta. Quando parecia confiante em suas palavras, ela acenou a varinha sobre a rocha e pronunciou o encantamento em voz alta.

Forma perfeita. Feitiço perfeito. Fêmea perfeita.

A maneira como seus olhos se fecharam confirmou que ela executou a tarefa com precisão e agora estava mergulhada na história da rocha. Me apoiei sobre os cotovelos para esperar. Dependendo do quanto aquela pedrinha tinha a dizer, poderíamos ficar aqui por um tempo.

Inclinei a cabeça para trás para admirar a lua, meus pensamentos começando a se desviar para tópicos mais intrigantes, quando Aflora começou a tremer ao meu lado. Franzindo a testa, eu me sentei.

— Aflora?

Ela não respondeu e seus dentes começaram a bater

como se estivesse congelando. Toquei seu braço e xinguei as gotas de água gelada cobrindo sua pele.

— Aflora! — gritei.

Nada.

Apenas mais agitação.

E então ela desmoronou.

CAPÍTULO VINTE E UM

AFLORA

Vários minutos antes

— *Arie Anni Tarikh Nuk* — eu disse, desenhando uma estrela no ar sobre a rocha.

A energia zumbiu ao meu redor quando o feitiço foi ativado, me atraindo para um mundo de calor e desespero. Estremeci com a mudança repentina, abrindo os lábios em um grito que não escapou.

Onde estou?, me perguntei, girando em um círculo e franzindo a testa enquanto a Academia se desdobrava ao meu redor.

Um corvo fez um som gutural acima de mim.

Os alunos davam risadinhas enquanto fofocavam no canto ao lado da entrada do Edifício de Educação Sangue de Morte.

— Como eu...? — Parei, girando ao redor mais uma vez e procurando por Shade.

Ele se foi.

Eu pisquei.

Ele tinha me deixado no meio de nossa missão? Era bem a cara dele, pois parecia ter uma propensão a desaparecer. Aliás, que negócios ele tinha com um Paradoxo Fae, afinal?

Soltei um suspiro e balancei a cabeça.

Ah, bem. Agora, para onde foram meus livros?

Dei um passo à frente, mas fui empurrada para trás por alguma força invisível. Minha testa franziu.

— O que...?

Então meus pés começaram a andar, como se eu estivesse possuído por outra pessoa.

— O que está acontecendo? — exigi. Só então percebi que minha voz não estava ressoando e meus lábios não estavam realmente se movendo.

Meu corpo continuou a operar por conta própria, minha mão sacando uma varinha – uma que eu reconheci, ao mesmo tempo que não – e acenei sobre a gárgula do lado de fora do Edifício de Educação Sangue da Morte.

— *Nahni Haki Aldukhi* — uma voz profunda falou.

Tudo dentro de mim paralisou com o som porque veio da *minha garganta*. Mas não era a minha voz. No entanto, reconheci. De muito tempo atrás, uma canção...

As portas se abriram com um floreio, me distraindo dos meus pensamentos quando entrei no prédio. Eu me abaixei imediatamente nas sombras, rastejando pelas paredes e parando com cada mudança de magia ao meu redor.

Um vislumbre de um espelho chamou minha atenção, mas minha cabeça se recusou a virar para ele.

Espere...

Eu peguei um vislumbre de um ombro que era largo demais para ser meu.

Então ouvi a voz falando novamente, desta vez em um zumbido baixo de energia musical que reconheci. Isso me lembrou a canção da minha mãe, só que diferente. Mais sombria. Profunda. Hipnótica. Me senti desfalecer, o poder aquecendo minhas veias, o som uma reverberação contra minha garganta.

Sou eu.

Estou cantarolando.

Não.

Não sou eu.

Ele.

Minhas sobrancelhas se ergueram. *Estou presa no corpo de outra pessoa!*

Como? Como isso aconteceu? E o que estávamos fazendo aqui?

Eu tinha pronunciado o feitiço errado? Era uma pedra, não uma pessoa, então por que...?

Ah... Ah, Fae... Não!

O fogo se acendeu ao meu redor, minha varinha era a fonte do poder. Fiz uma pausa para ouvir, então mais daquela canção zumbiu dos meus lábios enquanto eu sussurrava encantamentos para incitar os alunos a fugirem. Não haverá vítimas hoje. Apenas um aviso. Uma mensagem. Para que o Conselho saiba que está na hora.

Tentei balançar a cabeça para limpá-la, confusa com os pensamentos tomando conta dos meus. Eram muito mais profundos, de natureza masculina, e nada meus.

Não sou eu.

Será, uma voz profunda respondeu, me chocando.

Quem é você?

Você me conhece, ele afirmou. *Você vai ver.*

Eu não entendi, mas um inferno brilhou ao meu redor, me deixando quente e fria ao mesmo tempo. Arrepios me atormentaram da cabeça aos pés, meus lábios se entreabrindo em outro daqueles gritos silenciosos.

E então estávamos do lado de fora, nossa mão subindo para o céu para escrever uma palavra que eu já sabia que deveria ser escrita.

— *Alqisian* — sussurrei ao mesmo tempo que o macho, nossas vozes se misturando em uma linda canção que não pude deixar de cantarolar.

Meu coração começou a se partir, memórias de um passado enterrado há muito tempo fazendo cócegas em minha mente com vislumbres de meus pais.

— Doce flor querida, nós te amamos muito — minha mãe murmurou com os braços apertados em volta de mim. — Estamos fazendo isso por você, para garantir que você sobreviva.

— É o único jeito — meu pai concordou, com a palma da mão contra a parte inferior das minhas costas. — Cuide-se, querida.

— Quem? — Eu queria perguntar a eles. — Quem vai cuidar de mim?

Mas eles já tinham ido embora, enquanto as consequências da destruição queimavam diante de mim em uma onda furiosa de poder devastador.

Uma pedra caiu dos escombros, batendo na minha bota. Me inclinei para pegá-la, em seguida, trouxe-a aos meus lábios.

— Vou buscá-la em breve, Aflora — uma voz rouca sussurrou. — Eu juro.

Eu não conseguia parar de tremer, sentindo a confusão aumentar a cada segundo que passava enquanto uma nuvem de fumaça espessa me cercava dos destroços. A pedra caiu no chão e eu subi no ar, girando em uma nuvem que me lembrou Shade.

— Estou com você — eu o ouvi dizer. — Vai ficar tudo bem.

— Shade? — Não podia vê-lo, mas eu o sentia, nosso vínculo compartilhado puxando minha essência. — Shade! — Puxei aquele fio, nosso frágil elo inicial, seguindo-o através do mar de escuridão até um lugar onde seu cheiro de menta me cercava em uma névoa de familiaridade.

Lágrimas escorriam pelo meu rosto, meu coração batia muito forte e minha consciência estava perdida em algum lugar no abismo, mas sua voz me transportou para o presente.

— Acorde — ele exigiu. — Me mostre seus olhos, linda.

Eu queria.

Mas não sabia para onde olhar ou para onde ir, até que senti outro puxão e sua essência inebriante nadando ao meu redor. Senti seu cheiro enquanto minha mente trabalhava através da trapaça e escuridão deixadas para trás pela outra entidade, e meu coração disparava.

— É isso — Shade persuadiu. — Estou bem aqui, pequena rosa. Venha me pegar.

— Shade — sussurrei, ouvindo minha voz soar rouca, mas finalmente ressurgindo em meu corpo. Era eu de novo. Só que não conseguia ver.

— Oi, querida — ele respondeu, roçando os lábios nos meus.

Humm, eu senti isso.

Ansiava por mais.

Mas precisava vê-lo, saber que isso era real e não outro jogo ou feitiço que deu errado.

— Estou bem aqui — Shade jurou e seu calor penetrou em mim, me tirando da quietude da minha mente e em seus braços. — Aí está você, linda. — Ele tocou minha bochecha com o polegar. — Você me deixou preocupado por um momento.

Olhei para o sol, depois para ele e, finalmente, para a árvore.

— Nosso prado — murmurei, sentindo a garganta doer e arranhar. — Como? — *Estou sonhando? Ainda estou presa dentro daquele homem?*

— Eu nos trouxe aqui para te afastar daquela rocha — ele respondeu, curvando os lábios para baixo. — O que aconteceu, Aflora? O que você viu?

— Destruição — disse a ele, estremecendo com as imagens que ressurgiram na minha cabeça. — Ele destruiu o prédio da educação depois de garantir que todos saíssem vivos. Em seguida, ele beijou a pedra. Ele... eu era ele e ele era eu. E então eu destruí o prédio. Mas não fui eu. Foi ele. Só que era eu, Shade. Eu era... eu era ele.

Me sentei de forma abrupta, só então percebendo que Shade estava me embalando em seu colo. Mas ele me deixou mover. Seu olhar estava cauteloso quando fiquei de pé e girei ao redor do campo familiar.

— Isto é real? — questionei.

— Sim — ele respondeu, se levantando. — Este é o prado para onde eu te trouxe há algumas semanas, após aquele incidente.

— E é real? — repeti a pergunta, precisando saber se eu estava de alguma forma presa em minha mente.

Ele me agarrou pela cintura, me puxou para si e pressionou a boca na minha.

Um zunido de energia passou pelo meu corpo, me fazendo arregalar os olhos com o poder inesperado.

Em seguida, ele entreabriu meus lábios com a língua, me forçando a senti-lo. A vê-lo. A estar com ele.

Envolvi os braços ao redor de seu pescoço para alinhar melhor nossos corpos e permiti que ele me devastasse com sua boca.

Isso, pensei. *Isso é real. Muito, muito, muito real.*

— Companheiro — sussurrei, reconhecendo o fervor queimando entre nós. — Eu preciso de você.

Ele me levou de costas para a árvore. Olhei ao redor, chocada com nosso novo ambiente de madeira e folhas. Uma casa secreta com janelas que davam para o nosso prado.

— O que é isto?

— Nossa casa — ele sussurrou, continuando a andar comigo para trás. — Eu a encantei só para você.

Seus lábios encontraram os meus mais uma vez, me afogando em sensações, luxúria e anseio. Gemi, precisando disso mais do que precisava respirar.

Ainda tínhamos que explorar um ao outro de verdade, todos os sonhos levando a alguns orgasmos que ele normalmente inspirava sem nem mesmo me tocar. Pelo menos não com as mãos ou a boca.

Bem, às vezes com as mãos e a boca.

Mas não contava. Eram fantasias.

Isso era real.

Nossos corpos se tocando, minhas costas encontrando o colchão enquanto ele me empurrava para a cama, sua virilha se acomodando entre minhas coxas abertas.

Sim, sim. *Este* era o meu desejo final, o desejo proibido que eu odiava admitir. Foi ele quem me enganou para me colocar em toda essa confusão, quem me mordeu sem permissão, e embora eu devesse odiá-lo, no fundo, eu não podia.

Porque eu me sentia conectada a ele.

Essa conexão foi o que me tirou do meu pesadelo e me levou para o prado dos nossos sonhos. Então ele me levou para esta casa. Ah, como eu a adorava! Flores perfumavam o ar. Ciprestes frescos também. E, humm, algo muito doce como chocolate.

— Cookies — ele sussurrou contra o meu pescoço, passando as mãos ao lado do meu corpo. — São cookies.

Devo ter falado isso em voz alta, e não consegui me importar.

— Preciso de você.

— Eu sei — ele falou, enquanto traçava um caminho até minha orelha com os lábios. — Também preciso de você.

— Você vai me morder? — perguntei, arqueando o pescoço para trás em convite. Mal me reconheci com essa energia lasciva fluindo através de mim e cativando cada movimento meu. No entanto, parecia totalmente certo. Eu o queria dentro de mim de todas as maneiras. — Senti sua falta — comentei em voz alta. — Por favor, não vá embora sem me avisar novamente.

Quem sou eu? Quem está falando essas palavras?

Ah, quem se importa!

Eu me senti no alto da vida, nosso vínculo prosperando dentro de mim e pulsando com um desejo intenso.

Shade me beijou em vez de responder, sua língua lutando lindamente com a minha. Minha blusa foi aberta, arrancada de mim por ele na ânsia de expor meus seios. Segui sua sugestão tácita e tentei arrancar sua própria camisa, mas me faltou a sutileza necessária para imitar o movimento.

Ele riu contra a meu pescoço, então ficou de joelhos e começou a tediosa tarefa de desabotoar sua camisa. Me apoiei nos cotovelos para aproveitar o show enquanto ele exibia seu torso bronzeado um centímetro de cada vez.

Ele realmente era uma obra de arte, sua forma ágil e

forte, seus músculos flexionando enquanto ele removia o tecido de seus ombros e braços. Admirei sua exibição sedutora e olhei para o rastro de pelo escuro que levava ao botão de sua calça. Ele abriu e puxou o zíper enquanto eu observava, suas intenções claras.

Você tem uma escolha, ele estava me dizendo com seus movimentos sem pressa. Ele queria que eu tivesse certeza, para não me apressar em minha decisão, mas nós dois sabíamos que eu acabaria aqui com ou sem os eventos de hoje.

— Eu quero você — disse a ele com sinceridade. — Quero há um tempo.

— Eu sei — ele respondeu com uma malícia no olhar que deixou meu sangue em chamas. — Mas preciso que você tenha certeza, Aflora.

— Eu tenho. — Fui sincera. Talvez fosse a insanidade do momento ou o poder muito real que senti prosperando entre nós, mas eu estava cansada de lutar contra o inevitável. Ele me mordeu por motivos que eu ainda não entendia, mas uma coisa estava bem clara para mim.

Tudo que Shade fez, ele fez por mim.

Para os outros poderia parecer que ele tinha segundas intenções que eram egoístas, e talvez algumas fossem. Mas de alguma forma, eu sabia no meu íntimo que todas as suas decisões giravam em torno de mim.

Ele me considerava importante.

E estava na hora de eu mostrar a ele que eu sentia o mesmo.

— Eu deveria te odiar — admiti em voz alta. — E parte de mim odeia.

— Sim — ele concordou.

— Mas outra parte de mim... — Parei, sentindo meu coração bater rapidamente no peito e minha boca de repente seca. — Outra parte de mim precisa terminar isso. — E ele acendeu essa parte quando usou nosso vínculo para me atrair de volta para si, para me salvar de qualquer passeio infernal em que estive durante a turnê no edifício de Educação Sangue de Morte. — Quero você, Shade.

CAPÍTULO VINTE E DOIS

SHADE

Aflora estava excitada com nosso vínculo, suas pupilas dilatadas com luxúria.

Levou toda minha força de vontade não tirar vantagem da situação e transar com ela do jeito que seu corpo me implorou.

Eu precisava que sua cabeça acompanhasse as emoções, para ela perceber o que estava exigindo de mim.

— *Você vai me morder de novo?*

Essas palavras foram música para meus ouvidos quando ela as pronunciou, mas eu não podia ter certeza de que ela realmente quis dizer isso. Não em seu estado atual.

Inclinei-me para beijá-la novamente, sentindo meus músculos tensos enquanto ela esfregava seu centro quente contra minha virilha.

Merda, pensei, enquanto meu coração ameaçava explodir do meu peito de bater tão forte. Eu realmente não deveria ter desabotoado as calças, mas puta merda, eu precisava respirar. Ela estava me matando.

— Aflora — sussurrei, lutando pelo controle. Ela

resistiu contra mim em resposta, com a saia em torno de seus quadris.

— Me tome — ela murmurou.

— Eu quero — assegurei a ela, descendo meus lábios pelo pescoço até os seios. — Você não tem ideia do quanto eu quero.

Doeu fisicamente não mordê-la, não terminar nosso vínculo, mas todo o resto foi forçado a ela. Eu queria que este passo final acontecesse porque ela realmente o desejava, não porque ela estava perdida em nossa conexão.

A única maneira de mantê-la firme era lhe dar uma saída para o poder dentro dela.

E eu sabia exatamente como fazer isso.

Seu sutiã desapareceu com um estalar de dedos, revelando seus seios atrevidos na minha boca. Capturei um mamilo entre meus dentes enquanto eu espalmava o outro.

Ela gemeu, sua excitação perfumando o ar em um delicioso aroma de *necessidade*. Eu só a tinha provado em nossos sonhos, não na realidade. E ansiava por corrigir isso agora.

Desci as mãos para a lateral de sua saia, encontrei o zíper e o puxei para baixo. Quando chegou ao fim, rasguei o resto do tecido, ganhando um gemido da minha pequena companheira.

Seus dedos se enroscaram no meu cabelo, me segurando contra seu peito. Respondi tomando o outro mamilo em minha boca e girando a língua ao redor da ponta.

— Shade... — Ela pronunciou meu nome como uma súplica, sua pele aquecendo sob meu toque.

Ela não estava fria agora, mas quente.

A energia chiava sob sua pele, procurando uma fuga. Ela

não pareceu notar, muito perdida nas sensações e bêbada no jeito que elas a faziam sentir.

Continuei meu caminho para baixo com os lábios, parando para passar a língua em seu adorável umbigo antes de me situar entre suas coxas. Sua calcinha branca de renda estava encharcada, não deixando nada para a imaginação. Segurei de cada lado de seus quadris e puxei o tecido, tirando-o com facilidade e deixando-a nua na cama.

Bem, quase nua.

Ela ainda estava com aquelas botas adoráveis.

Aflora apertou meus cabelos enquanto tentava guiar minha boca para o lugar que ela queria, me fazendo sorrir contra sua umidade.

— Você está com um humor exigente, não está, gatinha?

— Por favor, Shade — ela gemeu, seus membros tremendo com a eletricidade zumbindo em suas veias.

O que quer que tenha acontecido com a rocha, junto comigo puxando-a para fora do encantamento, despertou seu Quandary de Sangue com uma vingança. Aquele colar insignificante em volta do seu pescoço não faria nada para ajudá-la agora.

Mas eu sim.

— Vou te fazer gozar, Aflora — falei baixinho. — Quero que você me dê tudo e se liberte, certo?

— Sim — ela gemeu, cravando as unhas em meu couro cabeludo.

Meu pau pulsou em resposta ao seu gemido gutural e senti a boca sedenta para saboreá-la. Eu precisava disso quase tanto quanto ela, mas por razões completamente diferentes.

Ela era minha, e eu queria que ela soubesse o que isso significava.

Então mostrei a ela com a língua, lambendo-a profunda e completamente, e introduzindo-a intimamente na minha boca. Ela respirou surpresa e soltou um som que eu queria ouvir dela várias vezes.

Gemi em aprovação contra sua carne lisa, então penetrei dois dedos dentro dela. Ela se arqueou para fora da cama com um grito de prazer, suas chamas cerúleas brilhando em sua pele.

Linda, pensei, adorando esse lado desenfreado dela.

Sem preocupações.

Sem desconfiança.

Apenas perdida no calor do momento e permitindo que seu companheiro cuidasse dela em todos os sentidos. Adorei e queria ficar neste lugar com ela para sempre, mas sabia que não era a coisa certa a fazer. Ela precisava de sua mente de volta, e só havia uma maneira de devolvê-la a ela.

— Goze para mim, Aflora — sussurrei, lambendo seu clitóris que pulsava.

Ela gemeu, apertando mais meu cabelo enquanto perseguia seu prazer contra minha língua.

— Shade! — ela gritou, seu poder explodindo em uma onda quente de energia que iluminou nosso vínculo.

Rosnei para o ataque de eletricidade pulsando em minhas veias, meus incisivos doendo para mordê-la e absorver o máximo que eu pudesse.

Ainda não, disse a mim mesmo, e meus músculos se retesaram em protesto.

Nosso vínculo estava pegando fogo. Seus outros companheiros tinham que sentir isso, mas eu não conseguia pensar neles agora, não com ela tremendo de êxtase sob minha boca. Deleitei-me com sua essência e vitalidade, levando-a ao limite novamente com algumas carícias da minha língua e gemendo quando ela gozou novamente.

Gloriosa, pensei, maravilhado com sua demonstração de êxtase. Ela me lembrava uma deusa com seu cabelo preto azulado caído sobre os travesseiros e a pele macia realçada por chamas azuis encantadoras. Aflora não pareceu notar, muito perdida em seu prazer para perceber que ela se incendiou com sua explosão.

Rastejei para cima e sobre ela, me deleitando com o calor se derramando e dentro de mim, e tomei sua boca em um beijo apaixonado cheio de posse.

Ela me possuía tanto quanto eu a ela.

O destino me colocou em seu caminho, e o dever me obrigou a permanecer, apesar do curso rochoso pela frente. E esse momento fez tudo valer a pena.

Cada segredo. Cada escolha. Cada dúvida sombria. Tudo isso desapareceu sob uma nuvem de retidão enquanto eu abria seus lábios com minha língua e a devorava.

Ela passou um braço em volta de mim, com a mão oposta ainda no meu cabelo.

— Mais — ela sussurrou. — Me dê mais.

— Aflora — respondi com a voz rouca com a minha contenção necessária.

Mas ela parecia alheia a isso. Sua boca percorreu minha mandíbula até meu pescoço em pequenas carícias sedutoras que eu não podia ignorar. Apoiei a mão em sua bochecha e em seguida a levei de volta ao seu cabelo, com a intenção de puxar seus lábios de volta para os meus, quando seus dentes perfuraram minha pele.

Um inferno brilhou em minha consciência, meu coração trovejando no meu peito.

Aflora tinha acabado de me morder.

Provou meu sangue.

E o engoliu.

Seu gemido de aprovação estilhaçou algo dentro de mim, me estimulando a entrar em movimento. Apertei seus fios escuros, segurando-a no meu pescoço enquanto ela ingeria mais da minha essência.

Era muito errado, mas parecia bom demais para parar.

Eu nunca tinha sido mordido antes – a ação era tipicamente reservada para companheiros durante o sexo – e caramba, eu estava feliz por ter esperado por Aflora. Ela poderia afundar seus dentes em mim a qualquer hora que quisesse.

— Puta merda, pequena rosa — gemi, sentindo meu pau doer com o desejo de deslizar em seu calor aveludado.

Soltei seu cabelo para tirar minhas calças e depois a boxer. Havia uma razão pela qual eu queria esperar, mas eu não podia me lembrar agora.

Ela afastou as pernas dos meus quadris e os dentes do meu pescoço enquanto ela inclinava a cabeça para trás em uma demanda gutural para eu tomá-la. Me alinhei e a penetrei ao máximo, enquanto nossos gritos de satisfação se misturavam no ar.

Em casa, percebi. *Finalmente estou em casa.*

E que lugar era porque eu nunca tive uma. Em todos os meus anos, permaneci nas sombras, espreitando e jogando os jogos que estavam diante de mim. Como era apropriado que a maior tarefa de todas fosse aquela se contorcendo embaixo de mim e me recebendo de braços abertos.

— Você é tudo que eu não sabia que precisava — sussurrei, completamente perdido para a beleza se desenrolando em meus braços. Meu coração batia forte por essa mulher e por só por ela. Ela era minha, e eu não queria deixá-la nunca.

— Me morda — ela implorou. — Termine isso.

— Sim — concordei. Já era tempo. Nossos votos estavam incompletos, e isso precisava ser retificado.

Pressionei a boca em seu pulso e lambi a magia cerúleo que aquecia sua pele. Humm, ela tinha gosto de poder, sexo e tudo que eu poderia desejar.

Nossa conexão estava na balança, um peso em nossos espíritos, esperando por este fio final.

E eu concedi o clímax de nossas vidas perfurando sua veia.

Ela gritou, movendo seus quadris para encontrar os meus, nosso ritmo se tornando frenético enquanto nós dois lutávamos para encontrar nosso gozo em uma onda de gratificação insuperável. O tempo parou. No entanto, nossos corações continuaram a bater, seu sangue se derramando em minha boca enquanto eu a tomava com estocadas brutais que ela respondia na mesma moeda.

Era animalesco.

Quente.

Feroz.

Era uma reivindicação. Ela arranhou minhas costas, tirando sangue e me fazendo gemer contra seu pescoço. Eu a mordi novamente, sua essência me dando o dom da vida e da completude, nos prendendo no caminho da insanidade.

Nós éramos um.

Juntos.

Para todo sempre.

Estávamos destinados a superar a agonia de nossa existência, a lutar em uma guerra para a qual nenhum de nós se inscreveu ou a morrer tentando.

Cada pensamento, emoção, preocupação, sacrifício e sensação viajaram da minha mente para a dela, iniciando uma maratona de informações para minha companheira acessar.

Ela estremeceu sob o ataque e seus olhos se arregalaram em choque enquanto sua boceta pulsava em torno de mim em um clímax incrível que senti através do meu próprio espírito.

Gozei logo depois dela. O orgasmo abriu um buraco no meu peito e me condenou ao inferno no espaço de uma respiração. Tudo queimou da melhor maneira, nossos poderes pulsando de uma forma que podíamos sentir sem ver.

Nosso acasalamento estava completo.

Feito.

Incorporado em nossos espíritos para a eternidade.

E eu nunca me senti mais vivo.

Aflora tremeu debaixo de mim, suas brasas azuis começando a desaparecer enquanto o calor do momento começava a diminuir. Me afastei de seu pescoço para olhar para ela com admiração. Nenhuma das profecias me preparou para essa intensidade ou para os sentimentos que se seguiram.

Orgulho.

Adoração.

Temor.

Porque eu sabia o que nos esperava. Eu sabia o que teríamos que enfrentar juntos. E sabia que decisão ela teria que tomar.

E se ela o escolhesse?

E se ela seguisse o caminho que o destino estabeleceu para ela antes que eu aparecesse?

Havia tantas consequências imprevistas de alterar o destino de alguém, mas eu tinha que tentar. Era a única maneira de buscarmos um futuro alternativo, o único tipo Fae da Meia-Noite exigia de nós para sobreviver.

Ela apoiou a mão em minha bochecha e seu olhar me encarou.

— Há tantos segredos em seus olhos agora — ela murmurou com a voz rouca contra meus lábios. — Posso sentir os fardos que você carrega.

— É tudo por você — admiti baixinho, engolindo em seco. — Ninguém deveria saber o que sei. E dizer a você poderia alterar tudo.

— Quem é você? — ela perguntou, seu tom de fascínio, não de desgosto. — Eu sinto você dentro de mim, Shade. Uma mistura de Fae. E tanta dor.

Fiz uma careta, não querendo que ninguém experimentasse o peso das minhas emoções, mas sabendo que era o preço que ela tinha que pagar pelo nosso acasalamento.

— Sinto muito — eu disse a ela, apoiando a testa na sua. — Sinto muito, Aflora.

— Não sinta — ela disse baixinho, me abraçando. — Compartilhe comigo em vez disso. Deixe-me ajudá-lo.

Balancei a cabeça lentamente.

— Não posso. Ainda não. — *Não até você escolher*, eu queria adicionar, mas não o fiz. Porque era injusto colocar esse fardo aos pés dela agora. Ela não entenderia, não até que Zakkai decidisse revelar sua verdadeira intenção.

E então o futuro se realinharia novamente.

Mais profecias nasceriam.

As lealdades mudariam.

Faes morreriam.

Fechei os olhos e pressionei o nariz em seu pescoço, inalando o doce perfume da minha fêmea. Uma respiração acalmou minha mente. Um segundo me trouxe de volta para ela e para a realidade ao nosso redor. A cabana que construí para ela. Um porto seguro que ninguém poderia encontrar.

Como seria fácil ficar aqui, mantê-la só para mim e deixar todos os outros se defenderem.

Mas eu não era assim.

Todos achavam que eu só me importava com a minha satisfação pessoal. Mal eles perceberam o quanto me sacrifiquei para estar onde estava hoje.

Sim, eu tomei Aflora.

No entanto, foi feito com um propósito: proteger aqueles que eu amava. Incluindo ela. Uma afirmação impossível, mas eu a conhecia há anos, estava ciente de nossos destinos entrelaçados e me apaixonei por ela depois de ver dezenas de profecias girando em torno de seu destino. *Nosso* destino.

Eu não poderia nem começar a explicar isso para ela.

Tudo o que eu podia fazer era continuar a guiá-la e permitir que ela tomasse suas próprias decisões. Como ela fez esta noite quando me mordeu.

Aproximei a boca da dela mais uma vez, beijando-a completamente e agradecendo-lhe com a língua pelo presente de seu vínculo. Ela nunca saberia o quanto isso significava para mim. Ou talvez ela sentisse.

Independentemente disso, estava completo.

Nós pertencíamos um ao outro.

E eu pretendia passar o resto da noite agradecendo a ela por me aceitar.

CAPÍTULO VINTE E TRÊS

AFLORA

A boca de Shade me hipnotizou. Eu poderia beijá-lo por horas, e o fiz. Perdemos tempo na reclusão de sua cabana. Ele me trouxe frutas e cookies que mencionou. Me deu uma bebida para matar minha sede. Colocou sua boca em cada centímetro do meu corpo. E então me tomou várias vezes.

Se tudo isso era um sonho, eu não me importava mais, porque era perfeito. Uma fantasia ganhando vida, com o mais improvável dos machos ao meu lado.

No entanto, senti as contusões de seu passado ecoando em seu espírito. Tanta agonia. Altruísmo. Um homem carinhoso escondido sob uma sombra perpétua.

Ninguém o conhecia.

E por alguns breves momentos, ele me permitiu ver o verdadeiro Shade: um homem forte, inteligente e conivente que colocava todos acima de si mesmo.

Incluindo a mim.

Eu não conseguia ver tudo, principalmente porque não era assim que nosso vínculo funcionava, mas senti seu sacrifício.

— Você se arrepende de ter me mordido? — perguntei a

ele, com a mão apoiada em seu abdômen esculpido enquanto me aconchegava em seu lado.

Ele passou os dedos pelo meu cabelo, colocando os fios atrás da minha orelha.

— Não.

O vínculo confirmou que ele falava sério. No entanto...

— Sinto tanta tristeza em você.

Ele não disse nada por um tempo, seus dedos vagando pelo meu cabelo enquanto ele estudava as vigas de madeira no teto.

— Não estou triste — ele finalmente respondeu. — Só estou cansado. Há muita coisa que quero compartilhar e não posso, não sem iniciar um risco substancial. E se eu tiver que escolher entre sua segurança e meu conforto, vou escolher você todas as vezes.

Me movi para apoiar a cabeça no travesseiro ao lado dele.

— É por isso que você não vai me dizer por que me mordeu?

— Sim. — Ele girou em minha direção, então se deitou de lado, seus olhos azuis como gelo segurando os meus. — Você me odeia por isso?

— Sim — eu disse. — E não.

Ele parecia entender, não precisando que eu falasse mais nada.

— Um dia você vai entender. Em breve.

— E eu vou te odiar quando a verdade for revelada? — me perguntei em voz alta.

— Possivelmente, sim.

Eu estava com medo de que ele dissesse isso.

— Não quero te odiar.

— Eu também não quero que você me odeie — ele

sussurrou. — Mas vou aceitar seu desdém, como é meu dever.

— Você está acostumado com as pessoas te odiando — comentei.

— Estou.

Pressionei a palma da mão em sua bochecha e passei meu polegar em seu lábio inferior.

— Eu te vejo, Shade.

— Mesmo?

Assenti.

— Sim. — Me inclinei para beijá-lo de leve, desejando seu toque com um abandono que não podia ignorar. — Também te sinto.

Ele segurou a parte de trás do meu pescoço e me permitiu explorar lentamente sua boca com a língua. Foi um abraço preguiçoso cheio de palavras não ditas.

O vínculo abriu uma conexão com ele diferente de qualquer outra que já senti, mas algo sobre isso também era familiar. Suspeitei que tinha a ver com as raízes que já tínhamos estabelecido um dentro do outro com suas duas mordidas iniciais. Agora que ele terminou nosso acasalamento, nosso vínculo floresceu em um mundo de cores e sensações.

Sua dor se tornou minha.

Seus medos também.

No entanto, eu não os entendia completamente ou por que existiam. Eu só sabia que tinha algo a ver com o que quer que ele tivesse visto.

— Você tem Fae Fortuna em você — percebi de repente, me afastando.

— Sim — ele admitiu em voz baixa, descendo a mão do meu pescoço para apoiar contra meu quadril. — Do lado da minha mãe.

Entreabri os lábios.

— Isso faz de você uma...? — Não consegui terminar, a surpresa me deixando sem palavras.

— Uma abominação — ele sussurrou. — De alguma forma, sim. Alfas Faes Fortunas são ex Faes da Meia-Noite que se recusaram a beber sangue, tornando-nos todos parentes em nossa origem. No entanto, não temos permissão para cruzar, por quê?

— Porque faz parentes poderosos — eu respirei.

Ele assentiu.

— Sim. E aqueles que estão no poder agora não apreciam o desafio que as espécies cruzadas representam. Mas há mil anos, isso não era um problema. Minha avó acasalou meus avós sem muito preconceito. Um era um Alfa Fae Fortuna, o outro um Sangue de Morte, o antigo rei antes da família Nacht assumir.

Fiz uma careta.

— Espere, mas você disse que o lado de sua mãe tinha Faes Fortunas?

Outro aceno de cabeça, sua expressão sombria.

— Meu pai se casou com a linha de poder familiar, depois a reivindicou porque as mulheres não têm permissão para liderar.

— Uma lei arcaica — murmurei.

— Na verdade, não. A família Nacht, o avô de Kols, especificamente, decretou isso. Minha mãe estaria no Conselho se não fosse por suas ações chauvinistas. Ele usou minha avó como exemplo de porque as mulheres não deveriam liderar.

— Como? — Eu me perguntava em voz alta, cativada por sua história. Isso foi o máximo que Shade já revelou sobre si mesmo, e senti através do vínculo o quanto tudo isso significava para ele. E o instinto me disse que tudo estava ligado ao nosso destino também.

— Ela se escondeu logo após o pedido de erradicação dos Quandary de Sangue. — Uma sombra tocou suas feições, uma que escureceu suas íris azul-gelo para uma pedra preciosa escura semelhante a safiras. — Constantine Nacht afirmou que o estado emocional da minha avó a obrigou a escolher a família ao invés do dever. Ele disse que todas as mulheres nasceram com essa falha de lealdade e, portanto, não estavam aptas a liderar. Assim, meu pai foi marcado como o Sangue de Morte incumbido de minha mãe.

— Ele não se opôs? — perguntei, chocada.

— Não. Na verdade, ele apoiou. — Shade tensionou a mandíbula, mostrando como se sentia sobre isso. — E o resto, como dizem, é história.

— Mas o que aconteceu com sua avó e seus companheiros?

Ele me estudou por um longo momento.

— Eles sofreram um destino semelhante aos Quandary de Sangue.

— Eles morreram?

— Não exatamente — ele respondeu de forma enigmática. — O que aconteceu com a pedra, Aflora?

Sua mudança abrupta de assunto me surpreendeu, foi como uma espécie de muro se erguendo entre nós. Ele não queria que eu soubesse sobre seus avós, o que significava que ele estava escondendo alguma coisa.

Por mais que quisesse pressioná-lo, senti a importância de deixá-lo se afastar.

Seus parentes Faes Fortunas explicavam muito sobre ele, particularmente sua propensão para segredos. Ele sabia coisas que os outros não sabiam, dando-lhe uma vantagem.

Não era à toa que ele me mantinha no escuro com tanta frequência; ele não queria influenciar minhas escolhas, e ainda assim, por algum motivo, tirou algumas das minhas decisões de mim.

Como nosso acasalamento.

— Você me mordeu naquele dia para evitar que algo mais acontecesse comigo — falei, ignorando seu comentário por um momento. — A Gina me disse que eu tinha dois caminhos, que já estava na sua mira.

— Na *dele* — Shade corrigiu. — Sim.

Franzi o cenho.

— Você está me dizendo que ela não estava falando sobre você?

— Estava, em relação aos caminhos — ele respondeu. — Mas não posso contar mais. O resto você precisa descobrir sozinha.

— Por quê?

— Porque há algumas escolhas que me recuso a tirar de você, Aflora. Este é o seu destino, não o meu.

— Ainda assim, você roubou minha capacidade de decidir quando me mordeu naquele dia — apontei. — Então você vai alterar alguns dos meus caminhos, mas não todos.

— Altero os que estou destinado a alterar — ele respondeu, subindo a mão para cima para cobrir minha bochecha. — Nossos caminhos foram feitos para se entrelaçarem. Eu só acelerei a linha do tempo.

Eu queria perguntar a ele o que isso significava, mas sabia que ele não iria me dizer.

A adivinhação era um jogo complicado. Se ele me dissesse demais, corria o risco de romper o equilíbrio e mudar nossos destinos para um futuro imprevisível. E foi por isso que ele se concentrou principalmente em fatos que eu já conhecia, detalhando as decisões passadas e como elas já haviam impactado nossas vidas.

Mas ele evitou qualquer coisa que pudesse explicar o que o amanhã reservava para nós dois, apesar do fato de que eu podia sentir que ele sabia perfeitamente o que esperar. Ou, pelo menos, ele tinha um pressentimento.

Porque era assim que Faes Fortunas funcionavam: suas visões muitas vezes não faziam sentido, as imagens eram um aglomerado de pensamentos que podiam ou não formar uma previsão coerente. E pelo que recolhi dos comentários de Shade, havia vários caminhos para o nosso futuro. Ele só ditava os que podia controlar, como aquele dia do lado de fora do café.

— A pedra — falei, retornando à sua pergunta e dando-lhe um adiamento da discussão sobre o destino. Limpei a garganta. — Aquilo, ah, me mostrou algo devastador. O fogo.

Ele fez uma careta.

— O fogo?

— Sim. No Edifício de Educação do Sangue da Morte. — Fechei os olhos para considerar o que tinha visto e transmiti a informação a ele. Ele permaneceu em silêncio o tempo todo, permitindo que eu lhe dissesse o que vi, como me senti, o horror de perceber que estava presa dentro de outra pessoa e o eventual beijo contra a rocha. — Ele disse que me veria em breve, como se soubesse que eu teria essa visão.

Estremeci com a memória e senti meu sangue gelando quando abri os olhos novamente depois de vários minutos revivendo o pesadelo.

— Como ele poderia saber disso? — perguntei. — Ou foi...? Minha mente mudou isso?

Ele balançou a cabeça lentamente, sua expressão guardando mais mistérios que eu desejava decifrar.

— Ele deve ter colocado a memória na pedra, sabendo que cairia em suas mãos.

— Como isso é possível? — Não fazia sentido. — Não há como ele saber que eu escolheria aquela pedra na aula ou que estaríamos brincando com psicometria.

— A menos que ele tenha plantado a ideia na cabeça do Diretor Irwin — Shade sugeriu em tom severo. — Você pegou a pedra ou ela caiu na sua mão?

— Eu... — Fiz uma pausa, pensando em como selecionei o item da caixa. — Eu te disse, foi a única coisa que se encaixou.

— Porque os outros itens foram encantados para não encaixarem — ele respondeu, caindo de costas. — Puta merda. — Ele pressionou as palmas das mãos nos olhos e murmurou uma série de xingamentos.

— Você sabe quem ele é — afirmei. — Não sabe?

Ele não respondeu.

Porque é claro que ele não responderia.

— Shade, preciso saber quem ele é.

— Você já sabe — ele murmurou, balançando a cabeça. — Ou deveria, de qualquer maneira.

Fiz uma careta.

— O que você quer dizer?

— Ele parece familiar para você? — ele respondeu com outra pergunta, arqueando uma sobrancelha.

No momento em que ele disse isso, meu coração parou.

— A magia... — parei, pensando no dia do ataque. — Eu... eu reconheci.

Shade assentiu.

— Sim. Você deveria.

— Por quê?

Ele apenas me encarou, triste.

— Devemos voltar, Aflora. Tenho certeza de que o Kols e o Zeph estão preocupados com você.

— E de repente você se importa como eles se sentem? — rebati, realmente curiosa.

— Você diz que me vê — ele respondeu, seus olhos ainda encarando os meus com aquele toque de desespero que partiu meu coração. — Mas você vê, Aflora? Você realmente me vê?

Minha alma se apertou em tormento, seu tom e expressão me matando um pouco.

— Shade...

— Está tudo bem — ele respondeu, roçando seus dedos na minha bochecha. — Mas nós realmente deveríamos ir. Eles não podem nos sentir ou nos encontrar aqui, o que deve estar deixando-os loucos.

— Não podem? — Olhei ao redor da cabana, notando as janelas revelando um campo mal iluminado do lado de fora. Anoiteceu. — Estamos aqui há um tempo.

— Sim — ele concordou, afastando a mão da minha pele.

Imediatamente estendi a mão para ele, não querendo me separar. Ainda não.

— Só mais alguns minutos? — perguntei, implorando a ele através dos meus olhos.

Ele parecia relutante, mas finalmente concordou com um aceno sutil.

— Por um beijo.

— Não — respondi, fazendo-o franzir a testa. — Por mais que um beijo. — Eu me movi em cima dele para montar em seus quadris, então me inclinei para tomar sua boca. Suas mãos imediatamente encontraram minha cintura, suas palmas deslizando suavemente para cima e para baixo nas minhas laterais.

— Shade — murmurei contra sua boca.

— Aflora — ele sussurrou, passando uma de suas mãos da minha coluna até o meu pescoço e alcançando meu cabelo.

— Sei que você se importa — eu o informei em voz baixa, sussurrando contra seus lábios enquanto pressionava a palma da mão em seu coração. — Eu sinto isso aqui.

— Sente?

— Sim.

— Bem, vou negar se você contar a alguém.

Sorri contra sua boca.

— Não se preocupe, companheiro. Seus segredos estão seguros comigo.

Ele retribuiu meu sorriso e aprofundou nosso beijo. Então senti o fio de fumaça nos cercando, a única indicação que ele me deu de seu poder me envolvendo para nos devolver à Academia. Quase protestei, mas sua língua silenciou minha habilidade, seu aperto apertando enquanto ele nos levava para longe em sua nuvem de marca registrada.

E então senti a familiaridade dos meus lençóis contra minhas costas, meu quarto se materializando ao nosso redor. Ri divertida, e Shade mordiscou meu lábio inferior.

— Podemos voltar a qualquer momento — ele sussurrou.

— Promete?

— Prometo — ele disse. — Fiz aquilo para você, Aflora. Só para você.

— Para nós — corrigi. — Nossa pequena...

Uma batida na porta me fez pular.

— Aflora! Abra essa porta agora!

Pisquei.

— Zeph?

— Eu disse que eles ficariam preocupados — Shade falou lentamente, rolando para longe de mim.

— Não se atreva a ir a lugar nenhum — eu disse a ele enquanto saía da cama para encontrar algo para vestir. Deixei tudo na cabana, incluindo as botas depois que Shade finalmente me deixou tirá-las. Aparentemente, ele tinha uma queda por saltos.

Peguei uma camisa branca lisa do armário, assim como um short de dormir, e os vesti enquanto Shade se ajeitava confortável na minha cama.

— Você poderia usar umas roupas mágicas — sugeri, então franzi a testa. — Espere, que tal...

Nossas varinhas apareceram na mesa de cabeceira enquanto eu falava, Shade seguindo minha linha de pensamento antes que eu pudesse falar. Pelo que entendi sobre nosso novo vínculo, podíamos nos comunicar por telepatia, mas ainda não havíamos feito isso.

Você pode me ouvir? perguntei a ele.

Ele contraiu os lábios.

Sim.

Bom saber.

Ele piscou. *Atenda à porta antes que o Zeph tenha um aneurisma.*

Certo. Limpei a garganta e girei a maçaneta. Kols e Zeph estavam do outro lado com expressões de aborrecimento.

— Bem, pelo menos eu sei que a fechadura funciona — comentei.

— Bonito — Kols falou, olhando por cima do meu ombro para o macho na minha cama. Porque é claro que Shade não aceitou minha sugestão de vestir roupas. Em vez

246

disso, ele se sentou com as costas contra a cabeceira, os lençóis acumulados em seu colo de uma maneira muito convidativa.

Ele parecia como se pertencesse à minha cama.

O que, sim, como meu companheiro, ele meio que pertencia.

Vamos dar um show a eles, pequena rosa? ele provocou.

Pare.

Eu não estou fazendo nada.

Você está... você está...

— Aflora? — Kols interrompeu nossa conversa mental, atraindo meu olhar de volta para o corredor. — Podemos entrar no seu quarto?

Eu não tinha certeza do que me chocou mais: que ele realmente pediu permissão ou que parecia incerto da minha resposta. Nós dividimos a cama todos os dias esta semana. Por que isso mudaria de repente? Embora fosse na cama dele que dormíamos, mas o princípio ainda se aplicava.

Limpando a garganta, dei um passo para o lado.

— Sim, por favor.

Zeph tensionou a mandíbula.

Kols o seguiu.

Então Shade semicerrou o olhar.

— O que aconteceu? — ele perguntou, de repente sério e muito alerta.

Fechei a porta e me recostei nela, nervosa.

— Houve outro ataque — Zeph disse, naquele tom inexpressivo. — E tem a essência de Kols por toda parte.

CAPÍTULO VINTE E QUATRO
ZEPH

— Por que não fui alertado? — Shade perguntou, sua presença me irritando imensamente. Principalmente porque eu estava preocupado demais com Aflora nas últimas horas, só para descobrir que ele estava brincando com ela em algum lugar fora de alcance.

Quando terminássemos de discutir esse incidente, teríamos outra conversa sobre não roubar nossa companheira sem qualquer tipo de notificação.

Onde quer que ele a tivesse levado, não podíamos senti-la. Ou a ele. O que me fez imaginar para que reino ele a levou, porque definitivamente não era um local Fae da Meia-Noite.

— O Conselho está se reunindo agora — Kols respondeu. — Sem apoiadores ou herdeiros aparentes. Suspeito que os Anciões foram chamados.

— Ótimo — Shade falou. — É sempre um prazer ouvir Constantine Nacht.

Kols se eriçou, mas não mordeu a isca.

— Agora não é hora de provocar um ao outro — interrompi. — Temos um problema sério.

— Tem mais — Kols limpou a garganta, seus intensos olhos dourados pousando em Shade. — O ataque foi na aldeia perto de AcaWard, na taverna onde Tray levou Aflora e Ella. Os pais do Ajax ficaram feridos.

A aura provocante de Shade desapareceu em um suspiro.

— Eles estão bem?

— Ainda não sabemos —Kols admitiu. — Meu pai tentou acordá-los, mas eles parecem estar em coma induzido magicamente. O Ajax está com eles agora.

— E sem dúvida culpando você por isso —Shade acrescentou, passando os dedos pelo cabelo escuro.

— Ele não é meu maior fã — Kols concordou. — Mas não fui eu que fiz isso.

— Eu sei que não — Shade respondeu, me surpreendendo.

— Como você sabe disso? — perguntei, desconfiada. – Onde você e a Aflora estavam?

Ele arqueou uma sobrancelha.

— Você está perguntando se nós fizemos isso?

— Não, estou perguntando como você sabe que o Kols não fez e também para onde você levou a Aflora.

— Parece um inquérito acompanhado de uma acusação — Shade comentou. — O que você acha que estávamos fazendo, Zeph? — Ele olhou de forma incisiva para seu abdômen nu. — Brincando pela vila?

— Ele está surpreso que você acredite na minha inocência — Kols falou, cruzando os braços. — E, francamente, eu também.

Aflora se afastou da porta, atraindo o foco de Shade para si. Ela arqueou as sobrancelhas para ele, os olhos intensos, mas não disse nada. Ele deu a ela um olhar semelhante, então inclinou a cabeça para o lado como se estivesse se entregando a ela.

Vários instantes se passaram, a intensidade entre eles aumentando a cada segundo.

Entreabri os lábios quando a compreensão abriu um buraco no meu peito.

— Você terminou o acasalamento.

Kols estremeceu como se tivesse levado um tiro e arregalou os olhos.

— Você a mordeu de novo?

Shade grunhiu, então se virou para mostrar o pescoço e a marca de cura em sua garganta.

— Ela me mordeu primeiro.

As bochechas de Aflora ficaram vermelhas quando Kols e eu nos viramos para ela. — Você mordeu o Shade? Eu perguntei, aquilo me esfaqueando no estômago.

Ela o escolheu.

Ela o escolheu e não a mim.

Senti meu abdômen se contrair com o pensamento. Uma coisa era vê-la com Kols, mas saber que ela gostava de Shade também... Eu não tinha certeza de como aceitar isso.

— Eu... sim — ela sussurrou, sua língua serpenteando para umedecer seus lábios. — Ele me tirou do feitiço e, hum, as coisas esquentaram.

Shade sorriu com a descrição dela enquanto Kols semicerrou os olhos.

— Que feitiço?

Sim, eu ainda estava absorvendo o fato de que que Aflora mordeu Shade.

E não a mim.

Ou Kols.

Depois de uma semana brincando.

Ela ainda não confia em mim, percebi. Não que eu

pudesse culpá-la, mas saber disso doía um pouco. Mesmo que eu merecesse.

— O diretor Irwin nos fez praticar psicometria na aula hoje. O objeto da Aflora a levou a um passeio pelo passado, e não um para o qual ela estava particularmente preparada.

— Ele olhou para a nossa companheira, piscando os olhos azuis com comentários não ditos.

Porque eles podiam se comunicar telepaticamente agora.

Porque eles estavam totalmente acasalados.

Segurei a parte de trás do meu pescoço. *Controle-se,* disse a mim mesmo. *Este não é o fim do mundo. Ela ainda é minha.*

Mas de alguma forma, ela não parecia muito ligada a mim. Se alguma coisa, eu me senti... excluído. Fiz uma careta, não gostando nada dessa sensação. Isso me fez querer agarrá-la e mordê-la novamente, reafirmar minha reivindicação e garantir que ela ainda me sentisse dentro de si.

Desde quando me sinto possessivo em relação as mulheres?

Desde que esta entrou na minha vida, pensei com amargura, irritado.

— Você está certo — Aflora afirmou, quebrando o silêncio.

— Eu sei — Shade respondeu.

— Tão modesto. — Ela revirou os olhos, mas senti seu humor. Eles estavam brincando um com o outro, seu relacionamento havia se movido para um nível de intimidade muito mais profundo do que o que eu compartilhava com ela.

Olhei para Kols para ver se isso o incomodava tanto quanto a mim, mas ele parecia mais atento ao que nossa companheira pretendia dizer. Ele não estava se sentindo nem um pouco ciumento? Ou estava escondendo melhor?

Ah, mas espere, ele tinha seu vínculo elementar com ela também.

Porque ela o escolheu como seu companheiro.

O que significava que ele não tinha nada a temer, porque ela o queria, assim como queria Shade.

Então, onde isso me deixava? E por que é que eu estava gastando todo esse tempo pensando em uma besteira tão trivial? Emoções não eram minha praia. Eu preferia ações.

Exceto que esse era precisamente o problema: as ações de Aflora provavam seus desejos por Shade e Kols, enquanto eu permanecia em terceiro lugar. O macho que a mordeu e a reivindicou sem sua reciprocidade, tudo para salvá-la de implodir.

Foi uma reação necessária à sua situação.

Talvez isso fosse tudo o que eu significava para ela.

Não.

Ela pelo menos me desejava um pouco, porque nossa paixão era quente. Isso não poderia ser falso. Costumava ler bem as mulheres. Conhecia suas falas. E tudo o que o corpo de Aflora dizia durante nossos interlúdios sexuais confirmava que ela me queria.

Talvez sua mente ainda não tivesse percebido isso.

Balancei a cabeça para mim mesmo. Tudo bem. Um desafio. Eu gostava de desafios. Se ela precisasse que eu me provasse a ela, era o que eu faria.

Embora eu não estivesse fazendo um bom trabalho agora porque ela estava falando nos últimos minutos e eu não tinha a menor ideia do que ela tinha acabado de dizer.

Essa mulher está me destruindo, pensei, irritado.

Eu não era um homem que conversava comigo mesmo

ou pensava em como conquistar uma mulher. Eu transava com elas. Fim de discussão.

No entanto, Aflora era diferente.

Na verdade, eu me importava com o que ela pensava de mim, e não gostei muito dessa revelação. Não dar a mínima era muito mais fácil.

E totalmente impossível no que dizia respeito a ela.

— Merda — Kols falou, me tirando de meus pensamentos.

Porque sim, perdi tudo o que Aflora acabou de dizer, já que eu estava muito perdido em meus sentimentos. *Quem é esse idiota ciumento na minha cabeça, e como é que me livro dele?*

— Então quem encantou a pedra queria que você a encontrasse — Kols continuou, levando a mão a nuca.

— E de alguma forma, convenceu o Diretor Irwin a fazer uma aula de psicometria — Shade acrescentou.

Certo, claramente eu perdi algo importante. Se eu continuasse ouvindo, talvez descobrisse.

— Enquanto assegurava que Aflora o pegasse dos itens — Kols murmurou, então assobiou. — Isso é...

— Enervante — ela sussurrou, passando os braços em volta do corpo. — Mas isso não é tudo.

— Tenho medo de perguntar — Kols falou.

Aflora olhou para Shade por um momento, os dois compartilhando alguma mensagem oculta.

— Reconheci a magia durante o ataque — ela sussurrou como se estivesse proferindo o segredo em voz alta.

Shade não parecia surpreso, o que significava que ele já sabia disso ou suspeitava.

O que foi uma grande coisa para mim, porque eu não tinha ideia, nem cheguei perto de sentir a conexão de Aflora com isso. E dado que fui eu que passei um tempo com ela após o incidente, eu deveria ter pelo menos uma suspeita sobre isso.

— Por que você não disse nada? — questionei, mais irritado comigo mesmo do que com ela. No entanto, meu tom foi de repreensão, fazendo com que ela se encolhesse. No entanto, eu não podia me desculpar, porque ela deveria ter dito alguma coisa.

— Eu... eu não tinha certeza se deveria mencionar isso — ela admitiu em voz baixa. — Eu nem tinha certeza do que eu sentia.

— Um simples comentário afirmando que você reconheceu a magia teria sido suficiente — eu a repreendi.

— E quando eu deveria ter dito isso a você? — ela rebateu. — Quando os Guerreiros de Sangue estavam vasculhando a suíte?

— Oh, a espera de duas horas antes disso teria sido ótima. Ou, não sei, antes de você chupar meu pau. Isso teria funcionado também.

Ela se eriçou.

— O quê? Você acha que escondi porque sou culpada?

— Honestamente, não tenho certeza do que pensar, Aflora.

— Isso não está ajudando — Kols interrompeu, dando um passo à frente como se estivesse entre nós. Só então percebi que estava praticamente brigando com Aflora no meio do quarto.

Ótimo, Zeph. Realmente levando toda essa coisa de "conquistar a mulher" para o próximo nível, pensei com amargura.

Recuei, esfregando a mão no rosto enquanto me forcei a me acalmar. Meu aborrecimento não era com ela, mas comigo mesmo. Descontar nela não resolveria a situação.

— Você deveria ter nos contado — falei, com a voz mais

baixa. Bem, mais baixa do que antes. Ainda saiu um pouco rude e descontente.

— Eu te disse agora — ela respondeu, fogo cintilando em seus olhos. — Mas sua reação me faz desejar não ter feito isso.

Ai.

E também merecido.

— Estou feliz que você tenha dito — Kols interrompeu, dando um passo na frente dela e forçando-a a olhar para ele e não para mim.

Sempre o herói.

Ele era um príncipe, afinal.

Eu apenas servia a ele e toda a sua família.

E agora a Aflora.

— Quando você diz "familiar", quer dizer que era de natureza elementar? — Kols perguntou a ela. — Ou talvez tenha parecido com suas habilidades Fae da Meia-Noite?

Eu não podia ver seu rosto, mas imaginei que ela tinha um brilho contemplativo em seu olhar, aquele que sempre transmitia sua inteligência e capacidade de criar estratégias. Esse olhar sempre me intrigou. Mas, por mais que eu quisesse ver agora, olhei para a parte de trás da cabeça de Kols.

Ele muitas vezes me castigava.

O que infelizmente eu precisava no momento.

— Isso me lembrou da minha magia Quandary — ela finalmente respondeu. — E eu senti antes do caos começar, quase como se o ser tivesse me avisado de sua presença antes de atacar.

Franzi o cenho.

— Como você sabe que era um homem?

— Você perdeu a parte sobre a jornada dela no corpo dele através do Edifício de Educação do Sangue da Morte?

— Shade perguntou, arqueando uma sobrancelha. — Ela ouviu a voz dele.

Certo. Isso foi quando eu não estava prestando atenção. Agora eu realmente me arrependi da viagem pela minha cabeça.

— Ela o ouviu?

— Ela *era* ele — Shade corrigiu, seu olhar gelado se tornando glacial. — Ele imprimiu a memória na rocha para ela encontrar, até deixou uma mensagem para ela. E acho que não foi coincidência que hoje, de todos os dias, ele atacou a aldeia. Porque ele preparou para que ela viajasse no tempo com aquela pedra antes de fazer outra declaração. Ah, e também vou arriscar um palpite para dizer que a taverna foi derrubada de propósito.

— Por que não acredito que são suposições? — rebati, semicerrando os olhos. Ele falou com confiança, me dizendo que sabia muito mais do que estava deixando transparecer. — Há algo que você está escondendo.

— Há muita coisa estou escondendo de vocês — ele retrucou. — E preciso. Não é assim que o futuro funciona.

— Oh, pelo amor de Deus, não vem com essa merda de novo sobre o futuro. — Eu queria colocar algum senso nele, e provavelmente teria se Aflora não tivesse saído de trás de Kols e vindo diretamente no meu caminho.

Ela apoiou a mão em meu abdômen enquanto se assegurava de que eu não me aproximasse da cama, seu olhar queimando no meu.

— Zeph.

Meu tumulto interior cessou e levei as mãos aos seus quadris para puxá-la para mais perto como se eu desejasse seu conforto. E talvez eu desejasse mesmo.

— Aflora — murmurei, totalmente perdido para ela.

A surpresa cintilou através de suas feições como se ela

esperasse mais uma briga. Mas não queria discutir com ela ou chateá-la. Eu apenas precisava protegê-la.

— Eu gostaria que você tivesse me contado — admiti, com a voz muito menos combativa do que antes. Caramba, soei totalmente arrependido. E o choque de Kols me disse o quanto isso era diferente do meu comportamento normal, mas eu não conseguia evitar. — Não posso protegê-la se não souber o que está acontecendo, linda flor.

Suas feições se suavizaram consideravelmente, suas íris brilhando de emoção.

— Eu deveria ter dito a você.

Assenti, em concordância.

— Mas pelo menos você fez agora — concedi.

Ela ficou na ponta dos pés para dar um beijo no meu queixo.

— Não estou acostumada a confiar nos outros — ela sussurrou.

— Eu sei — respondi com a mesma calma.

— Bem, acho que está bem claro quais são nossos próximos passos — Shade falou da cama.

— Mesmo? Por favor, compartilhe conosco porque não tenho ideia do que é que está acontecendo — Kols disse.

Shade sorriu, o cretino arrogante curtindo nosso tormento.

— Precisamos levar a Aflora para a vila e ver se ela sente a mesma assinatura de energia. Se ela o fizer, vai provar que é a mesma pessoa que atacou a escola.

— O Conselho já tem certeza disso — Kols observou.

— Talvez, mas eles também acham que você é o responsável. Então, se formos seguir o que eles acreditam... — Shade deixou a insinuação pairar no ar.

— Ele tem razão — falei, odiando concordar com o Sangue de Morte, mas também respeitando suas habilidades de raciocínio. — Precisamos ver se a Aflora pode sentir alguma coisa no local do ataque. Ela pode nos dar uma dica sobre quem é, ou talvez ver algo que o Conselho não viu.

Shade assentiu.

— Exatamente.

Aflora olhou por cima do ombro para o homem em sua cama, e eles se envolveram em outra daquelas conversas secretas que terminaram com o Sangue de Morte sorrindo. Ela balançou a cabeça em resposta, claramente exasperada.

— O que estamos perdendo? — Kols perguntou.

— Ele irá nos liderar — Aflora disse em um tom que soava divertido e irritado ao mesmo tempo. — Ele não pode nos dizer o que sabe, então irá garantir que seguiremos pelo caminho certo.

Shade baixou o queixo em reconhecimento, me fazendo franzir a testa.

— Por que você não para com essa besteira enigmática e nos diz o que você realmente sabe? — sugeri, irritado com este jogo.

— Ele não pode — Aflora respondeu, chamando minha atenção de volta para ela. — Assim como ele não pode me dizer por que eu reconheci a magia.

Olhei boquiaberto para ela.

— Isso não faz nenhum sentido.

— Faz, agora que conheço a história dele — ela sussurrou.

— História? — Kols repetiu. — Não entendo.

— É uma história longa — Shade respondeu. — Mas o seu avô sabe muito bem.

— Do que é que você está falando? — Kols exigiu, tirando as palavras da minha boca.

— Pergunte a ele — Shade o encorajou. — Diga a ele

que você quer saber o que realmente aconteceu com Zenaida, Kodiak e Vadim todos esses anos atrás. Se ele lhe disser a verdade, você terá sua resposta.

— Ou você pode me esclarecer agora — Kols sugeriu, seu tom indicando que ele sabia que Shade nunca iria obedecer.

— E que graça teria? — o Sangue de Morte perguntou, claramente divertido.

— Certo, já chega — Aflora disse, se virando em meus braços. Ao invés de me deixar, ela apoiou as costas no meu peito, permitindo que eu envolvesse meus braços ao seu redor.

— Precisamos aprender a confiar uns nos outros. — Ela olhou de forma incisiva para Kols e Shade, mas eu sabia que ela me incluiu nessa declaração. — Há alguém tentando incriminar o Kols, e quem quer que seja essa pessoa tem uma assinatura de energia que reconheço. Então eu concordo com o Shade de que devemos visitar a vila, mas precisa ser no nosso próximo dia livre para evitar que alguém se pergunte por que estamos lá.

Meu peito aqueceu com ela assumindo o comando e pensando em tudo de forma lógica. Kols e Shade pareciam aprovar também, seus olhares reverentes.

Nós estávamos realmente ferrados quando se tratava dessa mulher.

Nossa única graça salvadora era que ela parecia não saber ainda.

— Obviamente, o Kols não pode ir conosco — ela continuou. — Então terá que ser eu e o Zeph. O Shade também, se ele quiser ir. E podemos apenas dizer que eu queria um pouco de Hidromel e comida Fae Elemental adequada da taverna. Isso não pode ser uma desculpa muito rebuscada, certo?

— É crível — concordei, pensando em sua obsessão por bifes de dragão e pães.

— Vou usar meu próximo dia livre para conversar com meu pai — Kols falou. — E talvez Constantine. — O último foi falado para o benefício de Shade.

— Um bom plano — Shade concordou, curvando os lábios. — E eu vou acompanhá-los até a taverna. A Anrika é uma velha amiga da família.

— Claro que ela é — Aflora brincou.

Shade piscou para ela, outro segredo se passando entre eles.

Em vez de deixar isso me incomodar, pressionei meu nariz no cabelo de Aflora e inalei seu perfume familiar, contente por tê-la em meus braços. Ela podia não ter me reivindicado ainda, mas o faria. Eu me certificaria disso.

E nesse ínterim, eu a protegeria o melhor que pudesse.

Inclusive em nossa missão na vila.

Porque algo me disse que havia muito mais nisso do que apenas enquadrar Kols.

Não poderia ser uma coincidência que Aflora chegou naquele momento, com seus poderes Quandary de Sangue aparecendo logo antes desses ataques começarem.

Shade encontrou meu olhar, seus olhos me contando uma história que eu desejava decifrar.

— Estou de olho em você — prometi a ele.

— Bom — ele respondeu, acolhendo o desafio. — Estou contando com isso.

Aflora bocejou, chamando toda a nossa atenção para ela. Eu a levantei em meus braços e a coloquei na cama ao lado de Shade, decidindo oferecer a ele minha própria versão de um ramo de oliveira.

— Vamos deixar vocês dois descansarem — eu disse, pressionando meus lábios na têmpora de Aflora. — Estarei no quarto de hóspedes esta noite, e Kols estará bem ao lado. Bons sonhos, linda flor.

O lampejo de surpresa de Shade valeu a minha benção.

Sim, eu poderia ser um cara legal quando eu tentasse.

Lembre-se disso, eu disse a ele com os olhos, então me virei e deixei Kols se despedir

Em vez de esperar por ele no corredor, fui para o quarto de hóspedes e fechei a porta. Não haveria nenhum sonho esta noite. Aflora merecia seu tempo com Shade. Mesmo que isso me fizesse querer quebrar alguma coisa.

CAPÍTULO VINTE E CINCO
AFLORA

APERTEI A CAPA EM VOLTA DO MEU PESCOÇO, PUXANDO O COLAR por baixo. Kols tinha tirado de mim na noite passada, então me abraçou enquanto eu dormia em sua cama. Zeph não se juntou a nós, optando por ficar no quarto de hóspedes pelo quarto dia consecutivo.

Parecia que ele estava me evitando. Embora, eu tivesse visto e falado com ele várias vezes porque ele basicamente se mudou para a suíte de hóspedes de Kols. E ele liderou a aula ontem, assim como dois dias antes, então ele não estava me evitando totalmente. Ele só tinha esse ar distante que eu não entendia.

Nós também não tínhamos tido intimidade desde o dia em que voltei com Shade, o que era estranho, porque passamos todos os dias por uma semana antes disso entre os lençóis. Então, esta semana, ele mal me beijou.

Algo definitivamente o estava incomodando.

O que, por sua vez, me deixou inquieta.

Shade havia enviado uma mensagem dizendo que nos encontraria na vila mais tarde. Ele queria verificar o Ajax, porque ele não estava indo a aula desde o ataque à taverna.

Eu disse a ele para não se preocupar comigo, que ficaria bem com Zeph. Mas enquanto me observava no espelho, eu me perguntava se isso era verdade.

Então o homem em questão bateu na porta, falando com a voz suave enquanto ele pronunciava meu nome do corredor.

— Você está pronta? — ele acrescentou no mesmo tom.

Engoli em seco e assenti, mais para mim do que para ele, já que ele não podia me ver.

— Sim — respondi, peguei minha varinha do criado-mudo, enfiei na capa, e o encontrei na entrada do meu quarto.

Seus olhos verdes vagaram sobre mim com interesse, sorrindo um pouco.

— Você fica bonita com roupas casuais — ele murmurou, notando meu jeans e suéter de cor creme. Eu também estava com um par de botas que cobriam minhas panturrilhas até os joelhos. Parecia um pouco estranho, mas Ella me mostrou como usá-las pelo lado de fora das calças. Ela alegou que era um furor no Reino Humano.

Alguns dias eu realmente sentia falta das minhas raízes Fae Elemental e do guarda-roupa que vinha com elas. Essas roupas eram muito mais simples e amigas da natureza. Principalmente porque eu costumava fazer minhas roupas da terra.

Estas... não tão naturais.

Mas Zeph parecia aprovar.

Ele colocou a palma da mão em volta da minha nuca, me puxando para si para um beijo longo e sensual que me fez pensar se eu tinha entendido mal seu comportamento nos últimos dias. Porque, uau. Sua língua realmente sabia como envolver a minha. Gemi contra ele em aprovação, sentindo meu corpo se derreter no seu enquanto um de seus braços embalava minhas costas e o oposto permanecia contra o meu pescoço.

Minutos se passaram. Senti seu calor me invadir e me reivindicar de uma maneira sensual. Apoiei as mãos em seu suéter preto, sentindo o tecido macio deslizar por seu abdômen duro por baixo.

Ele mordiscou meu lábio inferior, então aprofundou nosso beijo com um gemido antes de me levar para o meu quarto. Era a direção errada, mas não me importei. Eu sentia falta dele. Senti falta *disso*.

E foi a primeira vez que fizemos isso sem nenhum tipo de público.

Porque finalmente estávamos sozinhos.

O prazer desceu pela minha espinha e meu coração acelerou de excitação.

Sim. Sim. Mais por favor.

Zeph deve ter lido a necessidade crescendo dentro de mim, porque o braço em volta das minhas costas desceu mais e ele segurou minha bunda para me puxar contra sua excitação crescente. Gemi em resposta, passando os dedos pelo suéter até os ombros largos.

A parte de trás dos meus joelhos bateu na beirada da cama, quando uma risadinha no corredor interrompeu nosso momento. Zeph se afastou de mim tão rápido que quase caí no colchão, mas minhas pernas travaram no lugar, me mantendo de pé.

— Você acha isso fofo, não é? — Tray perguntou, parecendo genuinamente divertido com o que Ella tinha acabado de fazer.

A porta do quarto deles se fechou quando Ella respondeu:

— Sim, sim. Se você for legal comigo, considerarei lidar com esse problema para você mais tarde.

— Ah, você vai lidar bem com isso, El. Eu garanto.

— Agora, quem está sendo arrogante?

— Eu te chamei de confiante, não arrogante.

— Aham — ela respondeu, sua voz ficando mais fraca enquanto caminhavam em direção à sala de estar e longe dos quartos. — Tinha a mesma implicação.

— Nós provavelmente deveríamos ir — Zeph disse em voz baixa.

Engoli em seco, assentindo.

— Sim.

Ella e Tray não sabiam sobre o nosso vínculo quádruplo, algo que Zeph deixou aparente ao sair do meu quarto na minha frente e seguir pelo corredor com seu jeito distante de sempre. Sua presença na suíte de hóspedes não parecia levantar nenhuma dúvida. Ele compartilhava uma história com Kols, então Ella e Tray meio que aceitaram sua estadia aqui, embora ele tivesse um lugar ao lado.

— Para onde vocês dois estão indo? — Tray perguntou quando entramos na sala de estar. Ele estava segurando os quadris de Ella contra o balcão que dividia a cozinha do resto da sala. Foi montado como um pequeno recanto com bancos, mas a maioria de nós usava a mesa de jantar ao lado.

— Aflora quer um pão decente — Zeph respondeu, parecendo irritado. — Porque aparentemente meus feitiços não são bons o suficiente para ela.

— Bem, se você descobrisse o que são mirtilos, isso não seria um problema — retruquei, jogando junto.

Ele resmungou e pegou sua capa do encosto do sofá.

— Vamos, Fae da Terra.

— Esperem — Tray disse, se afastando de Ella para nos dar um olhar incrédulo. — Vocês vão para a aldeia?

— Para onde mais iríamos? — Zeph perguntou,

arqueando uma sobrancelha. — Nova Iorque? Londres? Ah, não, eu sei, vamos apenas visitar a Academia Fae Elemental. Tenho certeza de que ninguém vai se importar.

— Não seja um idiota — Tray retrucou. — Por que é que você iria para a taverna agora?

Zeph acenou para mim.

— Porque a Aflora quer *mostarda berries*.

— *Mouseberries* — eu o corrigi.

Ele deu a Tray um olhar que dizia: *Você vê com o que estou lidando aqui?*

Tray não achou graça, nem estava comprando a desculpa.

— O Kols está com meu pai agora tentando convencê-lo de que é inocente, e você está indo para a cena do crime. Não pense nem por um segundo que acredito na sua besteira sobre mirtilos.

— Você está certo — Zeph falou. — É o hidromel o que ela realmente quer.

Ella limpou a garganta.

— Pessoal, o Tray tem razão. A vila deve estar cheia de Guerreiros de Sangue agora, e duvido que a taverna esteja aberta.

— Está — Zeph respondeu. — Eu já falei com a Anrika. Ela disse que é perfeitamente seguro entrarmos, então vamos almoçar à meia-noite. Pode acreditar no que quiser, Tray. Quanto aos Guerreiros de Sangue, então acho que é uma coisa boa eu ser um deles. Agora vamos, Aflora. — Ele atravessou a soleira antes que qualquer um deles pudesse comentar, claramente encerrando a conversa.

— Idiota — Tray murmurou. — Esta é uma ideia horrível.

— Eu vou ficar bem — prometi a ele.

— Não sei o que vocês dois estão fazendo, mas tomem

cuidado — Ella disse, obviamente vendo através da nossa desculpa também.

Pelo menos nós tentamos.

— Nós vamos ficar bem — eu disse a ela, forçando um sorriso. — Te vejo em algumas horas.

Pegando a deixa de Zeph, passei pela soleira antes que eles pudessem discutir e o encontrei esperando por mim no corredor. Ele arqueou uma sobrancelha, então inclinou a cabeça para o lado como se dissesse, vamos.

Eu o segui silenciosamente passando por todas as gárgulas assustadoras e continuei a segui-lo pelos dois lances de escada. Ele me levou para fora e ao longo dos vários caminhos para o campo de corvos sem dizer uma palavra e chamou o portal para que pudéssemos passar.

Só quando os pássaros começaram a enxamear ao nosso redor que ele me tocou, sua palma marcando a parte inferior das minhas costas enquanto ele me puxava para perto sob o pretexto de me manter segura durante o transporte. Mas senti a necessidade persistente em seu abraço, assim como senti seus lábios no meu cabelo quando ele me deu um beijo onde ninguém podia ver.

Eu sorri.

Este lado de Zeph, o afetuoso, me excitava. Principalmente porque ele não deixava ninguém ver essa parte sua. Ele às vezes a revelava na frente de Kols e meio que tinha mostrado para Shade na outra noite, mas tudo estava ligado à sua ternura comigo. Suspeitei que fosse uma reação estranha para ele, o que só tornava mais especial.

— Chegamos — ele sussurrou, chamando minha atenção para o armário de capas ao nosso redor.

Olhei para ele e fiquei na ponta dos pés para dar um beijo em sua boca.

— São *mouseberries* — eu o informei baixinho,

ganhando um sorriso em troca. — E vou te fazer experimentar um hoje.

Ele sorriu.

— Mal posso esperar. — Seus lábios capturaram os meus inesperadamente, sua língua dominando a minha em uma onda de poder que me deixou fraca.

Com a mesma rapidez, ele recuou, me deixando cambaleante, e abriu a porta para revelar a saída para a rua. Ele piscou e se virou, esperando que eu o seguisse.

— Toco de salgueiro — murmurei, saindo do armário e para as ruas de paralelepípedos. Ele estava apenas um passo à frente, seu andar intencionalmente lento para me permitir acompanhá-lo.

A aldeia estava menos movimentada que minha última visita, a maioria dos Faes da Meia-Noite andando com uma vivacidade profissional ao invés de serpentear e socializar uns com os outros.

Meu estômago se revirou com a mudança na atmosfera e a resultante sensação de desconforto no ar. Isso me lembrou por que estávamos aqui, especialmente quando viramos a esquina para ver o exterior da taverna. Embora as pedras se assemelhassem ao mesmo restaurante que visitei há algumas semanas, pude sentir a novidade e a magia residual deixada pela restauração. Assim como o Edifício de Educação do Sangue da Morte.

Engoli em seco, sentindo minhas palmas umedecendo a cada passo.

O poder sombrio pairava no ar.

Magia Quandary, reconheci com um suspiro. Era por isso que parecia familiar. Isso me lembrou de um quebra-cabeça recentemente desfeito e montado novamente, apenas as cordas foram deixadas para trás para um Fae da Meia-Noite provocar e descontrair.

Um Fae da Meia-Noite como eu.

Parei na calçada, a poucos passos da taverna.

— Ele sabia que eu viria — eu disse a mim mesma, olhando ao redor, tentando encontrar outras pistas que ele deixou para eu desvendar.

— O quê? — Zeph perguntou, vindo para o meu lado.

— Posso senti-lo — sussurrei, assustada. — Sua assinatura de energia é grossa, como se ele a tivesse deixado para mim como uma pista para encontrar. Mas por que ele faria isso?

Era mesmo intencional?

Fiz uma careta.

Sim. Com certeza foi. Assim como a rocha.

— Deveríamos...

— Ah, você está aqui! — Anrika correu para fora com um sorriso gigante no rosto que não alcançava seus olhos, silenciando o que eu estava prestes a dizer. — Quando o Guardião Zephyrus ligou para dizer que você queria vir, preparei a cozinha e fiz um bufê para vocês aproveitarem. Entrem, que vou servi-los.

Zeph fez um gesto com a mão.

— Depois de você, Aflora.

Este era o lugar onde ter o vínculo de companheiro finalizado seria realmente útil porque eu poderia dizer a ele com a mente o quanto a ideia era ruim, mas eu não tinha como comunicar isso sem alertar Anrika. Então dei a ele um sorriso tendo e segui nossa anfitriã para a mesma cabine que eu tinha me sentado com Tray e Ella algumas semanas antes.

A gárgula que nos serviu, no entanto, não estava à vista.

Fiz uma careta, me perguntando para onde ele teria fugido, mas Anrika me distraiu com um copo grande de hidromel alguns segundos depois que me sentei.

— Fiz especialmente para você — ela explicou com um brilho nos olhos.

— Obrigada — respondi, incerta de como me sentia sobre isso.

Ela trouxe uma bebida americana para Zeph.

— A sua de costume — ela falou. — Volto em um instante. — E desapareceu em uma nuvem de purpurina que me fez espirrar.

Os lábios de Zeph se curvaram para cima. Sua diversão era palpável.

—Acho que você tem uma fã.

— Algo não está certo — falei depressa com a voz calma. — Acho que ele está aqui, Zeph. — Porque eu ainda o sentia. Em toda parte.

No entanto, a taverna estava vazia – o completo oposto da minha última visita aqui. Havia vários Faes da Meia-Noite indo e vindo durante toda a nossa refeição, todos joviais e tagarelas.

Hoje parecia... um funeral.

Estremeci com o pensamento e os pelos dos meus braços se arrepiaram.

O que há de errado, pequena rosa?

Estremeci com a interrupção mental de Shade, olhando ao redor da sala para procurá-lo. *Onde você está?*

Com o Ajax, ele respondeu. *Posso sentir seu pânico. O que está acontecendo?*

A taverna, parece...

— Aflora? — Zeph me chamou com o cenho franzido. — Você está me ouvindo?

— Shade — respondi, balançando a cabeça quando meu companheiro Sangue de Morte começou a falar novamente.

Parece o quê?

Que ele está aqui, corri para dizer a ele, então me concentrei em Zeph.

— Ele está... o Shade... na minha cabeça. Ele...

Tem certeza? Ou é a assinatura de energia dele que você está sentindo? Shade perguntou, sua voz soando apressada em meus pensamentos, como se ele estivesse andando de um lado para o outro enquanto falava.

Parece recente. Muito recente. Como no dia do ataque. Eu não o tinha sentido no Edifício de Educação Sangue de Morte naquele dia em que trabalhamos em feitiços de psicometria, mas eu o senti em todos os lugares aqui. Isso me parece intencional. Como se ele soubesse que eu viria.

Estou a caminho.

Abri a boca para avisar a Zeph, quando seu telefone começou a tocar. Com uma carranca, ele puxou-o do bolso da capa e levou-o ao ouvido.

— Zephyrus. — Sua expressão não revelou nada quando quem quer que fosse falou na outra linha, e ele manteve os olhos verdes nos meus o tempo todo. — Pode deixar. — Os tons masculinos do alto-falante criaram um zumbido profundo.

Você ligou para Zeph?, perguntei a Shade.

Nenhuma resposta, sugerindo que era ele.

— Entendido. Você sabe onde estaremos. — Zeph desligou o telefone, colocando-o no bolso mais uma vez.

— Shade? — perguntei.

— Não. Kols. Ele foi chamado para uma reunião de emergência do Conselho com os Anciões. — Ele apertou os lábios. — Não parece bom, Aflora. Devemos ir.

Assenti, concordando, assim que Anrika apareceu com uma bandeja de pães cheirosos. Minha boca praticamente salivou, mas meu pulso vibrava um aviso em meus ouvidos que eu não podia ignorar.

— Podemos levar para viagem? — Zeph perguntou a ela baixinho. — Acabei de receber uma ligação do príncipe Kolstov e fomos solicitados na Mansão Nacht.

O Conselho está se reunindo com os Anciões, Shade me informou, sua voz mental irritada. *Dê o fora daí, Aflora. Isso não pode ser coincidência.*

Estamos saindo, mas Zeph acabou de dizer que somos necessários na Mansão Nacht?, formulei isso como uma pergunta porque parecia estranho para mim.

Ele deve estar mentindo para protegê-la. Confie nele, Aflora. Ele não vai te decepcionar.

Famosas últimas palavras, pensei para ele. *A última vez que confiei em Zeph, acabei em uma masmorra.*

Não vou deixar nada acontecer com você, pequena rosa, Shade prometeu. *E nem o Zeph. Confie em seus companheiros.*

Dizia muito que Shade queria que eu colocasse minha fé em Zeph. Eles constantemente brigavam um com o outro, mas parecia que, neste ponto, meu companheiro de Sangue de Morte confiava em meu companheiro de Guerreiro de Sangue.

Anrika estava conversando com Zeph, sua animação perdida para uma nuvem de preocupação.

— Claro — ela estava dizendo, pegando nossos copos intocados. Desapareceu sem o glitter dessa vez.

Zeph suspirou e esfregou a mão no rosto.

— Odeio fazer isso com ela.

— Fazer o quê? — perguntei, imaginando o que mais ele tinha planejado.

— Está todo mundo muito nervoso com o que aconteceu aqui para vir comer e eu esperava proporcionar um pouco de normalidade hoje. Infelizmente, acabei empurrando ainda mais a estaca proverbial em seu coração.

— Ele balançou a cabeça. — As coisas estão mudando. Isso desestabiliza as pessoas.

Me inclinei para frente, baixando a voz para um sussurro.

— Você pode sentir a magia? — perguntei a ele. — Os feitiços persistentes?

Ele franziu a testa.

— Da restauração?

— Não, o...

— Aqui estão vocês — Anrika anunciou, reaparecendo com uma bolsa ao seu lado e dois copos de plástico. Ela tentou sorrir, mas se transformou em uma careta. Sua decepção era palpável.

— Obrigado, Anrika — Zeph murmurou, estendendo um cartão. — Aflora tem sentido falta da comida de casa, então tenho me perguntado se é possível começar a pedir algumas refeições por semana. Vou falar com o Kolstov para ver se o Sir Kristoff está disponível para pegá-las para nós.

— Você não precisa fazer isso, Zephyrus.

— Ah, preciso, sim — ele respondeu, sorrindo. — Aflora precisa do sustento e odeia a comida da Academia.

Bem, ele não estava errado sobre isso. Mas eu também sabia que ele estava fazendo isso para apoiá-la, e ver esse seu lado aqueceu meu coração.

Ele se levantou e a beijou na bochecha.

— Obrigado novamente — ele disse a ela antes de acenar com a mão sobre as sacolas. — Entrarei em contato em breve.

Anrika assentiu, com lágrimas brilhando em seus olhos. Me levantei para segui-lo, mas ela entrou no meu caminho e segurou meus ombros.

— Tenha cuidado — ela disse em uma voz tão baixa

que eu mal podia ouvi-la. — Se descobrirem o que você é, virão atrás de você também.

Paralisei quando ela desapareceu.

Zeph se virou com uma sobrancelha arqueada, tendo perdido suas palavras.

Abri a boca para dizer a ele, quando uma energia estranha acariciou minha pele, fazendo com que todos os pelos dos meus braços se arrepiassem – exatamente como naquele dia na Academia. Logo antes do ataque.

— Precisamos correr — eu disse a ele com urgência, com os olhos arregalados.

Senti calafrios por meu corpo, aquela magia familiar tocando meus sentidos.

Zeph agarrou minha mão e me puxou para frente, a comida e as bebidas esquecidas enquanto ele me puxava para fora e para a rua vazia.

Não havia uma alma à vista.

Semelhante ao que eu tinha visto na visão depois que o homem misterioso teceu feitiços para desocupar o prédio.

Zeph não pareceu notar, seu foco estava em me levar ao portal, mas os paralelepípedos começaram a tremer sob uma onda de poder.

Parei de forma brusca, minha essência reagindo ao ataque que se aproximava. Não!

A eletricidade vibrava sobre meu ser, criando uma rede encantada de azul cerúleo. Não me permiti um momento para considerar as repercussões. Meus instintos assumiram, me forçando a envolver o manto que vibrava em volta de mim e Zeph para bloquear a energia que entrava.

O vento soprou ao nosso redor, o barulho familiar de alarmes e pedras se movendo para lutar.

Peguei o vislumbre de branco, que desapareceu em um

flash, enquanto uma risada alta soou em meu ouvido. Eu me virei, procurando o culpado, mas só encontrei ar.

Zeph estava falando, seu tom insistente, mas eu não conseguia parar de procurar a fonte de poder.

Quem é você? exigi, as palavras em minha mente ao invés de em voz alta.

Seu destino, uma voz profunda e sensual respondeu. *Minha querida Aflora, você realmente se tornou uma linda mulher. Assim como a sua mãe.*

Outra onda de poder tocou meu coração, percorrendo meu sangue, aquecendo todos os meus membros congelados sob uma onda de autoridade e consciência. Tentei rastreá-lo, mas ele permaneceu nas sombras, sua presença aparecendo e desaparecendo na brisa.

Vamos jogar de novo em breve, ele prometeu em tom sombrio. *A vingança será nossa.*

Ele começou a cantarolar a música que minha mãe me ensinou quando criança, a melodia assombrosa tecendo um encantamento através do meu espírito e trazendo a memória do meu passado.

Só que não era mais minha mãe cantando para mim, mas outra pessoa: um homem sem rosto, com voz hipnótica e poderosa. Fechei os olhos, perdida no som, para o momento da minha história que parecia ter mudado para sempre.

Comecei a cantar com ele.

Uma promessa.

Nossos futuros para sempre entrelaçados.

Ele possuía metade da minha alma.

— Eu vou protegê-la — eu o ouvi dizer. — Sempre.

— Então nosso negócio está feito — outra voz respondeu. Mais leve. Feminina.

— Mamãe? — perguntei.

Mas ninguém me ouviu. Eles estavam muito ocupados fazendo um voto de sangue, com minha vida no centro do quebra-cabeças.

Algo afiado mordeu meu pescoço. Seus dentes. Ele engoliu. Nos vinculando como um em uma reivindicação proibida.

— Aflora!

Eu não conseguia abrir os olhos. Meu mundo estava sendo pintado em tons de preto. De um destino que nunca desejei, mas que foi escolhido para mim por outra pessoa.

— Aflora!

A voz começou a mudar, o tom profundo que eu reconheci.

Minha visão vacilou e senti alguém me sacudindo para a consciência mais uma vez.

E abri os olhos para ver um par verde brilhante de horror olhando para mim, com seus lindos lábios avermelhados pelo meu sangue.

— Zeph? — sussurrei. Minha voz era um som rouco. Foi dele a mordida que senti?

— Puta merda — ele murmurou. — Você me assustou pra cacete.

Sua boca tocou a minha e senti minha essência doce em sua língua.

Ele me mordeu de novo, nos vinculando ainda mais.

No entanto, não era a imagem dele em minha mente, mas a de um homem vestido de branco.

Minha outra metade.

Então tudo ficou preto mais uma vez e o xingamento de Zeph foi o último som a ecoar em meus pensamentos.

CAPÍTULO VINTE E SEIS
KOLS

Tadmir estava atrasado de novo. Ele entrou com um pedido de desculpas murmurado para meu pai, então sentou-se com um floreio, o que fez seu cabelo branco se espalhar ao acaso contra seus ombros.

Nenhum dos Segundos foi convidado para esta reunião de emergência, mas Shade e eu fomos incluídos. Encontrei seu olhar cor de gelo do outro lado da mesa e notei sua expressão habitual de tédio. O Sangue de Morte era mesmo hábil em esconder suas intenções. Ao contrário de seu pai, Aswad, que parecia estar cheio de aborrecimento ao lado dele.

— Certo, agora que estamos todos aqui, podemos começar — meu pai anunciou, direcionando o foco para a cabeceira da mesa, onde me sentei ao lado dele. Tray não teve permissão para comparecer, o que me deixou irritado. Meu gêmeo geralmente me mantinha com os pés no chão, e sua ausência só parecia aumentar a sensação de mau presságio no ar.

Alguma coisa está vindo.

Algo que não vou gostar.

O Conselho raramente convocava os Anciões, mas esta foi a segunda vez nesta semana que eles foram convidados a se juntar a nós.

Meu pai estendeu a mão para eles da maneira antiga, usando sua magia para convocar a orientação dos antigos que governaram antes de nós.

Foi a única vez que vi meu avô, assim como meu bisavô. Na verdade, eu só encontrei os dois homens três vezes ao longo dos meus vinte e quatro anos, indicando o quanto era raro eles serem chamados aos nossos aposentos.

Faes da Meia-Noite viviam para sempre, a menos que fossem morto por meios muito específicos, razão pela qual só ascendíamos uma vez em um milênio. Os mais velhos de nossa espécie muitas vezes dormiam para passar o tempo, pois a eternidade era muito tempo para se viver. Às vezes, também afetava pontos de vista da moralidade, fazendo com que os antigos enlouquecessem de sadismo. Esses Anciãos eram mortos se se recusassem a dormir.

Meu avô ainda não havia exigido o mandato, sua mente ainda era afiada, como era evidenciado em seus olhos dourados agora que ele apareceu na porta do Conselho. Meu bisavô seguiu atrás dele, suas aparências semelhantes, pois tinham a aparência eterna de um homem de trinta anos, mas eu podia ver suas idades em seus olhares e na maneira como se comportavam.

Incrivelmente velhos.

Vários outros os seguiram, sua presença trazendo com eles uma frieza que encheu de gelo as minhas veias. Olhei para Shade novamente. Ele apenas bocejou, como se estivesse pronto para uma soneca.

Nunca em meus sonhos mais loucos eu teria imaginado um momento em que o considerasse meu aliado, mas senti o impulso de confiar nele hoje.

Por causa de Aflora.

Este vínculo me afetou de maneiras que eu nunca poderia ter previsto, começando com meu desejo de seguir o exemplo de um Sangue de Morte.

Fiz o meu melhor para fingir tédio também, o tempo todo esperando que a faixa em meu pulso escondesse minha conexão proibida com minha companheira. Não havia nada que eu pudesse fazer sobre o vínculo Fae da Terra, mas como nenhum deles podia ver as fontes elementares de poder, presumi que estava seguro a esse respeito.

Os Anciões se sentaram nas cadeiras disponíveis, o resto escolhendo ficar ao nosso redor. Havia duas dúzias deles, todos variando em idade até dez mil anos.

Lutei contra a vontade de estremecer, já que sua presença sempre me lembrava uma necrópole com seus olhares sem vida e formas imóveis. Alguns deles nem pareciam estar respirando.

Meu pai limpou a garganta, assumindo o controle da sala à sua maneira clássica.

— De acordo com nossa votação no início desta semana, é hora de trazer Kolstov para o rebanho — anunciou.

Meu coração parou de bater. O quê? Ele não poderia estar antecipando minha ascensão. Meus testes não tinham sido feitos. E os Segundos precisariam estar aqui para testemunhar isso.

Não ousei revelar minha confusão. Em vez disso, olhei para meu pai com uma sobrancelha arqueada, fingindo confiança e curiosidade ao mesmo tempo.

— Como todos sabem, Shadow foi contratado por nossos esforços há quatro meses, quando lhe demos uma tarefa de indução que solidificou sua adesão — continuou meu pai. — Ele se provou a cada passo, e está na hora de conceder a Kolstov a mesma oportunidade.

Certo, eu realmente não gostei do rumo que as coisas estavam tomando. Particularmente com a menção de Shade já estar do lado de dentro. Ele não encontrou meu olhar agora, seu foco em meu pai.

— Fiz o que é melhor para a espécie Fae da Meia-Noite, Sua Majestade — Shade disse. Aquelas palavras eram provavelmente as mais respeitosas que eu já ouvi sair de sua boca. — E eu faria isso de novo em um piscar de olhos.

Aswad baixou a cabeça.

— Você deixou nossa linhagem orgulhosa, filho.

— Eu sei — Shade concordou.

Vários membros do Conselho assentiram, enquanto os Anciões apenas observavam.

— Os relatórios de Shadow indicaram que Kolstov se comportou admiravelmente ao lidar com os Faes Reais da Terra — meu pai disse. — Serve como mais uma prova de sua aceitação de suas futuras responsabilidades, marcando-o como um leal observador de nossas leis com as qualidades de liderança para realizar a justiça como acharmos melhor.

— É isso aí! — Vários membros do Conselho aplaudiram, me saudando enquanto eu lutava contra a vontade de franzir a testa.

O que é que está acontecendo? eu queria questionar, mas em vez disso me forcei a permanecer em silêncio. Algo me disse que eu estava prestes a descobrir os verdadeiros motivos de Shade. *Finalmente.* E provavelmente iria querer matá-lo depois.

— Os recentes ataques que o enquadraram como culpado tornaram isso ainda mais importante, que é o verdadeiro objetivo da reunião de hoje. Precisaremos de sua cooperação para levar os revolucionários à justiça de uma vez por todas.

Punhos bateram na mesa. A excitação dos Conselheiros agitando uma energia sinistra no ar. Isso não ia acabar bem.

— Traga-o, Guerreiro Danqris — meu pai disse com um aceno de sua varinha, enviando a mensagem para outro lugar no prédio. Dado o contexto de suas palavras, suspeitei que fosse a masmorra.

Engoli em seco e me atrevi a encontrar o olhar de Shade novamente, mas ele estava muito focado nas unhas enquanto descansava como um rei em sua cadeira, alheio à crescente animosidade na sala.

— Sabe, Kolstov, estamos travando uma guerra há mais de mil anos — meu pai explicou. — Alguns séculos são mais silenciosos do que outros, mas percebemos uma revolução crescente há cerca de quinze anos. Nossos Anciões, os protetores supremos da espécie Fae da Meia-Noite, lidaram com a perturbação para nós, então nos aconselharam sobre o que fazer a seguir.

— Que tipo de perturbação? — perguntei, forçando uma calma em meu tom que eu não sentia.

— Uma envolvendo Quandarys de Sangue — meu pai respondeu.

Forçar a surpresa não era necessário, principalmente porque ouvi-lo mencionar Quandary de Sangue me chocou pra caramba.

— Quandarys de Sangue? — repeti. — Como isso é possível? Eles estão mortos.

— Exatamente o que eu disse há alguns meses — Shade falou.

Ele e eu teríamos uma discussão séria depois disso, uma que provavelmente terminaria com meu punho encontrando seu rosto arrogante. Eu sabia que o cretino estava escondendo algo, mas nunca esperaria que isso envolvesse o Conselho e os Anciões.

Puta merda.

— Os Quandary de Sangue foram erradicados, principalmente por Constantine Nacht e seus conselheiros — Aswad disse. — No entanto, vários escaparam e se esconderam nos reinos dos Faes. Ao invés de se preocuparem com a espécie Fae da Meia-Noite sobre a ameaça persistente, ele sabiamente escolheu proteger os detalhes com o Conselho e os Anciões. E estamos trabalhando em segredo desde então para erradicar o problema.

— A maioria dos problemas foram resolvidos — meu avô acrescentou com um tom inexpressivo. — No entanto, uma resistência mais forte aumentou nas últimas duas décadas e causaram mais problemas do que o normal. Tentamos reduzi-los há cerca de quinze anos, mas não tivemos o sucesso que gostaríamos. É por isso que permitimos que a Fae Real da Terra vivesse.

Meu pai assentiu.

— Sim. Seus pais fiéis à causa, e suspeitamos que ela também seja.

— *O quê?* — Eu não conseguia impedir minha reação. Senti meu sangue latejar em meus ouvidos.

Fiéis à causa?

E eles acabaram de admitir que mataram os pais de Aflora?!

— Por que você não me disse isso desde o início? — exigi. E, puta merda, eles sabiam sobre suas habilidades Quandary de Sangue?

Sim. Eles tinham que saber. Porque Shade os estava informando o tempo todo.

O que significava que eles sabiam sobre nossos laços também.

— Na verdade, ainda não vi nenhuma evidência para apoiar essa teoria — Shade disse, seu olhar encontrando o meu. — Você está morando com ela. Viu alguma coisa que sugira que ela apoia a resistência?

Eu o encarei. Isso é uma armadilha para testar minha lealdade ao Conselho? Ou ele está tentando me dizer alguma coisa?

— Eu nem sabia que havia uma resistência até agora — respondi com os dentes cerrados. Tecnicamente, isso era verdade. Também evitava a pergunta direta que ele acabou de me fazer, algo que ele parecia interessado. Hora de retribuir o favor. — Então, como eu saberia o que procurar? — contra-ataquei.

O que é que está acontecendo aqui? me perguntei enquanto minha mente girava com uma infinidade de ideias ao mesmo tempo.

Shade brincou com todos nós desde o começo? Ele nunca se importou com Aflora? Eu sabia que ele estava escondendo algo, assim como Zeph, mas o Conselho não parecia saber todos os detalhes.

A menos que eles estivessem ganhando tempo comigo?

— É verdade. Ela não mostrou nenhum sinal de ligação com a resistência — meu pai disse, chamando minha atenção de volta para ele. — Entre os relatórios de Kolstov e Shadow, não vi nenhuma evidência de conexão.

— É por isso que você a fez frequentar a Academia — concluí, pensando em voz alta. — Para usá-la como isca.

Ele baixou o queixo em afirmação.

— Sim, tínhamos certeza de que os Quandary de Sangue viriam atrás dela por lealdade a seus pais. Suspeitamos que esse foi o objetivo do ataque na semana passada também, mas você e Zephyrus frustraram a tentativa de recolhê-la, que é a outra razão pela qual precisávamos trazê-lo – para que isso não aconteça novamente.

Eu pisquei. *Por lealdade a seus pais? Porque eles ajudaram Quandary de Sangue?* Não, essas não eram as perguntas mais importantes a serem feitas. Em vez disso, me concentrei na questão mais prevalente em questão.

— Você quer que ela seja levada?

Outro aceno.

— A ligação de Shadow com ela nos permite uma maior visão de sua mente, e agora que eles completaram o acasalamento, ele pode rastreá-la. Então, se a resistência a levar, podemos usá-la como um farol para derrubá-los. — Ele olhou para meu avô. — Foi ideia de Constantine, e uma ideia brilhante.

— Vocês mandaram Shade mordê-la — eu disse, me sentindo entorpecido por dentro.

— Sim, mandamos — meu pai confirmou.

Isso não faz o menor sentido.

— Então por que o Conselho quase o descartou depois? — perguntei, incapaz de mascarar minha confusão.

— Foi só atuação — Shade me informou. — Eles suspeitam que um dos Segundos esteja trabalhando com a resistência e fornecendo informações a eles.

Meu pai assentiu.

— Sim. Então, estamos usando-os para ficar um passo à frente, e é por isso que tivemos que fazer parecer que Shade estava sendo punido por suas ações.

— Você foi realmente convincente — falei, olhando de forma incisiva para Tadmir.

O Fae Maléfico deu de ombros.

— Todos nós fazemos sacrifícios pelo bem maior. O meu é adiar temporariamente um alinhamento poderoso. O de Shadow será matar sua companheira Elemental e se casar com minha filha depois.

Meu estômago revirou com a maneira casual com que ele acabou de me informar sobre o assassinato de Aflora. Mas o que realmente me incomodou foi a expressão entediada de Shade, como se o pensamento de machucá-la não o impactasse nem um pouco.

No entanto, ele não disse nada sobre nosso vínculo quádruplo.

O que indicava que havia mais coisas em jogo aqui do que eu sabia, a menos que tudo isso estivesse levando a essa grande revelação. Talvez ele pretendesse tomar meu trono, e esse era seu trunfo.

Hum, não. Se fosse esse o caso, meu pai estaria fervendo de raiva de mim. Em vez disso, ele parecia satisfeito em me trazer *para o rebanho*, como ele falou.

Uma batida soou na câmara, atraindo o olhar de meu pai para a porta.

— Ah, deve ser Danqris com nosso convidado. — Ele olhou ao redor da sala como se para determinar nossa prontidão, então gritou: — Entre.

Danqris e Warlow entraram com o Diretor Irwin preso entre eles. Os olhos do diretor Sangue de Morte estavam selvagens enquanto ele observava a plateia diante de si, sua pele empalidecendo em um lençol branco.

— E-eu não...

— Silêncio — meu pai gritou, suas bochechas corando de raiva. — Você vai falar quando for autorizado. — Ele lançou um feitiço no ar, visando a boca do diretor, silenciando fisicamente o Fae. — Coloque-o na cadeira — ele instruiu, gesticulando para a única cadeira de visitante na qual ninguém nunca queria se sentar.

Engoli em seco e arrisquei um olhar para Shade.

Ele me entregou nada, mas de alguma forma, senti seu desconforto.

Sim, algo definitivamente não estava certo aqui. *Que jogo que você está jogando?* Eu queria perguntar a ele, mas a atenção na sala mudou para o diretor suado. Ele parecia pronto para desmaiar.

— Shadow, ilumine a todos com as informações que você me forneceu — meu pai instruiu.

Eu já sabia que história ele pretendia compartilhar com a sala: a que Aflora havia nos contado sobre sua experiência de psicometria.

Só que, enquanto Shade falava, notei que ele deixou de fora os principais detalhes do encontro dela. Por exemplo, como o poder parecia familiar e como ela sentiu a energia durante o ataque inicial. Ele incluiu a parte sobre o Fae enviar uma mensagem para ela, mas ele mudou um pouco a mensagem, tornando-a menos pessoal e mais como um aviso.

— Ele a informou que viriam buscá-la em breve, mas não disse quando — foi o resumo de Shade. — Estou monitorando a situação.

Meu pai assentiu com a última frase, satisfeito com a suposta aquiescência de Shade.

No entanto, eu conhecia a história real e vi como ele transformou a verdade para dar ao Conselho exatamente o que eles queriam saber, sem revelar os pontos cruciais.

Assim como ele frequentemente fazia comigo.

Tomei isso como um sinal para não descartá-lo ainda. Ele parecia estar desempenhando um papel aqui, como fazia com tudo.

Tudo bem, pensei. vou jogar junto. Por enquanto.

— Você acredita que o Diretor Irwin forneceu conscientemente o item a ela, ou ele estava encantado? —

Chern perguntou, falando pela primeira vez hoje. Os intrincados padrões tecidos em seu couro cabeludo careca pareciam prosperar com poder enquanto ele usava sua magia Sangré para determinar os vários caminhos lógicos dessa situação.

— Acredito que ele estava encantado — Shade admitiu. — Ele parecia meio fora de si naquele dia na aula, como se estivesse falando sem realmente estar lá.

O diretor Irwin começou a assentir, mas um olhar do meu pai congelou o macho no lugar.

— Existem maneiras de se determinar o que ele sabia ou não — Chern murmurou. — Eu precisaria de algumas horas com ele.

— Você se importaria de permitir que o Kolstov se juntasse a você para o interrogatório? Acho que seria uma boa experiência de aprendizado — meu pai disse. — Também fornecerá uma introdução razoável ao que sabemos sobre a resistência.

Chern assentiu.

— Eu ficaria feliz em conceder minha experiência a ele.

Suspeitei que isso incluiria uma transferência mágica de conhecimento, já que era o que os Sangré de Sangue eram mais conhecidos por fazer.

— Posso participar também? — Shade perguntou. — Como testemunha-chave, posso ter algumas sugestões adicionais para sua linha de questionamento.

— Claro — meu pai respondeu, olhando para Chern. — Assumindo que você concorde?

O Conselheiro Sangré assentiu em confirmação mais uma vez.

— Sim, seria uma decisão sábia.

— Então está resolvido — meu pai falou, me dando um tapinha nas costas. — Bem-vindo ao círculo interno,

Kolstov. Temo não haver uma grande cerimônia para isso. Mas você terá uma quando ascender. — Ele piscou.

Forcei um sorriso, sentindo meu coração no estômago.

— Entendido. O Tray sabe disso?

Meu pai balançou a cabeça.

— Não.

— Você não suspeita que ele esteja fornecendo informações para a resistência, não é? — perguntei a ele, incrédulo. — Porque posso garantir a você, ele não está.

Meu pai riu.

— Não. Sabemos que não é o Tray ou você. Nós apenas os mantivemos no escuro porque isso geralmente é considerado um privilégio de ascensão, e você tem o suficiente para se preocupar com suas provações de ascensão. No entanto, os recentes ataques que o enquadraram exigiram que avancemos nosso prazo. E você também fez um trabalho muito bom protegendo a isca, não nos deixando escolha a não ser envolvê-lo para que isso não aconteça novamente.

— Sim, da próxima vez que houver uma tentativa de recolhê-la, precisamos que você permita que isso aconteça — meu avô acrescentou, suas íris douradas girando com um poder misterioso. — É nossa melhor pista para rastreá-los.

— Certo — respondi. — Por causa de seu vínculo de acasalamento com Shade.

— Exatamente — meu pai murmurou. — Os Anciões queriam que fosse você, mas temíamos que ninguém acreditaria que você ia desconsiderar uma lei tão fundamental por capricho.

— Então eles pegaram o conhecido por quebrar as regras — Shade falou. — Eu.

Meu avô grunhiu.

— Você nem sequer recusou o pedido.

— Claro que não. Você me deu permissão para provar uma Fae Elemental, e uma linda. Por que eu recusaria? — Shade parecia tão irreverente, como se estivéssemos discutindo o clima. Mas eu estava começando a reconhecer suas táticas de evasão. Ele fazia piadas para se desviar e, nesse caso, queria que todos acreditassem que Aflora não significava nada para ele.

No entanto, se fosse verdade, ele teria contado a eles tudo sobre nossos laços unidos, e ele não contou.

— Sim, sim — Tadmir respondeu. — Aproveite enquanto dura, Sangue de Morte. Você ainda está prometido à minha filha.

Shade sorriu.

— Estou ciente das minhas obrigações, Maléfico de Sangue. Só estou curtindo minha liberdade enquanto posso.

— Devemos liberar a sala para o Chern? — meu avô perguntou, gesticulando para o Conselheiro Sangré que esperava pacientemente. — Ou você prefere a masmorra para seu interrogatório?

— Pode ser a sala — Chern respondeu.

— Então nos reuniremos em três horas — meu pai anunciou, se levantando e apertando meu ombro. — Tente aprender o que puder. Falaremos mais durante o jantar mais tarde.

Não foi um pedido, mas uma exigência.

— Claro, senhor. Obrigado.

Ele sorriu, satisfeito, e levou os outros para fora da sala, me deixando sozinho com Shade, Chern e o diretor Irwin.

— Vamos começar? — Chern perguntou.

Shade apoiou os pés em cima da mesa e cruzou as pernas na altura dos tornozelos, a imagem da indiferença.

— Claro. Vá em frente.

Não imitei sua pose, mas em vez disso entrelacei meus dedos em cima da madeira e dei a Chern minha atenção total.

— Me ensine.

CAPÍTULO VINTE E SETE

ZEPH

Era uma prova de humanidade que ninguém parecia notar ou se importar que eu carregasse uma mulher inconsciente pelas ruas de Nova York. Houve alguns olhares aqui e ali, mas nem um único humano tentou me parar ou fazer perguntas.

E foi precisamente por isso que escolhi Manhattan para me esconder.

— Boa noite, senhor — o porteiro me cumprimentou quando me aproximei do familiar edifício residencial. Passei boa parte do ano passado aqui antes de voltar para a Academia. Ninguém sabia sobre este lugar além de Kols. Ele sabia que eu gostava de me esconder aqui, principalmente por causa da conveniência de sangue disponível andando por toda parte.

— Está tudo bem? — o porteiro perguntou, olhando Aflora em meus braços.

De todos os mortais, é claro que este perguntaria.

— Ela está bem, só bebeu um pouco demais. Trouxe-a para cá para dormir.

Ele assentiu com seriedade.

— Ah, sim. Eu entendo. Boa sorte, senhor.

— Obrigado — respondi, indo em direção à escada. Meu apartamento ficava no terceiro andar, facilitando o acesso a pé, mesmo com a preciosa carga em meus braços.

Ela não se mexeu ou fez um som enquanto eu andava. Sua cabeça estava apoiada no meu ombro enquanto ela dormia com qualquer magia que havia usado na vila. Eu senti a queimadura, o perigo iminente em torno de nós dois, e suas medidas defensivas mentais.

Tudo aconteceu tão rápido que eu não estava preparado para lutar, e a próxima coisa que vi foi o poder explodir dela. Minha única opção foi mordê-la, tentar acalmá-la. Parecia um fio elétrico atingindo minha corrente sanguínea, me espiralando em um redemoinho de magia sombria que quase me afogou vivo. Então ela veio à tona, me trazendo com ela, e estávamos de volta à aldeia.

A coisa toda parecia um sonho. Mas eu sabia que era real por causa da energia zumbindo pela rua de paralelepípedos e ao longo das vigas de madeira dos prédios de cores claras ao redor. Chamas de magia iluminaram a noite como lanternas, traçando um caminho direto para Aflora.

Não esperei para ver se mais alguém sentiu a interrupção e, em vez disso, fui direto para o portal para trazê-la para o Reino Humano. Ficaríamos aqui até que eu tivesse notícias de Kols, que estava em silêncio desde que entrou na reunião do Conselho.

Equilibrando Aflora com um braço, peguei minha varinha e murmurei um feitiço para destrancar a porta. Ela se abriu com um leve rangido para revelar meu apartamento de um quarto.

O interior não ostentava elegância ou riqueza, a cozinha era muito desatualizada em comparação com as acomodações da Academia, mas eu preferia este lugar à suíte na Residência Elite. Principalmente porque era meu.

Eu o comprei usando meus créditos como Guardião da família Nacht. Os créditos podiam ser trocados por dinheiro humano em uma quantia exorbitante – uma coisa boa, porque possuir uma casa na cidade de Nova York exigia muito dinheiro mortal.

Bati a porta atrás de mim com o salto da bota, então levei Aflora para o meu quarto, para deitá-la na cama. Seu cabelo preto-azulado se esparramou lindamente sobre meus travesseiros verde-escuros, seu rosto exibindo um brilho pálido que me lembrou a lua Fae da Meia-Noite.

Linda, pensei, sorrindo para ela. Então removi suas botas de cano alto e as coloquei no canto do closet. Sua capa foi a próxima, que pendurei ao lado da minha. Não eram acessórios normais no Reino Humano, mas ninguém parecia notar. Tirei meus próprios sapatos, coloquei-os ao lado dos dela e me aproximei para colocar uma mecha de seu cabelo atrás da orelha.

— Volto em alguns minutos — sussurrei, beijando sua testa. Eu podia senti-la lentamente voltando à consciência e queria estar preparado para recebê-la de volta à realidade.

Como deixei toda a nossa comida na aldeia, optei por preparar algumas coisas para nós na cozinha. Exigiu um pouco de magia, pois a geladeira e prateleiras estavam bem vazias – eu vivia principalmente de sangue quando visitava a cidade – mas consegui criar alguns daqueles *mouseberries* que Aflora falava.

Ela estava acordada quando voltei para o quarto, seu olhar focado nas janelas que transmitiam vistas do prédio residencial do outro lado da rua.

Eu gostava do Upper Manhattan pela localização, não tanto pela paisagem.

Ela franziu o nariz quando me aproximei, seu foco mudando para os pratos em minhas mãos.

— O que aconteceu? — ela perguntou, com a voz rouca.

Coloquei os pratos na mesa de cabeceira, e com magia, servi um copo de água para ela e segurei em seus lábios para um gole.

— Não tenho certeza, mas acho que você nos salvou na aldeia — eu disse.

Ela pegou o copo e bebeu metade do conteúdo de uma só vez.

— Alguém ou alguma coisa nos atacou, e você revidou. — Ou era o que eu achava que tinha acontecido. — Você se lembra disso?

Ela pareceu cair em seus pensamentos por um momento e eu observei sua garganta se movendo enquanto ela terminava a bebida. Um feitiço a serviu mais, algo que ela pareceu apreciar, dado o brilho em suas íris azuis.

— Eu o senti — ela finalmente disse depois de terminar o segundo copo de água. — Ele... ele estava lá. — Ela levou a mão ao pescoço, franzindo a testa ao sentir a marca de cura em sua pele. — Você me mordeu?

— Sim — admiti, pegando o copo e colocando-o na mesa de cabeceira. — Você estava zumbindo com poder, como naquela vez na Floresta Mortal. — Me sentei na beirada da cama perto de onde ela estava deitada de lado. Toquei da sua bochecha até o pescoço com a ponta dos dedos. — Tive que te chamar de volta para mim, Aflora. Parecia que a energia ia engolir você inteira.

Ela franziu a testa, me fazendo pensar se eu tinha feito a coisa errada. Eu era o único que ela ainda não tinha aceitado como seu e imaginei que ela podia ver minhas ações como uma forma de forçar sua mão – um comportamento masculino comum da espécie Fae da Meia-Noite.

— Eu... eu tive que te firmar, Aflora — eu disse, sem saber como explicar isso. — Eu podia sentir você escapando, quase como se outra entidade estivesse forçado o poder a explodir de você. Se você entrasse em erupção na aldeia, Faes teriam morrido. Foi a melhor maneira de proteger você, assim como os outros.

Ela piscou os olhos azuis com confusão quando encontrou meu olhar.

— Você não queria me morder?

— Não, não é isso que quero dizer. — Apoiei a mão na parte de trás do meu pescoço, frustrado.

Por que isso é tão difícil?, me perguntei. Provavelmente porque eu nunca me importei com o que uma mulher realmente pensava de mim antes. Realmente, eu raramente me importava com o que alguém pensava de mim. Mas Aflora era diferente. Eu precisava conquistá-la por motivos que não entendia muito bem. Eles eram mais profundos do que nosso vínculo. Como se meu próprio espírito exigisse a aprovação dela, mas eu não tinha ideia de como adquiri-la.

— Zeph — ela disse, estendendo a mão para colocar no meu antebraço. — Você se arrepende de ter acasalado comigo? É por isso que você esteve distante a semana toda?

— O quê? Não. — *Puta merda, que confusão*. — Toda essa situação está tão longe da minha zona de conforto... e não sei como lidar com isso. — E esse era o problema ali, a razão pela qual essa confusão me enfureceu.

Eu não podia controlar o resultado.

— Eu lidero — eu disse a ela. — É assim que eu sou. Tomo decisões todos os dias. Tudo o que faço é movido pela lógica. Mas nenhum dos meus treinamento me preparou adequadamente para... — *Para você*, eu queria dizer, mas sabiamente não o fiz.

Suspirei, soltei o pescoço e apoiei a cabeça em minhas mãos. Eu estava fodendo tudo. E odiava não ter ideia do que dizer.

— Falar não é meu forte — admiti. — Nem perder o controle.

Isso parecia ridículo. Me preocupar com besteira não nos levaria a lugar nenhum. Então eu seria franco. Ela poderia não gostar, mas seria melhor do que dançar em torno desses pensamentos idiotas.

— Eu nunca concordei com a mentalidade Fae da Meia-Noite associada ao acasalamento — eu disse a ela. — Mas nunca me importei muito porque nunca tive a intenção de ter uma companheira. Sou independente e faço minhas coisas. No entanto, você mudou isso, e agora eu te mordi duas vezes sem sua permissão. O que é tecnicamente bom para nossas leis sociais, mas isso não significa que eu me sinta bem com isso.

Meu lado lógico argumentou que não era nada conveniente, mais como um fardo. Especialmente considerando as consequências dessa ação.

Mas tudo isso não vinha ao caso.

— De qualquer forma, você escolheu o Kols com sua magia da Terra. Você até escolheu o Shade ao mordê-lo. No entanto, eu me forcei a você. Sim, foi pelas razões certas, mas isso não muda as circunstâncias.

Certo. Eu tinha acabado de divagar. Isso me deixou vulnerável e fraco, dois adjetivos que não eram comuns para mim. E eu meio que odiava que Aflora expusesse esse meu lado.

Evitar relacionamentos funcionava bem para mim.

Talvez eu voltasse a isso.

Deixe o Kols e o Shade cuidarem da Aflora, proteja-os de longe e apenas...

— Zeph —Aflora disse, segurando meu pulso para afastar minha mão do rosto. — Olhe para mim.

Fiquei tentado a encará-la, mas optei por não piorar a situação e, em vez disso, dei minha atenção total. Ela estudou minha expressão, seus lábios se curvando com tudo o que viu lá. Provavelmente uma carranca, porque isso era muito desconfortável.

— Acho que essa é a maior emoção que você já demonstrou na minha presença. — Ela parecia achar graça, o que só me fez querer franzir a testa novamente. Mas ela me distraiu com seus seios enquanto se sentava, seu suéter esticando deliciosamente no peito.

Tirar a capa tinha sido uma ideia fantástica.

Na verdade, não. Eu deveria ter tirado tudo.

— Você me fez *mouseberries*? — ela perguntou, olhando boquiaberta para os pratos na mesa de cabeceira.

— Não fique muito animada — eu a adverti. — Tenho certeza de que são apenas *mustard berries* ou algo assim.

Ela bufou.

— Você sabe o nome deles.

— Eu? — perguntei em tom inocente. — Hum. Bem, acho que você terá que prová-los e descobrir se fiz certo. — Eu sabia que tinha, já que eram praticamente a mesma coisa que uvas verdes azedas, mas eu gostava de provocá-la de qualquer maneira.

Ela me deu um sorriso divertido que fez meu coração disparar. Aflora era uma mulher linda, mas quando sorria para mim assim, eu esquecia como pensar.

Porque eu a fiz feliz.

Uma raridade, parecia. Mas por um breve momento, eu a agradei, e isso me fez querer inflar de orgulho.

Kols riria histericamente com a visão. Felizmente, ele não estava aqui para testemunhar isso.

Aflora pegou o prato, colocou-o no colo e se encostou na cabeceira da cama.

— Tudo bem, diretor. Vamos ver se suas habilidades de chef estão à altura, certo? — Ela balançou as sobrancelhas para mim de brincadeira, então levou o pão à boca e deu uma mordida sensual.

Bem, era sensual para mim. Caramba, tudo o que ela fazia com os lábios e língua parecia me hipnotizar.

E aquele gemido que ela soltou depois de provar a comida que preparei?

Sim, aquilo também foi sexy.

Eu me ajeitei na cama, sentindo meu jeans de repente um pouco apertado demais, e me ocupei comendo o pão do outro prato. Estava tudo bem. É como comer uma salada de frutas ácidas em uma tortilha encharcada. Não era o meu favorito, mas eu sabia que não deveria expressar uma opinião em voz alta sobre o assunto.

— Então, onde estamos? — ela finalmente perguntou, olhando pela janela novamente.

— Cidade de Nova York — eu disse a ela.

— No Reino Humano?

Enquanto ela fazia como uma pergunta retórica, respondi com um aceno de cabeça.

— Sim. Estamos nos escondendo até sabermos sobre o que foi a reunião do Conselho. E, bem, também até sabermos se alguém notou o que aconteceu na aldeia. — Porque isso poderia complicar rapidamente se alguém tivesse testemunhado aquela explosão de poder.

Ela estremeceu visivelmente, mas comeu outro pedaço.

Um silêncio confortável caiu entre nós enquanto terminávamos nossa refeição. Seu olhar estava distante com pensamentos que eu não conseguia ouvir. Precisávamos discutir o que aconteceu, mas eu não iria pressioná-la.

Em vez disso, considerei uma alternativa que poderia fornecer a nós dois um alívio necessário de todo o caos que cercava nossas vidas.

— Você quer ver o Central Park? Fica a apenas alguns quarteirões daqui e deve estar bem vazio por causa da hora. — Verifiquei o relógio. — Na verdade, acho que fecha ao público em breve ou já pode estar fechado. Podemos simplesmente encantar um guarda ou algo assim.

— Central Park? — ela repetiu, seus olhos se iluminando. — Eu nunca estive lá.

Eu imaginei.

— Tenho certeza de que não é o mesmo que o Reino Fae da Terra, mas provavelmente é mais parecido com ele do que nossa versão da natureza no reino Fae da Meia-Noite.

Ela contraiu os lábios.

— O de vocês é tão oposto quanto se pode ser, com grama preta e árvores em chamas.

— Lâminas de carvão não é grama.

— Ah, eu sei — ela disse com empatia. — Estão mais para facas.

Eu sorri.

— Também não.

— Certo. — Ela colocou o prato vazio ao lado. — Quer ir agora?

Dada a sua ânsia, suspeitei que uma resposta negativa a aborreceria. Não que eu quisesse recusar. Na verdade, gostei bastante da ideia de fazê-la sorrir novamente.

— Claro — respondi, colocando meu prato em cima dela. — Vamos precisar de casacos em vez de capas, só para nos encaixarmos melhor. Me deixe ver o que posso encontrar.

Aflora soltou um som baixinho, que me fez olhar por cima do ombro em sua direção. Ela estava com as mãos no colo como se quisesse bater palmas, os olhos brilhando de excitação.

Arqueei uma sobrancelha.

— Se tudo o que é preciso é a menção de um parque para ganhar sua felicidade, então devo estar fazendo tudo certo com essa merda de companheiro.

Ela bufou.

— Tenho a sensação de que haverá muitos parques em nosso futuro, Zeph. Com comentários como esse, você vai ter que se desculpar comigo o tempo todo.

— Provavelmente — admiti, mas não pude evitar que o sorriso se espalhasse pelos meus lábios. — Mas, às vezes, vou tornar isso um pouco mais interessante.

— Sim? Tipo, como? — ela perguntou, genuinamente curiosa.

— Sexo de reconciliação, Aflora — disse a ela. — Ouvi dizer que é divertido. Vamos tentar em algum momento. — Pisquei para ela e a deixei olhando para mim da cama enquanto eu vagava pela sala de estar para encontrar casacos.

Toda essa coisa de "atividade normal" seria divertido.

Teríamos que tentar com mais frequência.

CAPÍTULO VINTE E OITO
SHADE

Quatro horas de interrogatório depois, o Conselheiro Chern verificou a mesma coisa que eu fiz em questão de segundos no outro dia.

— O diretor Irwin estava agindo sob um encantamento. Minha suspeita é que um Quandary de Sangue é o culpado.

Os membros do Conselho e Anciões ouviram enquanto Chern detalhava suas táticas para extrair essa informação da mente do Sangue de Morte, então o Conselheiro Sangré continuou com suas sugestões de como lidar com a situação.

— Sua psique é vulnerável, então até que apreendamos o Quandary de Sangue que fez isso, precisaremos manter o Diretor Irwin sob estreita observação.

Ou seja, ele queria prender o pobre homem até que o assunto fosse resolvido.

Vários dos Conselheiros assentiram em concordância, enquanto Constantine Nacht apontou que prender o Diretor Irwin também servia como uma punição adequada por ser "tão facilmente corrompido pelas forças inimigas". Quase bufei com essa afirmação. Esses imbecis não tinham ideia de quem eles realmente estavam enfrentando ou quantos séculos de ódio se acumularam contra eles.

Mas eles descobririam, e em breve.

Kols encontrou meu olhar do outro lado da mesa, suas íris douradas brilhando com mil perguntas. Felizmente, ele não havia falado nada que pudesse nos incriminar, mas suspeitei que teríamos uma longa conversa depois que isso terminasse.

Ele provavelmente achava que mordi Aflora porque o Conselho me mandou, o que era parcialmente verdade. Fiz isso para manter meu disfarce. Mas eu soube anos atrás que meu destino cruzaria seu caminho. Isso era muito maior do que os Anciões ou o Conselho Fae da Meia-Noite poderiam compreender. Eles teriam que ver além de sua própria intolerância e arrogância para perceber a verdade, e eu não estava disposto a ajudá-los nessa tarefa.

O pai de Kols fez algumas observações finais assim que a sentença foi dada, então procurou Constantine para qualquer orientação adicional que os Anciões desejassem nos conceder. O rei aposentado apenas aconselhou Kols a permitir que Aflora fosse levada da próxima vez, algo que ele concordou com um mero aceno de cabeça, provavelmente porque estava lívido demais para falar. Eu entendia esse sentimento muito bem.

Quando a reunião finalmente foi encerrada, me levantei e estiquei os braços, pronto para desaparecer, mas um olhar de Kols me disse que ele viria atrás de mim se eu o fizesse.

— Sua mãe está ansiosa para recebê-lo para jantar hoje à noite, Kolstov — Malik disse em voz baixa, lembrando seu filho que ele concordou em voltar para casa depois dessa confusão.

Meu pai, por outro lado, saiu sem sequer olhar para mim. Não haveria um convite semelhante para voltar para casa para um jantar em família. Não fazíamos isso, porque exigiria conversar e trocar falsas gentilezas, algo que nenhum de nós poderia fazer.

E minha mãe, bem, ela raramente falava hoje em dia.

— Estou ansioso por isso também — Kols respondeu. — Só preciso falar com o Shadow sobre algumas coisas antes de ir.

— Isso envolve aquela pequena briga de poder que vocês dois tiveram no mês passado? Porque ele contou ao Conselho como quase te bateu. — Malik sorriu para mim enquanto falava, claramente apreciando a rivalidade entre mim e seu filho.

— Acredito que eu disse que o deixei ganhar — falei. Porque essa tinha sido uma história muito mais crível do que a que Kols havia inventado.

— Me deixou ganhar? — Kols repetiu, erguendo as sobrancelhas. — Desde quando?

Malik riu.

— Vou deixar vocês dois resolverem isso. Vejo você em trinta minutos mais ou menos?

— Isso será tempo suficiente para eu lembrar a Shadow quem está mais perto da Fonte, sim. — Kols parecia tão sério que me perguntei se ele pretendia cumprir essa ameaça.

Outros membros do Conselho se divertiram com nossa briga, algo que era bem comum entre nós, depois nos deixaram sozinhos nas Câmaras do Conselho. Kols inclinou a cabeça em direção a uma pintura de Constantine na parede, então deu um passo em direção a ela com sua varinha. Um feitiço murmurado fez com que as cores mudassem, revelando uma entrada para uma sala que eu não sabia que existia aqui.

Kols liderou o caminho. Seus ombros estavam rígidos, e

eu o segui até uma câmara muito mais escura, sem janelas. Ele proferiu um feitiço para silenciar o interior, cancelando qualquer dispositivo de escuta, então se recostou em uma mesa no centro de um tapete preto. Havia apenas três cadeiras, o espaço tinha cerca de um décimo do tamanho da outra sala.

— O que é este lugar? — perguntei a ele, olhando ao redor.

— Ah, algo que eu sei e você não? — ele rebateu. — Fascinante.

Eu bufei.

— Quer jogar um jogo de troca de informações, Elite de Sangue? Porque tenho a sensação de que vou durar mais que você.

— Que merda é essa? — ele questionou. — O. Que. Está. Acontecendo?

— Você vai precisar ser mais específico — respondi, então me abaixei quando ele tentou socar meu rosto. — Bem, essa é uma maneira positiva de buscar respostas. — Zombei dele e pulei para o lado enquanto ele tentava me atacar novamente.

Segui para o outro lado da mesa.

— Se sente melhor? — perguntei a ele quando ele soltou um suspiro furioso.

— Dificilmente — ele murmurou, ajeitando o paletó e a gravata. — Comece a falar, Shadow, ou eu vou te matar.

Deixei a falsa ameaça de lado, porque o tempo não estava a nosso favor e brigas não nos levariam a lugar nenhum.

— Você acha mesmo que mordi Aflora por causa de algum decreto? — perguntei a ele, arqueando uma sobrancelha. — Você me conhece melhor que isso. Eu nunca fui de seguir regras, e autoridade significa nada para mim.

— Então por que você fez isso?

— Porque o destino exigiu — admiti. — Porque eu queria. Porque ela sempre foi destinada a ser nossa. — Havia mil razões que eu poderia listar, nenhuma das quais realmente satisfaria sua busca por conhecimento. — Entreguei aquela gravação como prova de estar do lado deles, assim como a mordi porque eles me pediram, mas eu nunca faço nada sem um propósito verdadeiro. Eles não sabem sobre seu colar ou as pulseiras. Eles também não têm ideia de quem está realmente lutando nesta guerra.

— E você tem. — Não era uma pergunta, mas uma afirmação.

— Sim. — Passei os dedos pelo meu cabelo e considerei o que mais eu poderia dizer a ele sem arriscar o destino. — Olha, sei que não tenho sido muito aberto...

— Você está minimizando.

Ignorando seu protesto, continuei:

— Mas pode confiar em mim que tenho os melhores interesses de Aflora no coração. Ela terá uma escolha a fazer em breve, e essa escolha dependerá muito da nossa capacidade de nos darmos bem.

— Uma escolha de quê?

— Que destino seguir — respondi.

— Pare de falar em enigmas e me dê algo que eu possa entender.

— Não sei como fazer isso sem risco — admiti.

— Então você é inútil para todos nós — ele retrucou, me fazendo estremecer. — Como eu devo proteger nossa companheira se eu continuar sendo pego de surpresa por besteiras? Quero dizer, a Academia é atacada e, aparentemente, eu deveria deixá-la ser levada? De jeito nenhum. Agora descubro que o Conselho e os Anciões sempre souberam que Quandary de Sangue ainda estão vivos e que você trabalha com eles há meses.

Ele começou a rir, o som um pouco histérico.

— Eles também estão matando qualquer um associado aos Quandary de Sangue há centenas de anos — acrescentei. — Não se esqueça dessa parte, ou como eles mencionaram casualmente o motivo pelo qual deixaram a Aflora viva.

— Certo. Porque eles mataram os pais dela. — Ele colocou as palmas das mãos na mesa de madeira, com os ombros curvados enquanto murmurava uma série de xingamentos baixinho. Eu teria ficado impressionado com alguns se não estivesse sentindo a dor em cada palavra. — Como é que vamos contar isso? Ela vai nos odiar.

— Não vai — afirmei. — Não fomos nós que fizemos isso.

— Você tem razão. A porcaria do meu avô fez. — Ele se afastou da mesa para começar a andar de um lado para o outro, suas longas pernas cruzando rapidamente o pequeno espaço da sala. Quando ele quase bateu na parede, se virou e caminhou de volta para mim, depois girou novamente e deu várias voltas enquanto continuava a balançar a cabeça.

— Ela não vai te culpar — eu disse em voz baixa, falando sério. — Ela sabe que não foi você.

— Você diz isso como se já tivesse visto o resultado — ele respondeu, parando para olhar para mim. — Você está trabalhando com algum Fae Fortuna? É assim que você sabe tanto?

— Sim. — Não adiantava esconder uma dedução óbvia. Eu só não lhe daria detalhes, algo que ele devia saber, já que não se deu ao trabalho de me pedir informações sobre minha fonte.

Em vez disso, ele olhou para mim e perguntou de forma inteligente:

— O que você pode me dizer, Shade?

— Há uma guerra chegando — falei, sentindo que era bastante evidente agora com base em tudo o que já havia acontecido. — E a Aflora vai ser forçada a escolher um lado. Vingança ou reforma.

— E de que lado estamos? — ele questionou.

— Isso continua a ser visto — admiti honestamente. — Vi o potencial para ambas as vias. — Percebi o erro nas minhas palavras no segundo em que suas sobrancelhas se ergueram.

— *Viu?*

Sim, essa era a palavra que eu não deveria ter mencionado. Em vez de responder, permaneci em silêncio. Eu já tinha falado demais.

— Explique — ele exigiu.

— Não posso. — Não sem arriscar tudo. — Um dia, vou explicar. Prometo. Mas, por enquanto, preciso que você confie que tenho os melhores interesses da Aflora no coração.

— É difícil confiar em alguém que está constantemente escondendo coisas e ocultando detalhes importantes, Shadow.

— Assim como é difícil confiar em alguém relacionado ao homem que nos colocou nessa confusão para começar — respondi, cansado. — Você estudou Faes Fortunas. Sabe que as profecias podem mudar dependendo das ações dos outros. Se eu tocar ou influenciar demais o fio errado da teia, ele pode se cortar e acabar e nos levar a uma cadeia de destino completamente nova.

Ele não respondeu, apenas me observou com a mandíbula tensionando.

Suspirei.

— Estou andando na corda bamba, Kols. Estou tentando ajudar onde posso sem interferir muito, e é exaustivo pra caramba. Então, em vez de usar isso contra mim, por que você não tenta ter um pouco de respeito e trabalhar comigo? Eu forneço dicas à medida que prossigo. Se você for esperto, vai pegá-las. Se não...

Então todos nós falharemos, pensei, dando de ombros. Eu sabia que estava sendo irritante, mas não tinha escolha. Se eu lhe desse todas as respostas, nossos destinos seriam fortemente impactados e todas as previsões poderiam mudar.

Faes Fortuna não deveriam interferir muito no destino de outros Faes, e eu havia arrancado os fios de Aflora várias vezes dentro da notória teia que ditava nossos destinos. Minha intromissão já havia impactado o futuro de Kols e Zeph, fazendo com que seus fios cruzassem com os de Aflora no processo. Era uma consequência que eu sabia de antemão, tendo escolhido seguir esse caminho de qualquer maneira, mas esse não era o ponto.

Já alterei o destino várias vezes. Quanto mais eu dissesse a ele, maior o risco de que nossa corrente atual terminasse na teia.

E então o destino mudaria. De novo.

O que seria muito ruim para todos os envolvidos.

— Me diga que você se importa com ela — Kols pediu depois de um instante longo e tenso.

— Eu mais do que me importo com a Aflora — respondi. — Ela é a razão para tudo e o motivador para muitas das minhas decisões. E se eu pudesse, a tiraria dessa situação, mas sei que não é assim que as coisas funcionam. Ela é um elemento fundamental no futuro com um destino que só ela pode escolher. E vou apoiá-la, mesmo que ela faça a escolha errada.

Porque era isso que eu estava destinado a fazer.

E o mesmo com Kols.

— Nossos futuros estão alinhados, Príncipe da Meia-Noite — eu disse a ele baixinho. — Está na hora de você aceitar, assim como eu, e parar de procurar quem tem culpa em tudo isso. Porque, confie em mim, você não vai gostar do que irá encontrar naquele beco escuro.

— Mais besteira enigmática — ele murmurou.

— Isso nunca vai mudar — respondi. — Agora vá para casa. Vou avisar a Aflora que estamos bem. Ela me disse há mais ou menos uma hora que ela estava no Reino Humano com Zeph, algo sobre ir ao parque. Soou como um encontro para mim, o que me fez sorrir.

Já estava na hora de Zeph se esforçar para conquistá-la.

Ele fez muitas curvas ruins ao longo do caminho, mas parecia estar fazendo a curva certa agora.

— Entrarei em contato — eu disse a Kols, desaparecendo antes que ele pudesse exigir que eu ficasse. Discutimos o suficiente. Ele sabia que eu não estava do lado do Conselho e dos Anciões, o que teria que satisfazer sua curiosidade por enquanto, porque eu tinha um lugar mais importante para estar.

Alguns minutos depois, me materializei no prado para onde eu tinha levado Aflora duas vezes.

O sol iluminou as flores, dando ao lugar um lindo brilho que eu sabia que ela adoraria, mas foi a luz na colina que capturou meu interesse.

Segui pelo caminho familiar até a cabana que espreitava além da névoa oculta, minha magia me permitindo entrar à vontade.

— Olá, Shadow — minha avó falou de dentro, me dando as boas-vindas daquele jeito estranho dela.

Porque ela me *viu* chegando.

— Oi, *Vó* — respondi, atravessando a soleira para a sala de estar. — Acho que fiz besteira.

Seus olhos azuis – do mesmo tom dos meus – brilharam com conhecimento, confirmando minha afirmação.

— Venha — ela murmurou, gesticulando para a sala de jantar. — Vamos discutir isso com cookies.

Suspirei. Doces não eram um bom sinal. Significava que ela tinha más notícias para compartilhar.

E eu só podia imaginar o que seria.

CAPÍTULO VINTE E NOVE

AFLORA

A palma da mão de Zeph cobriu minha boca enquanto ele me segurava com firmeza contra seu peito.

— Shhh — ele sussurrou em meu ouvido enquanto eu ria contra sua mão.

Aparentemente, não era apropriado visitar o parque depois do expediente, algo que descobri quando um humano rude me repreendeu por dançar na grama. Ele então tentou me cegar com uma lanterna, o que foi realmente muito cruel.

Zeph respondeu agarrando minha mão e me forçando a correr com ele por um caminho, então se agachou nesses lindos arbustos verdes. Eu queria acariciar as folhas e galhos, mas ele me segurou e colocou a mão sobre minha boca, exigindo que eu ficasse quieta.

Por alguma razão, isso me fez querer rir, principalmente porque eu estava no alto da vida aqui. O Reino Humano tinha tantas flores misteriosas e vida vegetal, cada uma de uma beleza única com seu próprio fio de terra que eu desejava seguir.

Não era à toa que Claire apresentou seu companheiro de

terra, Sol, aos pêssegos. Se eu tivesse a chance de ver a Rainha Fae Elemental novamente, perguntaria a ela sobre essas azáleas, rosas e murtas. Ah, eram como árvores, mas com flores, e eu ansiava por vê-las florescer. E os narcisos também! Tantas histórias lindas, todas repletas de cores e aromas perfumados.

Suspirei, feliz, fazendo com que o braço de Zeph se apertasse ao meu redor.

Certo. Ele queria que eu ficasse quieta. Mas como eu poderia ficar em silêncio em um lugar tão lindo? Eu queria dançar mais e brincar com minha magia da Terra. Tinha sido tão fácil contornar o colar desta vez, provando que Kols e Zeph estavam certos sobre os encantamentos – eles haviam se desgastado.

Então, todos os meus poderes estavam livres para eu explorar, mas esse homem com a lanterna arruinou tudo.

Humano mau.

Ele arrastou as botas contra o caminho enquanto procurava por nós, sua voz rouca enquanto falava em algum tipo de dispositivo de comunicação.

— Alguma maluca — ele estava dizendo. — Ela estava fazendo strip no meio da porra do parque.

Fiz uma careta para ele. Eu não estava me despindo, apenas tirando o suéter porque queria rolar na grama verde fresca. Realmente, algumas pessoas não entendiam o que significava ser um Fae da Terra.

O que, sim, os humanos estavam alheios à nossa existência.

Erro meu.

Mas quem poderia me culpar quando eu estava cercada por toda essa vida? Eu só queria nadar na natureza deste lugar e ouvir todas as histórias das flores ao meu redor.

Zeph pressionou os lábios no meu ouvido.

— Pare com isso.

Pisquei, confusa, então percebi que as folhas estavam balançando ao nosso redor, prontas para abraçar minha magia. O desejo de ajudá-las a crescer e prosperar veio a mim de forma instintiva. Era uma parte da minha existência básica como o canal para a fonte da terra.

O humano portador da luz desapareceu na trilha, fazendo com que Zeph relaxasse um pouco contra mim.

— Temos que sair daqui.

— Por quê? — perguntei contra sua mão, e minha voz soou abafada.

— Porque já atraímos bastante atenção. Há uma divisão de Guerreiros de Sangue que escaneia relatórios de incidentes para detectar quaisquer sinais de atividade sobrenatural no Reino Humano. Se esse oficial abrir uma ocorrência sobre uma garota maluca dançando nua no parque, vai levantar uma bandeira vermelha.

Fiz uma careta.

— Eu não estava nua.

— Ainda não — ele concordou, usando a varinha para pegar meu suéter do campo e me entregando. — Coloque isso de volta, Aflora. Os humanos não brincam sem roupas no Central Park, a menos que estejam tomando banho de sol ou fazendo outras coisas.

— Eu estava fazendo outras coisas — apontei enquanto puxava o suéter sobre minha cabeça. — Eu queria sentir a grama.

Ele assentiu, contraindo seus lábios nas laterais.

— Uh-hum.

— O que foi?

— Nada.

— Esse olhar não é nada, Zeph. — Cruzei os braços. — Me diga.

Ele balançou a cabeça, curvando a boca em um sorriso carinhoso.

— Só me divirto com suas inclinações Fae da Terra. É muito estereotipado.

— Estereotipado — repeti. — De que maneira?

Ele apoiou a palma da mão na parte inferior das minhas costas para me guiar pelo caminho oposto, propositalmente nos mantendo nas áreas escuras para esconder nossa presença.

— Ninfas são uma tradição popular no Reino Humano e comumente descritas como seres da natureza que brincam nuas. — Ele olhou para mim de lado. — O que, eu tenho certeza, você estava prestes a fazer.

— Eu não sei sobre a parte da nudez — respondi. — Mas, talvez. Há tantos aromas gloriosos aqui, e a magia que vem do chão é muito sedutora.

— Sabe o que é sedutor? — ele perguntou baixinho, me guiando para uma área mais escura do parque onde o luar estava escondido pelos galhos exuberantes acima de nós. Ele me empurrou para trás com as palmas das mãos contra meus quadris. Este não era o caminho em que entramos, e meus pés calçados com botas estavam envoltos na bela grama verde mais uma vez.

Mordi o lábio e olhei para ele.

— O que é sedutor? — sussurrei, continuando a andar na direção em que ele me levou, confiando nele para não me deixar cair.

Ele aproximou seus lábios do meu ouvido.

— A ideia de te despir aqui mesmo e te comer contra esta árvore.

Minhas costas bateram em algo duro e toquei as mãos na casca atrás de mim, identificando o vivaz olmo americano. Tão grande e cheio de vida. Dei-lhe uma pequena carícia, satisfeita com suas raízes robustas e tamanho arrogante. Também gostei de como estava escuro debaixo dos galhos em forma de tronco.

E, mais especificamente, gostei de sentir Zeph me prender entre seu corpo e a superfície dura atrás de mim.

— Sim — falei baixinho, passando as mãos em seu corpo para segurar os ombros. — Gosto muito desse plano.

— Mesmo? — ele perguntou em um sussurro contra o meu ouvido. — Não será doce ou romântico, mas intenso e rápido. Pode doer.

— Você vai me morder? — perguntei a ele.

— Se você quiser.

— Quero. — Eu não estava consciente nas duas primeiras vezes que ele me mordeu, e queria senti-lo para tornar este momento nosso e a conexão única um com o outro.

— Vai finalizar nosso vínculo de acasalamento — ele alertou.

— Eu sei. — Eu não tinha medo disso. Já estávamos em uma jornada louca juntos, então podíamos finalizar isso e ver aonde isso nos levava. Que ele quisesse fazer isso aqui, no meio do meu elemento, só tornou muito mais poderoso e intenso.

Ele traçou um caminho sedutor pelo meu queixo, levando sua boca até a minha.

— Tem certeza, Aflora?

— Tenho — afirmei, passando as unhas por seu ombro até o pescoço, depois em seu cabelo para segurar sua cabeça onde eu queria. — Quero você dentro de mim, Zeph. — Falei de coração, abrangendo todas as maneiras que poderia ser interpretada, mas decidi selar o acordo com as duas palavras que eu sabia que ele realmente queria ouvir.

Porque Zeph era o tipo de homem que precisava de comunicação e confiança. — Me come.

Ele estremeceu contra mim e, qualquer restrição que ele tinha se dissolveu em um segundo.

E sua boca tomou a minha.

Não foi um beijo gentil, mas uma afirmação, me dominando com sua língua. Mas eu me segurei, me recusando a me curvar completamente, encontrando-o e o desafiando a cada passo.

Se ele quisesse me possuir, teria que me conquistar.

E eu não me curvaria facilmente.

Não essa noite.

Não enquanto estava cercada pelo poder que alimentava a Fonte de energia dentro de mim.

Este era *meu* domínio, não dele. E rainhas não se ajoelhavam a menos que quisessem.

Ele sorriu contra minha boca, sua diversão era palpável.

— Ah, Aflora, você acabou de tornar isso muito melhor. — Ele apertou meus quadris com mais firmeza quando capturou meus lábios mais uma vez, me dando um beijo selvagem e violento da melhor maneira.

Um guerreiro.

Meu guerreiro.

Houve momentos em que eu o odiei, mas ele mais do que compensou durante os momentos em que eu o adorava.

Momentos como agora.

Ele me trouxe a este lugar, me cortejou sem querer com a familiaridade da terra, e agora eu pretendia deixá-lo reivindicar sua recompensa.

Meu suéter desapareceu novamente, seguido pelo dele. Gemi quando seu peito nu encontrou o meu, meu sutiã parecendo ter desaparecido sob seu toque. Ele segurou minha bochecha, sua língua encantando a minha em um duelo sensual que eu não queria que terminasse nunca. Passei as mãos por suas costas nuas, amando a forma como seus músculos flexionavam e se moviam.

Ele era todo força e homem.

Experiente e conhecedor.

Aveludado, liso e duro como uma rocha.

— Zeph — gemi, arqueando para ele enquanto ele desabotoava minha calça jeans. Ele abriu o zíper, fazendo o som ecoar na noite, acompanhado pelo arrastar de tecido e botas enquanto ele me despia completamente, me deixando nua contra a árvore. Ele deu um passo para trás para admirar a vista, seus olhos Fae da Meia-Noite lhe permitindo ver o que um humano não seria capaz.

Isso o tornou predatório.

Cruel.

Uma pantera elegante no escuro.

Minha pele se arrepiou, minhas coxas tremeram com a necessidade, meu núcleo ficou úmido em boas-vindas calorosas.

Eu adorava a vulnerabilidade que vinha de estar nua enquanto ele ainda usava jeans e botas. Amava as sensações da magia da terra zumbindo em minha pele exposta. E ansiava pelo cheiro masculino de excitação fazendo cócegas em minhas narinas.

— Posso sentir seu cheiro — sussurrei, me encostando contra a árvore, passando as mãos em minhas próprias curvas. — Você me quer.

— Quero — ele admitiu, mas permaneceu imóvel, me observando abraçar meu elemento e me tocar da mesma forma.

Prolongar o momento me deixou carente, fez meus

joelhos ameaçarem vacilar, mas usei a terra para me manter de pé, para ser a rainha que nasci para ser.

Para ele.

Para mim.

— Zeph — eu disse, com a voz baixa e sensual.

— Aflora — ele respondeu de leve, abrindo o botão de sua calça jeans.

Eu não podia vê-lo tão bem quanto ele a mim, mas peguei o suficiente de seus movimentos para reconhecer suas intenções. O zíper sussurrou no ar, açoitando minha pele com uma nova onda de calor e antecipação. No entanto, ele não tirou as calças do jeito que tirou as minhas.

Hum, não. Ele não faria isso.

Este era Zeph.

Ele precisava de uma medida de controle, o que viria com ele estando parcialmente vestido enquanto eu permanecia vulnerável e nua entre as árvores.

Eu não me importava. Era isso o que eu queria. E sua propensão para o domínio chamou a rainha dentro de mim. Eu adorava a luta, o empurra-empurra, a necessidade de me submeter sabendo que poderia desafiá-lo se quisesse.

Isso tornou a circunstância muito mais sensual e certa.

Zeph segurou meus quadris, seus braços flexionando enquanto ele me levantava no ar.

— Enrole suas pernas em mim.

Obedeci e gemi com a sensação de sua ereção dura bem entre minhas coxas.

— Sim, Zeph. Sim.

Ele não me penetrou, mas me provocou, acariciando meu clitóris com a cabeça de seu pau com facilidade e me fazendo tremer contra ele. Ele cobriu minha boca com a sua, capturando meu grito quando o êxtase irrompeu dentro de mim sem aviso prévio. Eu nem tinha sentido isso aumentar, muito perdida para o ar provocante e a intensidade prosperando entre nós.

Ofeguei contra ele. Um pedido de desculpas estava na ponta da minha língua por gozar sem sua permissão, mas a língua dele se recusou a me deixar pronunciar as palavras. Quase como se ele não quisesse ouvi-las. E talvez não quisesse, porque eu podia sentir seu orgulho masculino vibrando ao nosso redor, seu prazer óbvio em me fazer desmoronar sem fazer muito mais do que me encarar.

— Eu amo quando você goza — ele admitiu, traçando meus lábios com os seus com cada palavra. — Vou precisar que você faça isso de novo, Aflora. Mas ao redor do meu pau desta vez.

Ele não me deu a chance de responder. Moveu os quadris e fez com que ele se encaixasse em mim, sem sequer colocar a mão entre nós. Seu corpo sabia para onde ir e como, e ele provou isso agora, me penetrando com um impulso que me deixou sem fôlego.

Seu nome ficou preso na minha garganta, um grito de dor misturado com prazer formigando contra minha língua, que foi engolido de forma abrupta por sua boca.

Ele me beijou como se precisasse da minha essência para respirar.

E então ele começou a me tomar, de verdade, com seus quadris batendo contra os meus.

Ele estava certo sobre ser rápido, intenso e doer, assim como ele avisou. Mas, ah, era tão bom, também. Dei boas-vindas aos arranhões nas minhas costas, me deleitando com o rosnado masculino vindo de seu peito enquanto ele me estocava, e inclinei a cabeça para trás em um som de aprovação que provavelmente ecoou pelo parque.

Se aquele guarda voltasse agora, eu o amarraria com uma trepadeira e colocaria uma flor em sua boca.

Porque ninguém, nem nada iria arruinar este momento.

Zeph me tinha.

E eu tinha a ele.

Tudo que eu queria agora era sua mordida.

— Por favor — implorei, me referindo à pressão crescendo entre minhas pernas e a dor em minhas veias. Eu precisava que ele terminasse isso, que nos unisse como um.

Seus lábios estavam colados nos meus e ele apertava meus quadris enquanto me inclinava para recebê-lo ainda mais fundo.

— Você é tão gostosa — ele murmurou.

— Você também — respondi, incapaz de dizer mais. Meus braços estavam em volta de seus ombros e meus tornozelos cruzados sobre sua bunda. O raspar do jeans contra a parte interna das minhas coxas intensificou momento, me lembrando da minha vulnerabilidade a cada movimento.

No entanto, senti a ternura nele também.

A maneira como ele me segurou com cuidado, sua energia guardada enquanto monitorava minhas reações aos seus movimentos e ações. Doeu da melhor maneira, e eu me certifiquei de que ele soubesse disso, olhando diretamente em seus olhos e mostrando a ele o que isso fazia comigo.

— Puta merda — ele sussurrou, tomando a minha boca novamente em um beijo brutal repleto de promessa. — Não sei o que fiz para merecer você, Aflora, mas passarei todos os dias agradecendo a qualquer poder superior que tenha colocado você em meu caminho.

Arqueei para ele, sentindo meus membros tremerem com a intensidade crescendo dentro de mim.

— Estou perto.

— Eu sei — ele falou, traçando um caminho molhado com a língua pelo meu queixo até o meu ouvido. — Eu posso sentir você apertando meu pau, linda flor, tentando me forçar a gozar mais cedo, com você. — Ele mordeu o lóbulo da minha orelha, forte o suficiente para pausar o orgasmo crescente dentro de mim. — Ainda não, Aflora.

— Por favor.

— Logo — ele prometeu, aumentando o ritmo, suavizando e prolongando o momento.

Eu queria gritar, implorar, uivar de frustração.

Mas então senti uma torção ardente em meu estômago que se enrolou na pressão que já se agitava dentro de mim, e o poder pulsava em minhas veias.

— Ahhhh...

— Sim — ele respondeu. — É isso o que eu quero.

A sensação cresceu, fazendo com que meus membros se apertassem ao redor dele, o êxtase crescendo com cada movimento medido dentro de mim.

— Zeph — murmurei, meu mundo a segundos de explodir.

— Agora — ele disse, afundando os dentes no meu pulso meio segundo depois e me atirando nas estrelas.

Minha garganta queimou com o grito que soltei, enquanto Zeph colocava a palma da mão sobre minha boca para silenciar os ecos do meu êxtase e me seguia para o abismo prazeroso.

Sua alma se entrelaçou com a minha, nos unindo de uma maneira proibida que parecia deliciosamente certa. Eu o senti entrar em mim de todas as maneiras imagináveis, sua mente se tornando minha, assim como a minha se tornou dele. As conexões se aprofundaram, seus pensamentos se fundiram e dispararam sinais dentro do meu cérebro.

Eu não conseguia entender, semelhante ao meu acasalamento com Shade, mas de alguma forma eu sabia que, se tentasse, poderia acessar qualquer história ou detalhe que quisesse, assim como ele poderia fazer o mesmo comigo.

Era um nível de confiança e adoração reservado para companheiros.

Um conhecimento de que eu não entraria nele sem ser convidada, assim como ele não entraria em minha mente sem minha permissão.

A porta poderia ser fechada também – senti agora –, mas em vez de deixá-lo do lado de fora, permiti que ele me visse, e ele retribuiu o favor na mesma moeda.

Uma abertura.

Um novo começo.

Uma relação pautada na confiança e na igualdade.

Ele ansiava por me dominar, mas desejava minha espinha dorsal e força também. Todas as suas lições foram feitas para me fortalecer, incluindo aquelas que eu odiava. Zeph só queria que eu estivesse segura, pronta para o futuro, ciente de minhas próprias habilidades.

Houve dúvidas.

Preocupações.

Problemas.

No entanto, tudo veio do lugar certo – seu coração.

Eu o beijei, meu próprio coração perdido para o dele enquanto abraçava nossa conexão e o que isso significava para nós dois. Havia medo, incerteza e pavor. Mas a adoração, a esperança e o desejo superaram as incertezas. E foi nisso que eu me agarrei.

— Precisamos ir — Zeph sussurrou, seus sentidos Fae da Meia-Noite captando algo que eu não tinha: a aproximação de humanos. — Seu grito chamou a atenção deles.

— Por que você parece satisfeito com isso? — perguntei

enquanto ele lentamente saía do meu corpo e colocava meus pés no chão.

— Estou satisfeito com um monte de coisas agora — ele admitiu, e embora eu não conseguisse distinguir sua boca, suspeitei que estava curvada em um sorriso.

Ele me entregou o suéter, em seguida encontrou meu jeans. Minhas botas foram os últimos, e quando eu estava pronta para ir, ele tinha se recomposto também.

— E a minha calcinha? — perguntei em voz alta, tentando encontrar meu sutiã e calcinha.

— Estou com ela — ele disse, me fazendo franzir a testa.

— Onde?

Mas o som de botas se aproximando silenciou sua capacidade de responder. Ele me puxou para trás de uma árvore pouco antes de um raio de luz atingir a área em que estávamos um segundo antes. Sua mão cobriu minha boca novamente, me fazendo pensar: *Você gosta dessa posição? Ou tem medo de que eu faça algum som?*

As duas coisas, ele respondeu, seus lábios roçando meu pulso. *E sua voz na minha cabeça é um som incrível.*

Eu sorri. *Gosto da sua na minha também.*

Estranhamente, não era difícil falar com ele sem Shade ouvir. Era como se eu tivesse interruptores mentais que me diziam com quem eu estava falando.

Esse mesmo interruptor se conectava às portas de seus pensamentos, chamando minha atenção para a de Shade. Eu realmente não tinha notado isso antes, sua voz mental estava sempre forte dentro da minha cabeça, mas ele selou minha capacidade de ver em sua mente. Provavelmente por causa de sua herança Fae Fortuna. Eu teria que perguntar a ele sobre isso mais tarde.

Você pode usar sua magia da terra para criar um caminho

de fuga seguro?, Zeph perguntou. *De preferência um em que os humanos não nos vejam.*

Quer dizer que não quer convidá-los para comer pães conosco?

Ele bufou em minha mente. *Que fofo, Aflora.*

Só estou verificando, respondi, sorrindo contra sua mão. *Sim, posso usar algum galho de árvore para nos ajudar, mas você vai ter que me dizer em qual direção porque este lugar é enorme.*

Eu posso fazer isso, ele concordou.

Então vamos, eu disse, já traçando um caminho por entre as árvores que nos afastaria dos humanos que pisavam na terra. *Quando voltarmos, quero tomar um banho*, acrescentei, fazendo uma careta ao dar um passo. Meu jeans vai precisar ser lavado também.

Se sentindo um pouco úmida, linda flor? Está com semente demais para o seu jardim feminino?

Quase gargalhei com a piada horrível. *Nunca mais diga isso.*

Ele riu em minha mente. *Humm, mas eu gosto de crescer dentro de você, Aflora. Te penetrar tão profundamente que você vai me sentir o dia todo.*

Pare.

Fazendo você florescer com prazer ao redor do meu grosso e...

Eu lhe dei uma cotovelada na lateral. *Se você quer que eu nos tire daqui, vai ter que parar agora.*

Sua diversão tocou meus pensamentos, mas ele cessou seu comentário sacana.

Não que eu não tenha ouvido trocadilhos semelhantes antes. Eu era uma Fae da Terra. Havia uma infinidade de declarações sensuais que poderiam ser feitas usando o elemento como base.

Só para constar, gostei de sentir você bem grosso dentro de mim, disse a ele enquanto caminhávamos. *E estou aberta para você fazer isso de novo assim que voltarmos ao seu apartamento.*

Bom, porque pretendo te comer contra a parede do box em seguida, ele respondeu, seus trocadilhos substituídos por sua habitual abordagem direta. E depois vou te comer você na minha cama.

Estremeci. *Vai me morder de novo também?*

Só se você implorar.

Olhei para ele e lhe dei o meu melhor olhar inocente. *Por favor, Diretor Zephyrus. Me morda de novo.*

— Puta merda — ele murmurou, agarrando minha mão e me puxando pelo caminho.

Sorri para sua pressa repentina.

Sim, eu podia implorar.

Talvez eu o fizesse implorar também.

CAPÍTULO TRINTA

AFLORA

Humm, eu gosto disso, pensei, me esticando contra os lençóis macios de Zeph.

Só que eram da cor errada.

Pretos, não verdes. Fiz uma careta para eles, passando os dedos pela seda enquanto olhava para um par de olhos azul-prateados.

— Oh — murmurei, surpresa. — Não percebi que tinha adormecido. — A última coisa que eu me lembrava era de Zeph me beijando depois de me tomar pela terceira vez em sua cama.

Ele realmente sabia como nocautear uma garota.

Meu sangue aqueceu com a lembrança de sua língua entre minhas coxas, sua nuca fazendo cócegas na minha pele da maneira mais sensual.

— Você está corando — minha invenção comentou, curvando os lábios. — É seu companheiro recém-vinculado inspirando esses pensamentos? Ou um dos outros?

— Zeph — admiti, sentindo minhas bochechas esquentarem mais. — Mas todos eles me fazem corar.

— Aposto que sim — ele falou, se deitando no

travesseiro ao meu lado, usando calças pretas e sem camisa. Eu tentei não admirar seu físico.

Tentei e falhei.

— Por que você continua me visitando? — perguntei em voz alta.

— Por que você acha que estou aqui? — ele respondeu com outra pergunta, arqueando uma sobrancelha. — Você me criou, certo? — Havia uma pontada de provocação em seu tom que eu provavelmente merecia.

— Sim. Para sexo — admiti.

Ele riu, o som uma profunda reverberação em seu peito que hipnotizou meus sentidos.

Por que ele tinha que ser tão bonito?

Ah, certo. Porque minha mente o fez assim.

— Eu amo o quanto você é honesta — ele comentou e seus olhos azul-prateados brilharam com aprovação. — Então estou aqui agora para fazer sexo? Porque você parece bastante saciada no momento, estrelinha.

Sua observação aqueceu minhas bochechas mais uma vez. Provavelmente não deveria me incomodar que minha mente reconhecesse meu estado de satisfação, mas ouvi-lo em voz alta – ou na minha cabeça, acho – me deixou um pouco confusa.

— Eu... eu não sei por que você está aqui. Talvez para falar sobre o que aconteceu hoje? — Evitei pensar na vila, então fazia sentido que meu subconsciente me levasse a considerar isso.

— O que aconteceu hoje? — ele perguntou enquanto se apoiava em seu cotovelo para olhar para mim. — Alguma coisa com que eu deva me preocupar?

— Eu acho que alguém tentou me prender — eu disse a ele, franzindo a testa. — Fomos à taverna para ver se eu reconhecia a magia usada durante o ataque no outro dia, e de alguma forma ele sabia que eu estaria lá. Ele estava esperando por mim... e então ele me atacou.

Ele arqueou as sobrancelhas loiras.

— Te atacou?

Assenti.

— Sim. Ou foi assim que me senti.

— Talvez ele estivesse apenas testando seus poderes para ver o quanto você sabe — ele sugeriu.

— Talvez — concordei. — Mas pareceu... agressivo.

— Isso pode ter sido a aldeia reagindo à sua magia — ele apontou em voz baixa. — Talvez ele estivesse protegendo você de uma armadilha maior para pegá-lo, não a você.

Considerei esse ângulo.

— Os alarmes estavam disparando — admiti, lembrando do grasnido e sons de pedras se movendo. — Mas não senti que estavam tentando me atacar.

— É possível que ele tenha desviado para longe de você e para si mesmo.

— Sim, isso pode ser verdade. — Franzi o cenho. — Mas ainda acho que ele pretendia me prender.

— Ou te ver, sim — ele murmurou, estendendo a mão para colocar uma mecha do meu cabelo atrás da minha orelha. — Ele pareceu ameaçador para você? Alarmante? Você ao menos sabe quem ele é?

— Sinto que o conheço — sussurrei, feliz por estar falando com a minha mente e não com outra pessoa. — Sua magia me lembra do meu passado, mas não sei por quê.

— Você está perdendo memórias — ele respondeu. — Elas foram roubadas de você para protegê-lo.

— O quê? — Olhei boquiaberta para ele. — Como você pode saber disso?

— Estou em sua mente, Aflora. Sei muitas coisas.

— Ou você está me levando a uma falsa linha de pensamento — retruquei, de repente cansada. — A verdade é que não tenho ideia de quem ele é, só que sinto como se o conhecesse. E ele não parece querer me machucar, mas definitivamente quer me encontrar.

Ele assentiu.

— Tudo verdade.

— Só não sei por quê.

— Eu acho que você sabe — ele afirmou. — E se você olhar bem o suficiente, verá o que está bem na sua frente. Quando você estiver realmente pronta, a verdade vai se revelar. Porque cada detalhe que você precisa está aqui. — Ele cobriu meu coração com a palma da mão, seu toque quente contra minha pele nua.

— Você não é muito útil — acusei, suspirando.

Ele contraiu os lábios.

— Pelo contrário, doce estrela, fui extremamente útil. Você está apenas ignorando o óbvio.

— Você quer dizer sua propensão para enigmas? — perguntei, fingindo inocência. — Sim, eles são muito úteis.

Ele soltou outra daquelas risadas e a reverberação aqueceu minha pele quando ele se inclinou para pressionar os lábios no meu ouvido.

— Você gosta de enigmas, querida estrela?

Engoli em seco. Sua proximidade fazia coisas no meu corpo que eu não queria reconhecer. Principalmente porque era errado.

— Não particularmente — sussurrei com a voz mais rouca do que eu pretendia. Por que eu tinha que criar um homem que me impactava tanto?

— Então talvez você devesse perguntar por que sua mente gosta tanto de falar neles — ele sussurrou.

Eu já sabia por quê.

— A magia Quandary tem tudo a ver com resolver quebra-cabeças. Você desmonta as coisas para juntá-las de outra maneira. Um enigma em sua essência.

— Humm, verdade — ele concordou, passando o nariz pelo meu pescoço para beijar o local onde Zeph tinha me mordido mais cedo. — Mas por que sua mente escolheria operar em enigmas quando você afirma que eles são inúteis? E se eu não for a criação da sua mente, mas algo completamente diferente?

— Então eu teria que considerar a possibilidade de estar ficando louca. — Algo que eu não queria fazer.

— Ou considerar que eu existo. — As palavras foram um beijo na minha orelha, seus dentes roçando meu lóbulo. — Voltarei em breve, doce Aflora. — Ele deu um beijo na minha têmpora, e seu olhar pecaminoso brilhou com malicia enquanto ele forçava meus olhos a se fecharem mais uma vez.

Considerar que eu existo, pensei, repetindo suas palavras com uma carranca. Mas isso é impossível.

Ou não?

— Aí está você — uma voz masculina retumbou em meu ouvido, seguida por um beijo na minha testa. — Eu estava começando a me preocupar.

— Kols? — sussurrei, abrindo meus olhos lentamente para encontrá-lo descansando ao meu lado em uma cama com lençóis de seda vermelha emoldurada por franjas douradas e pretas.

Pisquei, olhando ao redor do quarto opulento. Janelas do chão ao teto cobriam uma parede, um conjunto de portas situadas no meio que levava a uma varanda com vista para um céu negro salpicado de estrelas brilhantes.

— Onde estamos? — perguntei a ele, observando as luminárias caras e a luz bruxuleante das velas.

Ele seguiu minha leitura, contraindo os lábios.

— Na minha suíte na Mansão Nacht. Foi mais fácil trazer sua mente aqui do que acompanhá-la, já que não sei exatamente para onde Zeph te levou. Ele não está atendendo minhas ligações.

— Não? — Isso parecia estranho. — Você deveria me acordar para que eu possa ver como ele está.

— Não é necessário. Posso senti-lo perto de você agora — ele murmurou, apertando meu queixo para chamar meu foco de volta para si. — Você está no apartamento dele em Nova York?

— Sim. Ele me levou ao Central Park.

— Mesmo? — Kols parecia achar graça. — Bem, é por isso que estou lutando para me conectar com ele. Nossos telefones nem sempre funcionam em todos os reinos, mas aparentemente a manipulação dos sonhos, sim. Pelo menos, ao se conectar a um companheiro. — Ele se inclinou para roçar seus lábios contra os meus. — Senti sua falta hoje, linda.

— Também senti a sua — respondi, me sentindo quente.

— Você descobriu alguma coisa na taverna? — ele perguntou, passando os dedos em meu cabelo para pentear os fios emaranhados.

Ah, ele não sabia o que havia acontecido porque ainda não havia falado com Zeph.

— Hum, ele estava lá esperando por nós. Aquele com a magia que eu reconheço, quero dizer. Eu... acho que ele estava tentando me atingir, mas eu o impedi. Mais ou menos. — Fiz uma careta. — Foi estranho. Eu podia sentir sua magia, e a minha respondeu a ela, então o Zeph me mordeu e eu desmaiei.

— O Zeph te mordeu?

Engoli em seco, a intensidade em seu olhar dourado me deixando desconfortável.

— Sim. Para me tirar do encantamento.

Seu olhar foi para o meu pescoço, um lampejo de ciúme queimando nas profundezas de seus olhos cheios de alma.

— Estou feliz que ele tenha feito isso — ele disse, afastando a mão do meu cabelo para passar os nós dos dedos sobre meu pescoço. — Proteger você é a prioridade número um. E você está certa. Quem quer que seja o Quandary de Sangue responsável por esses ataques está tentando te levar.

A certeza em seu tom me fez observar sua expressão.

— Como você sabe disso? — perguntei. — E como sabe que é um Quandary de Sangue? — Discutimos a familiaridade de seu poder, mas não determinamos a espécie Fae. Pelo menos, não com a determinação que ele acabou de dizer aquelas palavras.

— Há muito que preciso lhe dizer, Aflora — ele falou, suspirando e retirando a mão. — Na verdade, é por isso que eu trouxe você aqui. Embora essa conversa seja melhor pessoalmente, não posso sair sem parecer suspeito e não queria esperar para contar o que descobri. Meu pai está exigindo que eu fique aqui nos meus dias livres para revisar alguns textos relacionados à nossa situação atual.

— Ah. Eu não vou gostar disso, não é?

— Não, não vai — ele concordou, parecendo triste. — Descobri hoje que certos membros do Conselho e nosso círculo de Anciões estão escondendo vários segredos cruciais, todos girando em torno dos Quandary de Sangue.

Meu coração caiu no estômago enquanto ele continuava me contando tudo sobre sua reunião hoje e como eles questionaram o Diretor Irwin. Ele me contou como soube que os Quandary de Sangue não foram erradicados, como os Anciões continuaram caçando-os com a ajuda do Conselho, e como Shade sabia disso por meses sem deixar transparecer.

— Ele te mordeu porque eles mandaram — Kols acrescentou. — Ou era o que eu achava, até falar com ele depois. Ele está escondendo algo, e suspeito que seja relacionado a Faes Fortuna, porque ele mencionou *ver* um caminho futuro.

— Sim — eu sussurrei.

— Você sabia disso?

— Não sobre os segredos do Conselho ou que o mandaram me morder, mas sei que ele está trabalhando com uma Fae Fortuna. — Eu não sabia se deveria ou não explicar. A história não era minha e, embora confiasse em Kols, não queria colocar Shade em risco.

— Isso explica sua propensão para ser enigmático — Kols murmurou, flexionando o braço enquanto se arrastava na cama ao meu lado. Isso chamou minha atenção para seu peito esculpido. Semelhante à minha invenção, ele usava apenas calças de pijama, enquanto eu permanecia nua.

Não era muito justo.

E pensar na minha invenção de cabelos brancos me lembrou de suas palavras finais. *Considerar que eu existo.*

Será?, eu me perguntei. *Você existe?*

Então como ele estava em meus sonhos? Bem, Kols se infiltrou na minha cabeça sem acasalar. Então definitivamente era possível. Eu precisava descobrir mais sobre como ele fez isso. Isso me ajudaria a determinar se eu tinha alguma coisa com que me preocupar ou se minha cabeça estava apenas me pregando peças.

— Há mais — Kols falou, me trazendo de volta à nossa conversa. — É sobre seus pais.

Gelo escorreu pelas minhas veias, seu tom me dizia que

nada de bom viria do que quer que ele fosse dizer em seguida.

— O que tem eles? — perguntei.

— Não há uma maneira fácil de dizer isso, Aflora, então vou só contar o que descobri.

— Tudo bem.

Ele respirou fundo, suas íris douradas cintilando com remorso.

— Os Anciões Fae da Meia-Noite os mataram por serem simpatizantes à causa dos Quandary de Sangue.

Paralisei. Suas palavras não foram totalmente registradas sob o baque em meus ouvidos.

Não.

Não, isso não pode estar certo.

— Eles... — Limpei a garganta. Minha voz estava rouca. — Eles eram Faes Reais... — eu parei, minha voz ainda não muito boa. Soou alta agora, como um grito. Ou talvez fosse só eu.

E uau, eu estava tonta.

Estrelas dançavam ao meu redor. Realeza. Hum. Isso me lembrou do cara do sonho novamente e seu apelido para mim. Nunca perguntei por que me chamava de *estrela*, de todas as coisas, nem sabia o nome dele. Eu provavelmente deveria dar um a ele.

Você sabe, depois que eu resolvesse essa tontura.

Porque sim, hum, o mundo estava começando a escurecer.

— *Aflora.* — O tom urgente parecia um tapa nos meus sentidos, me puxando de volta para... o quarto de Zeph.

Olhei para as janelas com vista para o prédio do outro lado da rua, inclinando a cabeça para o exterior estranho.

— Isso é tijolo? — perguntei. Uma pergunta tão fútil,

mas parecia mais fácil do que enfrentar os pensamentos tumultuosos em minha mente.

As palmas das mãos de Zeph queimaram em minhas bochechas, me forçando a olhar para ele. Em algum momento, ele me puxou para baixo de si, e apoiou os cotovelos em ambos os lados da minha cabeça. — O que foi que aconteceu? — ele questionou.

Olhei para ele e notei a fúria em seus olhos verdes.

— O que você quer dizer? — E uau, minha voz soou terrível. Eu realmente precisava de um copo de água porque minha garganta estava me matando.

— Você acabou de passar os últimos cinco minutos gritando — ele grunhiu. — Eu não consegui te acordar e tive que colocar a palma da mão sobre a sua boca para silenciá-la antes que você alarmasse todos os humanos no prédio.

— Ah.

— Sim, ah. O que foi, Aflora?

Abri a boca para dizer a ele, mas não consegui. As palavras ficaram presas na minha garganta.

E então seu telefone começou a tocar.

— Atenda — consegui dizer.

— Foda-se o telefone.

— É o Kols — eu disse, sabendo que provavelmente o assustei ao sair tão abruptamente. Mas não havia como suas palavras serem verdadeiras. — Meus pais eram Fae Reais. — A declaração era mais para mim do que para Zeph. — Não faz sentido. Eles não seriam capazes de fazer isso. O Conselho Fae Elemental... — Eu parei, tentando descobrir como um Fae da Meia-Noite se safou de *assassinar* meus pais.

E o que Kols quis dizer sobre eles serem simpatizantes

dos Quandary de Sangue? Eu nem sabia o que era isso até recentemente.

Exceto...

Eu sou uma.

Arregalei os olhos.

— Claro — sussurrei. — Eles... eles estavam me protegendo.

Mas isso só poderia significar que eles sabiam sobre meu status de abominação. Um deles era realmente um Quandary de Sangue?

— Não é possível — continuei em voz alta, alheia a tudo ao meu redor. — Um Fae da Meia-Noite não pode se conectar à Fonte da Terra. A menos que... — Entreabri os lábios e minha garganta ficou seca. — A menos que um Quandary de Sangue tenha religado...

Estendi a mão para Zeph, seu calor deixando o meu quando ele foi pegar o telefone. Ele segurou meu pulso, entrelaçando nossos dedos.

— O que foi? — ele perguntou baixinho.

— E se meus pais não fossem Faes da Terra, mas Quandary de Sangue que religaram a Fonte da Terra para aceitar sua magia? — perguntei a ele com meu coração batendo de forma irregular no peito. — E se eles não fossem simpatizantes, mas verdadeiros Quandary de Sangue se escondendo da erradicação? Eles eram antigos, Zeph. Muito, muito antigos.

Minha mente continuou trabalhando no quebra-cabeça, as peças se encaixando.

— Eu era a única herdeira deles. Uma herdeira que eles deixaram com uma mãe solteira e seu filho muito poderoso. Sol. Talvez eles tenham escolhido essa família porque sabiam que sua linhagem era a conexão legítima com a

Fonte, e é por isso... — Encontrei o olhar de Zeph. — É por isso que ele está conectado a ela agora.

Era incrivelmente raro para uma Fonte Elemental permitir que uma nova entidade acessasse o poder quando já tinha um poderoso condutor.

— Achei que a fonte da terra tinha acolhido Sol por causa de seu acasalamento com a Claire. — Ela tinha acesso a todos os cinco elementos. Fazia todo o sentido. — Mas e se não tivesse nada a ver com ela, e fosse a fonte se realinhando com o monarca apropriado?

Minha vida inteira tinha sido uma mentira.

Meus pais nunca foram Faes da Terra.

— Eu sou uma Quandary de Sangue. — No entanto, essa afirmação não parecia muito certa, e minha ligação com meu poder elemental gritava com o erro dessa afirmação, me confundindo ainda mais. — Já não sei quem sou. — Meus olhos não se encheram de lágrimas. Meu coração não se partiu. Minha mente continuava zumbindo com teorias e possibilidades.

Mas no final de tudo, eu sabia de uma coisa com certeza: eu desprezava o Conselho Fae da Meia-Noite e seus Anciões.

— Eles mataram meus pais — sussurrei. — *Eles mataram meus pais.* — E eles se livraram.

Eles vão pagar, jurei, sem saber com quem falava.

Vão, sim, uma voz sombria sussurrou de volta.

Só por um momento, jurei que pertencia à minha invenção.

Mas isso não era possível.

Ele só existia na minha cabeça.

CAPÍTULO TRINTA E UM

KOLS

— ELA ESTÁ DORMINDO DE NOVO — ZEPH DISSE PELA LINHA, SUA voz cansada. — Merda, Kols. O que foi que acabou de acontecer?

Passei os dedos pelo meu cabelo e suspirei.

— Muita coisa. Um monte de merda. Espere aí.

Lancei uma infinidade de feitiços ao redor do meu quarto para garantir que não houvesse dispositivos de escuta. Depois de saber o que eu soube hoje, eu não confiava mais em ninguém, incluindo minha própria família. Porque claramente eles estavam me escondendo algo. Pelo menos, meu pai e meu avô estavam.

Quando terminei os feitiços, peguei o telefone novamente.

— Temos certeza de que esta linha é segura?

— Por favor — Zeph murmurou. — Os braceletes estão funcionando, certo?

— Sim. Felizmente. — Porque se alguém sentisse meus vínculos com Aflora, eu estaria fodido, e não no bom sentido. Já que o mesmo cara que fez a pulseira que estava em volta do meu pulso também encantou nossos telefones, eu poderia seguramente assumir que nossa conversa seria privada.

Desabei na cama e contei a Zeph sobre a reunião, terminando com a parte sobre os pais dela.

— Era onde eu estava quando ela acordou.

Zeph ficou em silêncio, provavelmente em estado de choque. O que, sim, eu senti o mesmo quando ouvi tudo nas Câmaras do Conselho.

— Acho que é seguro dizer que ela não aceitou bem a notícia — Zeph murmurou.

— Obrigado por dizer o óbvio — respondi, apertando a ponta do nariz em frustração. — Ela vai me odiar, Zeph.

— Não vai — ele respondeu. — Ela sabe que não foi você.

— Sabe mesmo? — Porque realmente não parecia. — Eu não tinha ideia até hoje.

— Eu sei que você não sabia.

— E eu não podia deixar de contar a ela — acrescentei. — Parecia errado guardar isso para mim.

— Não, era a coisa certa a fazer — ele concordou. — Ela vai ver isso. Confie em mim.

Suspirei, afastando a mão do nariz e apoiando na cama, enquanto olhava para o teto.

— Ela disse que você a mordeu de novo.

— Sim — ele respondeu, limpando a garganta. — Algumas vezes.

Eu queria odiá-lo, gritar com a injustiça de ele tomá-la antes que eu tivesse a chance, mas meu entorno me lembrou por que eu não podia dar o próximo passo. Ainda não. Não até que eu descobrisse como terminar o acasalamento sem prejudicar a nós dois. — Ainda bem que as pulseiras funcionam — falei depois de um tempo.

— Você está com ciúmes.

— Caramba, sim, estou.

Ele riu.

— Não foi exatamente planejado.

— Mas você não está arrependido — apontei.

— Não, não estou — ele admitiu sem hesitar. — Ela é minha.

— Nossa — corrigi.

— Verdade.

Um silêncio confortável caiu entre nós enquanto eu considerava como seria um futuro com ela.

— Talvez devêssemos fugir — sugeri. — Levá-la para longe dessa confusão e nunca mais olhar para trás.

Ele permaneceu quieto por um longo momento antes de murmurar:

— Você nunca se perdoaria. E nem ela. A razão pela qual vocês dois são tão compatíveis é que vocês compartilham um senso de responsabilidade pelos outros, e você não vai virar as costas para os Faes da Meia-Noite. Nem mesmo por ela.

Eu o desprezava por estar certo. Apenas por um momento. Então permiti que o aborrecimento me deixasse porque ele tinha razão.

— Eu não posso parar a ascensão. — As marcas pretas que se contorciam em meu torso e braços eram prova disso.

— E ela não gostaria que você fizesse isso.

— Eu sei. — Soltei outro suspiro. — Puta merda, eu sei, mas seria muito mais fácil se eu pudesse.

— Quer saber o que acho sobre soluções fáceis?

— Elas nunca duram — eu disse, ciente de seus pensamentos sobre o assunto. — Sim, sim.

Eu podia ouvi-lo sorrindo.

— Você quer que eu te mime e tenha pena de você?

— Vá se foder — murmurei.

— Então pare de choramingar.

— Não estou fazendo isso. Só estou contando minhas esperanças e sonhos para que você possa esmagá-los como sempre faz.

Ele bufou.

— Tanto faz, Príncipe da Meia-Noite.

— Nem comece essa besteira comigo — murmurei. — Nós não vamos voltar para a palhaçada do título novamente.

— Você realmente odiou, não é?

— Você sabe que sim. — Toda a sua postura formal serviu como uma punição para nós dois. — Toda a situação não foi nossa culpa. Ela jogou conosco. Fim da discussão.

Ele ficou em silêncio novamente, me fazendo pensar se voltaria à postura anterior e me mandaria me foder. Mas, em vez disso, ele falou baixinho:

— Eu deveria ter previsto.

— Eu também — disse a ele, assumindo minha parte no erro do nosso passado. — Eu sei que meu pai te culpou como meu Guardião por não vetá-la, mas como o futuro rei, eu não deveria ter permitido que ela me seduzisse. Assim que eu ascender, você será reintegrado. Na verdade, não, você vai ficar em uma posição mais elevada por causa de todo, hum, relacionamento quádruplo. — Isso seria sem precedentes, mas eu não me importava.

— Eu fiquei bravo comigo mesmo, não com você — Zeph admitiu depois de um tempo. — Ela te machucou sob minha vigilância, e isso...

— Acontece — respondi. — Você não falhou comigo. Nós falhamos. Mas não vai acontecer de novo. — Pensei em Aflora enquanto falava, imaginei-a dormindo ao lado dele. — Vamos fazer o certo por ela, Zeph.

— Sim — ele concordou. — De alguma maneira.

— Nós vamos resolver isso. — Porque não havia outra escolha. — Ela é nossa.

— É, sim — ele murmurou, seu tom cheio de admiração. Eu praticamente podia vê-lo acariciando os cabelos delas com os dedos, uma visão que fez meus lábios se curvarem, paralisando de repente quando o movimento de um pé me fez desviar os olhos para a porta lateral.

A que dividia meus aposentos com os de Tray, não o salão principal.

Eu não tinha ouvido abrir.

Nem a tinha ouvido fechar.

E Tray estava ali dentro, com os braços cruzados e a expressão furiosa.

— Merda — eu disse, me sentando. — Preciso ir.

— O que houve? — Zeph perguntou, imediatamente alerta.

— O Tray está aqui e, pelo olhar que ele está me dando, tenho certeza de que ele ouviu a maior parte da nossa conversa.

— Na verdade, tudo — Tray respondeu, seu tom me dizendo como ele se sentia sobre eu mantê-lo no escuro. — Você encantou a sala inteira, mas se esqueceu da porcaria da porta que liga nossas suítes.

— Sério? — Zeph parecia exasperado.

— Preciso ir.

— Resolva isso — Zeph falou, desligando.

— Sim, claro — respondi para o telefone, jogando-o para o lado. — Tray...

— Você acasalou com ela, não foi? — ele acusou.

Arregalei os olhos, indo para a porta que eu aparentemente me esqueci de encantar. *Atitude de novato*, me repreendi.

— Já a encantei — Tray falou, se referindo à porta. —

Somos só nós dois. E nada mais de segredos. Chega de se esconder. Fale comigo.

Fiquei parado, olhando para ele, sem saber por onde começar.

E essa foi aparentemente a resposta errada.

— Você acha que sou idiota? — ele questionou. — Sei há algumas semanas o que aconteceu no quarto dela naquele dia, e a verdadeira razão pela qual você o incendiou. Eu podia sentir, Kols. Mas esperei que você viesse até mim para confirmar o que eu já sabia. E tive que ouvir sobre isso através da porcaria da porta?

— Merda — repeti, claramente sem saber o que dizer. — Não queria te envolver.

— Eu sou seu irmão gêmeo — ele fervia. — Você não acha que posso sentir essas coisas? Estamos magicamente ligados pelo sangue, Kolstov.

Esfreguei a mão no rosto.

— Sinto muito. — Duas palavras que não ajudavam na situação, mas tinham que ser ditas. — Eu não queria arriscar que você soubesse demais. Você sabe como isso é ruim, o que eles vão fazer se descobrirem.

— E você achou que eu ia te denunciar?

— Não — respondi sem hesitar. — Eu estava preocupado com o que eles fariam com você se descobrissem que você sabia e não me denunciou.

— Acha que tenho medo deles?

— Deveria ter — murmurei, pensando no que descobri hoje. — Eles estão caçando uma raça e exterminando qualquer um envolvido, incluindo Faes Reais, como os pais da Aflora. Você acha que eles poupariam a mim ou a você se descobrissem?

Há alguns meses, eu poderia ter pensado que eles nos

perdoariam por causa de nossas linhagens. Agora? Sim, agora eu não tinha tanta certeza.

— Ela é uma Quandary de Sangue, Tray — sussurrei. — Ou pelo menos em parte. Nós realmente não sabemos, mas ela tem magia cerúlea e pode fazer e desfazer encantamentos.

Ele me olhou, chocado.

— Por isso ela sabia a música.

— Sim, mas ela não entendia a letra — respondi.

Ele começou a assentir, seu choque evidente.

Como ele não disse mais nada, acrescentei:

— Agora você entende por que eu escondi isso de você? Da Ella? Se o Conselho descobrir... — Eu não precisava terminar essa declaração, sua expressão me dizia que ele já sabia.

— Puta merda, Kols.

— Exatamente — murmurei, rolando para fora da cama para ficar de pé. Como eu, ele estava usando uma calça de pijama e nada mais. — A Ella está dormindo?

— Sim — ele respondeu, parecendo derrotado. Os dois se juntaram a mim e nossos pais para jantar esta noite, mas Tray não sabia o motivo da reunião de família. — Eu não posso acreditar que nosso pai escondeu tudo isso de nós.

— Isso levantou algumas questões — admiti. — Como ele está bem em exterminar nossa própria espécie. Entendo que os Quandary de Sangue são terrivelmente poderosos, mas a Aflora...

— Ela não pode nem matar um cipó ardente — Tray respondeu.

— Exatamente. — Ela não era fraca, de forma alguma, apenas cautelosa. Cuidadosa. — Ela nunca machucaria alguém para ganho pessoal. Caramba, ela quer se entregar como uma abominação porque não se vê mais apta para liderar. Como o Conselho poderia votar para matar alguém assim? Ela é honrada e gentil.

— Ainda estou tentando entender como eles assassinaram os pais dela. Como foi que eles conseguiram se safar disso?

Balancei a cabeça.

— Não sei, mas se os Faes Elementais descobrirem, haverá uma guerra.

— É por isso que a mantiveram viva? A Aflora, quero dizer. — Ele franziu a testa. — Espere, não, você disse que era porque ela é uma isca?

Sim, foi o que eu disse a Zeph.

— Eles querem que eu a deixe ser capturada.

Tray grunhiu.

— Isso nunca vai acontecer.

— De jeito nenhum. — Mas eu não me importaria de ir com ela conhecer quem estava por trás dos ataques. Não para lutar com eles, apenas para descobrir seus motivos.

Porque uma coisa ficou muito clara para mim hoje.

O Conselho não podia continuar a operar como fazia atualmente.

— As coisas precisam mudar — sussurrei. — Esta não é a maneira correta de liderar.

Tray encontrou meu olhar, seus olhos escuros me lembrando os de nossa mãe. Ele abaixou o queixo.

— Você tem meu apoio a cada passo do caminho, irmão. Sempre.

Nenhum indício de incerteza, apenas lealdade infalível.

Não o questionei, porque prometi o mesmo a ele.

— Só espero não nos matar — admiti, sentindo como se tivesse o peso do mundo em meus ombros.

— Você não vai — ele respondeu. — Algo me diz que sua companheira não vai permitir isso.

Contraí os lábios.

— Ela é um pouco durona quando quer.

— Ela tem que ser, para aturar suas besteiras — ele respondeu.

— Idiota — resmunguei, mas não consegui parar meu sorriso.

Porque sim, ele estava certo.

Ela aguentava muito.

E eu meio que a adorava por isso.

— E agora? — ele perguntou.

— Agora eu finjo que tudo está normal e rezo para o Fae que nosso pai não descubra — eu disse a ele.

Tray me deu uma olhada.

— Parece um plano brilhante, amigo. Top de linha.

— Se você pensar em um melhor, serei todo ouvidos — falei.

Ele apenas balançou a cabeça.

— Vou voltar para a cama. Algo me diz que vou precisar de todo o sono possível, porque nosso pai disse que vou me juntar a você amanhã para qualquer discussão que ele queira ter.

— Tente parecer surpreso se ele mencionar os Quandary de Sangue.

— Confie em mim, isso não vai ser difícil — ele admitiu.

Sim, imaginei que não seria.

— Ah, mas há um aspecto positivo em tudo isso — ele disse, indo em direção à porta.

Arqueei uma sobrancelha para ele.

— Qual é?

— Você não precisa mais acasalar com aquela vaca da Emelyn — ele respondeu, claramente animado.

Eu ri.

— Um viva aos pequenos milagres — falei.

— Eu chamaria isso de um milagre enorme — ele me corrigiu.

Eu grunhi. Ele estava absolutamente certo sobre isso.

Quando ele desfez o encantamento para poder sair, peguei meu telefone e enviei uma mensagem rápida para Zeph.

Resolvido. Mas o Tray sabe praticamente de tudo.

A resposta de Zeph veio alguns minutos depois. *Algo me diz que ele já sabia e estava só esperando o momento certo para te pegar na verdade.*

Considerei isso com tudo que Tray tinha acabado de dizer e respondi:

Você está certo.

Eu geralmente estou, ele respondeu de volta.

Revirei os olhos.

Cuide da Aflora. Diga a ela que sinto muito.

Pode deixar, ele enviou.

Desliguei o telefone e me acomodei em meus lençóis. O amanhã chegaria muito cedo, e eu precisava estar preparado, assim como Tray disse.

E eu também precisava de um plano muito melhor.

CAPÍTULO TRINTA E DOIS
AFLORA

Oito dias depois e eu ainda não conseguia parar de pensar no que Kols me disse sobre meus pais.

Era como descobrir que eles tinham morrido de novo, só que eu não soube disso antes. Senti suas almas se separarem da fonte – uma experiência que altera a vida de uma criança de sete anos – e entendi o que isso significava. No entanto, eu nunca soube *por que* isso aconteceu. Ou como.

E agora eu sabia.

Os Anciões Faes da Meia-Noite assassinaram meus pais.

Porque eles eram Quandary de Sangue? Porque estavam ajudando essa espécie?, eu não sabia. Mas Kols havia prometido descobrir tudo o que pudesse, incluindo quem, especificamente, os havia matado e como.

Eu não o culpava. Sabia que ele não era responsável por isso. No entanto, isso não me impediu de me sentir desconfortável perto dele e de sua conexão direta com a fonte.

Ele era seu futuro líder.

O Rei Fae da Meia-Noite que estaria encarregado de

exterminar os Quandary de Sangue e qualquer um que os ajudasse.

Que vidas violentas esses Faes levavam. Senti falta do meu lar elemental cercado por energias prósperas, amor pelos espíritos e pela existência em geral.

No entanto, eu não poderia voltar para eles.

Não na minha forma atual.

Porque eu era uma abominação de origem desconhecida. Quem sabia se meus pais eram os herdeiros legítimos da Fonte da Terra?

Shade se aproximou, colocando a mão em minhas costas quando se inclinou para beijar minha têmpora.

— Quer matar aula? — ele me perguntou baixinho. — Tenho certeza de que o Zeph não vai se importar.

Olhei para meu companheiro Guerreiro de Sangue e observei enquanto ele se esticava ao lado de Kols do outro lado do pátio. Ele insistiu para que voltássemos para a Academia depois de duas noites em Nova York, dizendo que precisávamos apresentar uma fachada normal e fingir que não sabíamos nada sobre o plano do Conselho de me usar como isca.

Argumentei que colocaria os alunos em perigo me manter perto deles.

Meus companheiros então me lembraram que me manter segura na Academia seria mais fácil do que no mundo aberto. Porque aqui eles tinham proteções nefastas que automaticamente me protegeriam como aluna. Tornando assim menos óbvio quando eles me protegeriam também.

Essa coisa toda parecia um jogo de espera – um que eu não queria jogar.

— Aflora? — Shade murmurou, roçando os lábios em minha orelha e provocando um arrepio em minha espinha.

Fiquei na casa dele depois da aula de Conjuração Avançada ontem. Isso proporcionou uma boa mudança de ritmo e meio que solidificou nossa nova existência, onde Zeph, Shade e Kols de alguma forma conseguiam me compartilhar de um jeito uniforme. Shade nunca se juntava aos outros dois, mas Zeph e Kols pareciam gostar de me colocar entre eles. Ou às vezes, Kols ficava no meio. Eram experiências interessantes.

— Esse olhar em seus olhos me faz querer matar aula ainda mais — Shade murmurou, me puxando para encará-lo. — Você está pensando no último...

Uma explosão de magia do outro lado do pátio fez nós dois nos separarmos para encontrar a fonte.

— Que merda é essa?! — Kols gritou enquanto pegava a bola de fogo com a mão e a jogava para baixo para sufocar com o sapato.

— Essa é a minha fala, Kolstov — Emelyn retrucou com outra chama na palma da mão. — Você se esqueceu de me dizer alguma coisa, querido noivo?

Meu coração caiu em meu estômago. *Ah, não. Ela sabe. Ela sabe que nós nos unimos e agora...*

— Tenho certeza de que há muitas coisas que esqueci de lhe dizer — Kols falou lentamente, de alguma forma conseguindo soar entediado e irritado ao mesmo tempo. — Importa-se para elaborar sobre qual item você está perguntando?

Emelyn bufou e jogou a esfera inflamada em sua cabeça, mas ele a pegou novamente e a dispensou como a primeira.

— Faça isso mais uma vez e eu lhe mostrarei como usar corretamente o WarFire. — A ameaça permaneceu em suas íris douradas, provocando um calafrio na minha espinha.

Tanto poder, pensei. *Tanta beleza também.*

Emelyn estava alheia à ameaça ou não se importava. Ela parou bem diante dele.

— Por que um vestido chegou para mim hoje, enviado por sua mãe? Achei que tínhamos concordado em não irmos juntos ao Baile de Gala de Sangue.

Franzi o cenho quando olhei para Shade, minha conexão mental com ele se abrindo automaticamente. Baile de Gala de Sangue?

Bobagem política, ele respondeu. *A família Nacht oferece um baile a fantasia anualmente. Eu sempre falto, mas espera-se que o Kolstov compareça com a Emelyn.*

Fiz uma careta. *Ah. Certo. Noivado.*

Uma visão de Kols levando Emelyn como sua acompanhante para o evento flutuou em minha mente, e eu não me importei muito com isso. Nem um pouquinho.

Kols suspirou.

— Puta merda. Me esqueci de falar com meu pai sobre isso.

— É óbvio — ela falou com raiva. — Resolva isso.

— Sim, eu vou resolver— ele murmurou.

— Não, você vai resolver isso agora — ela exigiu. — Eu não vou.

— Eu disse que vou cuidar disso, Emelyn.

— Sim, e foi isso o que você disse há semanas, Kolstov. Quero que isso seja resolvido agora mesmo. — Ela colocou as mãos nos quadris.

Qualquer que fosse a expressão que ela deu a ele parecia irritá-lo ainda mais, porque seus olhos dourados giravam com poder vermelho.

— Lembre-se com quem você está falando, Elite de Sangue.

— Com o meu noivo — ela grunhiu.

— Seu futuro rei — ele a corrigiu em um tom tão frio,

que fez todos os pelos ao longo dos meus braços se arrepiarem.

O poder chiou no ar quando os dois se enfrentaram.

Meu estômago se revirou com a essência da Fonte Sombria, minha magia Quandary queimando para a vida dentro de mim com a chamada familiar. Estremeci, tentando afastá-la, mas ela se espalhou como fogo rápido em minhas veias.

Aflora? A voz profunda de Zeph ecoou pelos meus pensamentos.

Minha mente desligou minha capacidade de responder, devido a magnitude da energia emanando ao meu redor, através da minha alma, e roubando o ar dos meus pulmões.

Shade agarrou meu pulso e sua voz soou urgente no meu ouvido. Tentei ouvi-lo, compreender suas palavras, mas não consegui entendê-lo por causa do rugido do som dentro da minha cabeça.

As íris douradas de Kols encontraram as minhas, sua expressão se derreteu em preocupação enquanto ele tentava aproveitar seu poder, mas era tarde demais. Ele lançou muito, sua conexão com a Fonte prosperando entre nós como no dia em que nos unimos.

Só que isso era pior.

Isso me atingiu em um nível que eu não entendia e a essência sombria queimava meu ser e me deixou de joelhos.

Kols gritou enquanto as linhas pretas subiam por seu pescoço, se contorcendo e agitando uma cascata de eletricidade que chiou pelo ar e atingiu minha pele.

Brasas azuis cintilaram na ponta dos meus dedos, me forçando a prendê-los nas lâminas de carvão. A dor subiu pelos meus braços e desceu pela minha espinha, me fazendo tremer sob o peso da magia opressora.

Fogo vermelho correu pelo chão, me circulando.

Meu corpo reagiu de forma defensiva, disparando uma série de cores em resposta. Azul. Verde. Roxa.

Como isso é possível? pensei, com lágrimas borrando minha visão. *Ah, Fae. Queima!*

As chamas vermelho-sangue lutaram contra as minhas, o poder aumentando em uma série de luz que me cegou temporariamente.

E então Emelyn apareceu, seus olhos negros semicerraram com fúria enquanto ela se engajava em uma batalha que eu não entendia.

Tudo começou a girar, sua energia de alguma forma se conectando à minha em um aperto de mão selvagem que ondulava pelo ar. Zeph e Shade gritaram dentro de meus pensamentos, suas vozes me deixando desequilibrada e incerta enquanto um tornado de poder me tomou em uma nuvem, o mundo desaparecendo atrás de uma espessa poluição.

Uma mão agarrou a minha, unhas enfiadas em minha carne.

Não era um dos meus companheiros.

Emelyn.

Sua essência Elite engajou a minha, lutando contra meu poder pelo domínio.

Só que não foi meu lado Quandary que engajei para revidar, mas um novo vínculo com a inesperada magia do Guerreiro.

Zeph.

Também senti Shade.

O que está acontecendo comigo?, perguntei, me sentindo fria e quente ao mesmo tempo. *Pare com essa loucura!*

Ergui os braços, forçando Emelyn a me soltar, e gritei quando o ciclone me liberou de seu aperto enfumaçado.

Aterrissei com um baque e minhas calças rasgaram quando meus joelhos encontraram a grama afiada.

Meu peito arfava, com a respiração ofegante.

Muita magia. Tem demais! Expulsei a energia crescente para o solo, forçando onda após onda esmagadora a penetrar fundo na Terra. Só que senti Shade e Zeph absorver isso através de nossos vínculos. Kols também.

E uma quarta fonte que não entendi.

Uma fonte que me lembrou de casa.

Arregalei os olhos quando percebi o que isso significava: eu estava alimentando energia sombria na Fonte da Terra! Imediatamente me afastei, caindo de lado em uma bola de tremores absurdos.

Abominação, disse a mim mesma. *É por isso que todos nos temem.*

Porque eu não podia controlar isso.

Eu não conseguia parar.

E tinha acabado de atacar *minha casa*. Meu elemento. Minha verdadeira razão de ser.

Estendi a mão em um fio provisório, implorando a quaisquer deuses Fae que existissem para que eu não tivesse causado nenhum dano permanente. Mas enquanto eu cutucava minha energia Terrestre, não encontrei nada nefasto ou alterado. Apenas minha conexão profundamente enraizada com a existência da vida.

Franzi o cenho. *Isso é impossível. Eu senti o quarto elo, o...*

— Aflora! — Emelyn gritou, forçando minha atenção para ela e as ameaças que nos cercavam.

Entreabri os lábios em choque.

Não estávamos mais no pátio de treinamento, mas na Floresta Mortal.

E as sombras invasoras sussurravam perigo.

Emelyn enviou uma teia crepitante em direção a uma, o

que resultou em um eco agudo e estridente que soou através dos troncos negros das árvores.

Fumaça quente e acre subiu no ar.

Esta não era a mesma parte da Floresta Mortal que visitei com meus companheiros, mas uma área mais profunda que claramente não via vida Fae com frequência. Porque fluxos de líquido ígneo escorregavam pelas rochas de obsidiana, uma das quais estava a menos de trinta centímetros da minha forma de bruços. Se eu tivesse caído apenas alguns centímetros à esquerda, teria sido queimada viva.

— Fae... — murmurei, olhando ao redor para me orientar.

O céu não tinha estrelas, a cortina escura criava uma atmosfera gelada com os fluxos de chama aquecidos e iluminados em tons de vermelho e laranja.

— Aflora! — Emelyn gritou novamente, o medo gravado em sua voz.

Uma criatura de rocha de algum tipo veio em direção a ela, e as pontas dos dedos eram longas garras de chamas negras. Ele a atacou, pegando seu pulso. Ela gritou de dor, seus feitiços não eram páreo para o monstro.

Eu me forcei a ficar de pé, tomando cuidado com o terreno ao redor, e procurei por minha varinha.

Onde eu...

As garras da coisa saíram da outra mão, envolvendo o pescoço dela e me forçando a agir por instinto. Um feitiço saiu da minha boca – um que eu nunca aprendi – e atingiu o ser diretamente no torso. A criatura soltou um grunhido alto e ruidoso, então explodiu em um monte de seixos.

Emelyn caiu no chão, com o pescoço e pulso carbonizados pelo aperto da criatura. Pulei sobre um dos riachos de fogo, depois um segundo, e me ajoelhei ao lado dela. Ela revirou os olhos, o poder escapando de sua forma sem vida.

A adrenalina disparou em minhas veias e minha mente zumbiu com soluções que eu não entendia. Elas vieram de um lugar profundo, um fio estranho ligado à minha magia Quandary. Eu o puxei, trazendo-o para a frente, e vasculhei a teia de magia diante de mim.

O caos ecoou ao meu redor.

Mais duas criaturas de pedra ganharam vida com aquelas garras mortais apontando para mim e Emelyn. Um feitiço escapou da minha boca que criou uma parede defensiva, mais da energia de Zeph nos cercando enquanto eu tocava na linha Quandary que me forneceu um fio de pensamento repleto de magia.

Palavras escaparam da minha boca que não pertenciam a mim, mas a outra coisa.

Não, outra pessoa.

O vínculo Quandary.

Quem é você? me surpreendi mesmo enquanto falava, com a cabeça girando sob um ataque de confusão e realidade entrelaçados como um.

Não pense, faça, uma voz profunda respondeu.

Familiar.

Calorosa.

Repleta de memórias e sonhos...

Uma visão de cabelo branco cintilou em meus pensamentos e desapareceu em um instante enquanto eu obedecia ao seu comando.

No entanto, ele não estava falando comigo, mas estava me permitindo acesso à sua mente e poder, me concedendo o conhecimento que eu precisava para sobreviver a essa insanidade. Também não estava disposto, mais como meu espírito exigindo sua conformidade para minha própria sobrevivência.

E eu o senti tentando recuar, para ressuscitar uma barreira que eu, sem saber, derrubei.

Quem é você? perguntei a ele.

Mas Emelyn ofegante de volta à vida distraiu meu foco, chamando minha atenção de volta para ela e o feitiço que eu de alguma forma teci nela, curando as marcas em seu pescoço e pulso.

— Como você fez isso? — ela perguntou com a voz rouca.

Eu apenas balancei a cabeça porque eu não sabia. Os poderes emanavam de mim em mim um emaranhado de nós que eu não conseguia desvendar.

Eu me encolhi quando um dos monstros destruiu minha barreira defensiva, seu fogo quente contra meus sentidos. Agarrei a mão de Emelyn, pronta para correr, mas as nuvens me envolveram novamente e nos fizeram girar no tempo e no espaço.

Shade, percebi, perplexa e completamente desconcertada por sua interferência. Só que não era ele, mas eu, acessando uma conexão de Fonte sombria criada através do nosso vínculo – uma conexão que eu não sabia que existia até agora.

Era ali que vivia toda a magia.

Uma esfera escura de poder alimentada por meus companheiros, me permitindo acesso a fios de energia que eu intuitivamente entendia.

Fiz uma careta para ele, confusa pelos quatro vínculos mais uma vez.

Morte.

Elite.

Guerreiro.

Quandary.

A última estava profundamente enraizada, como se estivesse lá há anos. Porque isso representava a mim e minha linhagem familiar? Essa noção não parecia certa.

Tentei investigar mais, mas saí do ciclone e entrei em um bosque escuro, com Emelyn atordoada ao meu lado. Seus olhos escuros brilharam para os meus, sua expressão alarmada.

— Você é... você é...

— Uma abominação — sussurrei, incapaz de mentir para ela. Não depois de tudo que ela havia acabado de testemunhar.

Ela balançou a cabeça.

— Isso não é... — Ela limpou a garganta, erguendo a mão delicada para tocar seu pescoço intacto. — Você me salvou.

Estremeci, não porque me arrependesse, mas porque não conseguia explicar como tinha feito isso.

— Eu... — Eu não sabia o que dizer.

Uma brilho de admiração cintilou em seu olhar.

— Sinto o Kols em você. — Ela levantou a mão como se fosse me tocar, mas baixou-a um segundo depois e girou em direção à floresta escura ao nosso redor e às árvores em movimento. — Quem está aí? — ela perguntou com a varinha já na palma da mão.

Tentei encontrar a minha novamente, desta vez com sucesso, e imitei sua postura defensiva.

Nada se aproximou de imediato, mas senti a energia crescente e o zumbido da magia familiar no ar.

Alguma coisa estava vindo.

Não, a presença já estava aqui.

Múltiplas essências.

Tudo tecido com magia que minha alma reconheceu em algum nível profundo e sombrio.

— Bem, bem, a rainha finalmente chegou — uma voz feminina saiu das sombras de um cipó ardente próximo. — E nos trouxe uma Elite de Sangue de presente para brincarmos. Que atencioso.

CAPÍTULO TRINTA E TRÊS
AFLORA

A ENERGIA CREPITAVA DAS ÁRVORES MORTAIS, FAZENDO COM QUE meus instintos defensivos ganhassem vida. Zeph era uma presença forte na minha cabeça, sua magia fluindo através dos meus sentidos para cercar Emelyn e eu em um escudo protetor de poder invisível, destinado a desviar quaisquer feitiços indesejáveis.

Como o que veio da escuridão, mirando direto em Emelyn. Ele ricocheteou de volta com uma faísca esmeralda, fazendo a eletricidade chiar ao nosso redor.

— Impressionante — a fêmea comentou. — Por que você está protegendo a Elite de Sangue?

— Quem é você? — rebati, incapaz de vê-la envolta na escuridão.

Ela deu um passo à frente com vários Faes da Meia-Noite atrás de si, todos levantando suas varinhas para iluminar as pontas em magia cerúleo.

Entreabri os lábios. *Quandary de Sangue.*

Exceto pela mulher na frente. Sua varinha brilhava com magia vermelha, marcando-a como uma Elite de Sangue.

— Dakota — Emelyn respirou, arregalando os olhos. — O que você está fazendo aqui?

— Ah, você quer dizer depois que seu noivo me baniu por brincar com sua Fonte? — ela perguntou, curvando seus lábios em um sorriso. — O que você acha que estou fazendo aqui? — Ela enviou outra espiral de magia em direção a Emelyn, mas minha rede a pegou e a jogou de volta.

Eu não tinha ideia de como estava segurando aquilo na nossa frente, mas senti os fios amarrados na ponta dos meus dedos, não na varinha. Uma nova explosão de poder explodiu da minha mão para reestruturar o escudo, garantindo que Dakota não tivesse danificado o exterior.

Os fios entrelaçados de magia zumbiam de volta para mim, confirmando sua integridade.

Tudo me veio naturalmente, como se eu tivesse acionado um interruptor em minha mente que me permitiu de repente visualizar cada fio de vitalidade ao nosso redor. Os elementos estavam lá apenas esperando por mim para arrancá-los e usá-los como eu precisava. O que fiz agora, enquanto reforçava nosso bloqueio, sentindo a rede invisível pulsando com intenção sinistra, pronta para atacar à vontade.

— Isso é um pouco irritante — Dakota disse depois de lidar com seu feitiço que saiu pela culatra. Ela poliu asa unhas contra a camisa, em seguida baixou sua varinha. — Não entendo. Por que você está protegendo o próprio ser que quer você morta, Aflora?

— Eu não a quero morta — Emelyn disse rapidamente, olhando para mim com os olhos escuros arregalados. — Eu sei que tenho sido uma vadia, mas...

— Não *você*, mas Faes da Meia-Noite como você — Dakota interveio, parecendo entediada. — A Emelyn e seu noivo são os futuros rei e rainha de um Conselho que caçou e matou Quandary de Sangue por mais de mil anos. Como você pode proteger alguém destinado a tal mal?

— Eu não posso responsabilizar a Emelyn por uma história sobre a qual ela não tinha jurisdição — respondi, sem me preocupar em apontar as nuances sexistas que a proibiriam até mesmo de fazer parte disso como a Rainha Fae da Meia-Noite.

— E por um casamento que eu não tenho interesse ou opinião — ela murmurou, me fazendo olhar para ela. Ela baixou a varinha, mas senti sua consciência de nossa situação, seus membros tensos estavam prontos para lutar conforme necessário.

— Condenar a Emelyn seria semelhante a classificar todos os Quandary de Sangue como malignos apenas por terem nascido em uma certa linhagem, pois acredito que é a linhagem de seu pai que a fez páreo para Kols — eu disse, pensando em voz alta.

— É — ela admitiu. Havia um toque de respeito em seu olhar enquanto ela me observava. E um vislumbre de medo.

— Então por que eu não a defenderia? — perguntei, voltando meu foco para a Fae de cabelos escuros que parecia ser a líder dos outros. — Os destinos mudam todos os dias, e não é ela quem está apontando uma varinha para mim agora. São vocês.

— Eles estão apontando as varinhas para a Emelyn — Dakota falou. — Como eu disse, ela é a futura rainha.

— E como ela apontou, não é por escolha. — Uma discussão que eu adoraria revisitar com Kols mais tarde. — O que você quer? Quem é você? Porque está aqui?— Mas eu já suspeitava que as respostas envolviam os ataques recentes e a armadilha da aldeia.

Eles estavam aqui por mim, para me levar a alguém.

Mas quem?

Porque essa mulher não era a fonte de magia que senti na Academia durante o ataque, e enquanto as outras eram familiares para mim, elas também não eram responsáveis pelos eventos daquele dia.

— Onde estamos? — Emelyn acrescentou à minha lista de perguntas.

— Em um paradigma alternativo dentro da Floresta Mortal — Dakota respondeu, parecendo se divertir. — Nós só deveríamos levar a Aflora, mas você veio com ela. Gostaria de ser mandada de volta? Porque eu posso providenciar isso para você.

— E o que isso exigiria? — Emelyn perguntou, arqueando uma sobrancelha.

— Deixar a Aflora para trás, é claro. — Dakota parecia tão indiferente, como se os termos do meu sequestro significassem pouco ou nada para ela.

— Sim, eu passo — Emelyn falou. — Aflora e eu estamos juntas nessa.

Estamos?, pensei, chocada com sua declaração.

— Ah? Você é um dos três companheiros dela? — Dakota perguntou, inclinando a cabeça para o lado. — Pensei que fossem todos homens. — Ela olhou para o Fae ao seu redor como se procurasse confirmação. — Quais eram os nomes mesmo?

Meu estômago revirou. Como ela sabia sobre o meu vínculo quádruplo?

— Shadow, Zephyrus e Kolstov — um dos Fae da Meia-Noite respondeu. Ele era um homem mais baixo com longos cabelos pretos – ou pelo menos, parecia preto na noite e com a luz de sua varinha brilhante cintilando diante dele.

— Kolstov? — Emelyn olhou para mim. — Você acasalou com Kolstov?

— Ah, você não sabia? — Dakota perguntou, não soando nem um pouco culpada. — Sim, causa uma certa perplexidade, mas planejamos ensinar Aflora como desfazer o vínculo para que ele fique livre novamente. Claro, ele vai morrer no processo, mas isso não importa, certo?

— Você acasalou com Kolstov? — Emelyn repetiu, seu tom não era necessariamente zangado, mas assustado.

— Eu, ah, sim. — Não fazia sentido negar ou explicar como aconteceu ou dizer a ela que ainda não estava terminado. Essa situação exigia honestidade e respostas rápidas, sem insistir em coisas que eu não podia mudar. Lidaríamos com as nuances mais tarde.

— Isso muda sua posição? — Dakota perguntou em voz alta, seu prazer em nossa situação era palpável.

Emelyn manteve o olhar no meu enquanto respondia:

— Não, isso não muda nada.

Ergui as sobrancelhas. Ela não podia realmente dizer isso.

Talvez ela só pretendesse que permanecêssemos nisso juntas até que ela visse uma saída melhor, porque eu duvidava que a oferta de Dakota para deixá-la ir viesse sem ressalvas. Emelyn também deve ter percebido a mesma noção dúbia, portanto não confiou na proposta.

— Hum. — Dakota parecia achar graça. — Tudo bem. Então acho que vocês duas vêm conosco.

— Não tão rápido, Dakota. — A nova voz veio da floresta, ecoando ao nosso redor como se as árvores falassem ao invés de uma pessoa. No entanto, os tons femininos ressoaram em meus pensamentos de uma única fonte – uma poderosa.

Os Faes da Meia-Noite diante de nós levantaram suas varinhas em uma nova direção, com expressões sombrias, enquanto outro grupo de Faes entrava no bosque liderado por uma fêmea com longos cabelos negros e um macho de cada lado.

Emelyn ofegou ao meu lado, reconhecendo claramente o trio.

Observei suas feições. Eles pareciam apenas alguns anos mais velhos que eu, mas eu quase podia sentir o gosto do ar antigo que os cercava. E o macho à sua direita tinha um apelo Fae Alfa Fortuna, com seu cabelo grisalho, constituição maior e mandíbula aprimorada - sugerindo que ele tinha presas. No entanto, seus olhos não eram feito fendas como os de alguém desta espécie.

O macho do outro lado dela ergueu uma varinha iluminada com magia roxa, indicando sua herança de Sangue de Morte, e enquanto ela iluminava suas feições, avistei um par de íris azuis surpreendentes.

Íris azuis que me lembravam as de Shade.

Pensar no meu companheiro me fez abrir automaticamente meu canal mental para ele.

Onde é que você está?, ele exigiu imediatamente.

Em algum tipo de paradigma, respondi. *E tenho certeza de que seu pai está aqui.*

Isso é impossível.

Bem, ele se parece com você, sussurrei, engolindo em seco. *Os mesmos olhos. Cabelo grosso, quase preto. Características esculpidas. Magia do Sangue da Morte.*

Silêncio. Então ele perguntou baixinho: *Ele está com uma mulher de cabelos escuros?*

Sim.

E um homem de cabelo grisalho?

Sim.

Esses são meus avós, ele respondeu. *Pode confiar neles. Estou chegando.*

Como você vai me encontrar?, perguntei.

Apenas mantenha a conexão aberta, Aflora. E nunca mais me exclua assim. Você quase nos matou de susto.

Estremeci. *Não foi de propósito.*

Vamos trabalhar nisso, ele prometeu.

— O que você está fazendo aqui, Zen? — Dakota perguntou, parecendo cautelosa.

— Você sabe exatamente por que estou aqui — a avó de Shade respondeu, soando régia e no comando. — Este não é o caminho. — Ela se virou para se dirigir aos outros com Dakota. — A vingança não é o único caminho. Podemos fazer isso sem derramar mais sangue Fae da Meia-Noite.

— Ela tem razão — o Fae de cabelos grisalhos respondeu. — A reforma nos permitirá liderar sem a perda desnecessária de vidas.

— Desnecessário — Dakota repetiu. — Sabe o que era desnecessário? Os Anciões Fae da Meia-Noite matarem meus pais por ajudar Cassandra a escapar do reino. Sabe o que mais era desnecessário? Os Anciões Faes da Meia-Noite matarem toda a linhagem de Tobias porque um avô era um Quandary de Sangue.

— A violência não pode ser combatida por mais violência — Zen respondeu em voz baixa. — Se você continuar por esse caminho, muito mais inocentes serão envolvidos em uma guerra de sangue e vingança. Como isso pode ser uma solução correta?

— Eles merecem sangrar pelo que fizeram com nossas famílias — um dos Fae da Meia-Noite retrucou.

Outro grunhiu em concordância.

— Os Nacht não foram feitos para governar. Eles destruíram nossa Fonte e a poluíram com sua falsa superioridade.

— Sangue por sangue — uma fêmea disse em voz baixa.

— É isso aí! — o macho ao lado dela aplaudiu.

Zen balançou a cabeça.

— Entendo que vocês estejam com raiva – todos nós estamos – mas matar as linhagens vai diminuir a espécie Fae da Meia-Noite.

— É o que eles fizeram conosco — alguém apontou, sua voz rouca e perdida na escuridão. — É o que eles merecem.

— Nós escolhemos nosso lado, Zen — Dakota murmurou. — Talvez seja hora de você se juntar a nós mais uma vez. Tenho certeza de que Zakkai o receberia em casa.

— Não é o caminho que eu escolho — Zen respondeu com tristeza.

Aflora? A voz de Shade ecoou pelos meus pensamentos.

Estou aqui.

Sim, eu sinto você, ele respondeu. *Estou prestes a penetrar no paradigma e preciso que você me segure o mais rápido possível. Há um grupo de Guerreiros de Sangue aqui esperando para atacar.*

E seus avós? perguntei, preocupada com a segurança deles. Estranho, considerando que não nos conhecíamos de verdade, mas senti uma afinidade com Zen, como se a tivesse conhecido em outra vida.

Eles vão ficar bem, ele sussurrou. *Ela já viu o que está por vir.*

Entreabri os lábios em compreensão. *Porque ela é uma Fae Fortuna.*

Sim, ele respondeu. *Preparada?*

E a Emelyn?

O Ajax vai cuidar dela, ele afirmou.

Ajax? repeti.

Ele está comigo. E confie em mim, ele vai se certificar de que ela esteja segura.

Mas ele a odeia. E embora eu não gostasse muito da

mulher, não lhe desejava nada de mal. Especialmente depois de sua demonstração de solidariedade aqui, mesmo que fosse para sua própria sobrevivência.

Ah, doce pequena rosa. O ódio e o amor estão tão intimamente ligados. Certamente você entende isso agora.

Você quer dizer...

Eu explico mais tarde, ele me cortou, com urgência em sua voz. *Preciso entrar aí agora. Você está pronta?*

Olhei para Emelyn, que estava com o rosto pálido, então percebi as crescentes tensões fora do nosso escudo. Os Quandary de Sangue começaram a discutir, com Zen e Dakota em lados opostos. Suas posturas eram uma estranha mistura de defensiva e submissa ao mesmo tempo. Parecia haver dor, juntamente com uma sensação de retidão.

Porque eles não podiam concordar em um caminho a seguir.

Vingança de um lado, reforma do outro.

Uma facção Fae da Meia-Noite afastada pela ganância e violência do resto de sua espécie.

A questão era, qual lado eu escolheria? O Fae da Meia-Noite mais velho tinha matado meus pais.

— Os Anciões vão pagar pelo que fizeram? — perguntei, cortando o que alguns estavam dizendo. — Com a reforma, eles vão pagar? — refiz a pergunta, querendo que ela fosse respondida. — Eles mataram meus pais.

— Sim — Dakota respondeu. — Mataram.

— Serão punidos? Meus pais eram Faes Reais da Terra. Esse ataque não pode ficar sem resposta.

Zen suspirou.

— Minha filha, há tanta coisa que você não entende sobre as circunstâncias e as consequências de nossas ações. Não é tão simples quanto se poderia prever.

— Esse é um enigma que não responde à minha pergunta — respondi, ignorando o comentário rugido de Shade na minha cabeça. Ele perguntou se eu estava pronta, e a resposta foi não, sem informações adicionais. — Os Anciões vão pagar pelo que fizeram?

— Vamos garantir que eles paguem — Dakota afirmou, com a expressão brilhando com aprovação. — E você vai nos liderar como rainha.

Eu não tinha ideia do que ela queria dizer com isso.

— Não quero ser sua rainha. Só quero que os Anciões sejam responsabilizados por seus pecados.

— Que punição você daria a eles? — Zen me perguntou. — Como você os veria devidamente repreendidos por suas ações?

— Como você o faria? — contra-ataquei. — Restaurando o equilíbrio, mas permitindo que eles vivam? Eles não deram aos meus pais a mesma consideração, então por que eu deveria dar isso a eles?

— Porque é nossa responsabilidade, como arquitetos da Fonte, garantir a sobrevivência da espécie Fae da Meia-Noite, não agir como júri e carrasco — o homem de cabelos grisalhos ao lado dela disse, sua voz profunda e sombria. — Como o último Fae Real da Terra, eu esperaria que você entendesse esse senso de dever.

— Eu sou uma Fae Real da Terra? — perguntei, arqueando uma sobrancelha. — Ou meus pais eram Quandary de Sangue que estavam escondidos?

Zen ergueu as sobrancelhas em surpresa enquanto suas contrapartes me olhavam, confusos, me fazendo pensar se eu tinha deduzido isso incorretamente. Mas antes que eu pudesse perguntar, o chão começou a tremer, fazendo com que os Quandary de Sangue xingassem e tecessem sua magia pelo ar em tons hipnóticos de azul cerúleo.

Os avós de Shade desapareceram, e o mundo foi mudando ao redor de Emelyn e eu em uma dança delirante de luz excessiva, me cegando momentaneamente antes de revelar os arredores semelhantes da Floresta Mortal mais uma vez.

Cipós ardentes liberaram uma explosão de fumaça e fogo, me fazendo estremecer.

E o caos desceu enquanto a magia tecia pelo ar em uma erupção colorida.

Emelyn agarrou minha mão, me puxando para o lado. Quase me livrei de seu aperto, não querendo cair em outro paradigma encantado com ela, mas então vi Ajax do outro lado, nos guiando para fora do campo enquanto sua varinha produzia uma espessa fumaça negra que escondia nós três da vista.

Ele partiu em um ritmo acelerado pela floresta, deixando a guerra para trás enquanto os Quandary de Sangue lutavam contra os Guerreiros – ou eu assumi que era esse o caso. Na verdade, eu não tinha visto quem lutou contra quem, meu foco estava principalmente em seguir Emelyn para fora da insanidade.

Ajax não parou até que estivéssemos sob um manto de escuridão. As árvores nesta área da Floresta Mortal exibiam folhas.

Eu pisquei.

Não.

Não eram folhas.

Morcegos.

Tantos que bloqueavam completamente o luar acima.

Se ficaram incomodados com a nossa presença, não demonstraram. Apenas um parecia se importar, seus pezinhos se movendo ao longo do tronco da árvore enquanto ele se arrastava para baixo até estar a poucos centímetros do meu rosto. Enfiei a varinha de volta no bolso e estudei a adorável criaturinha com olhos espertos. Ele parecia estar fazendo o mesmo comigo.

— Bom trabalho, Draco — Shade disse da escuridão, me assustando. Ele deu um passo à frente, e o morcego pousou em seu ombro com um pequeno estalido. Então seus olhos azuis cor de gelo encontraram os meus. — Precisamos ir. Agora.

— Eu cuido da Emelyn — Ajax falou. — Vão.

Olhei para o par, que estava preso em um abraço que falava muito sobre seu relacionamento. Isso me deixou imaginando o que a história deles implicava, porque claramente existia algo aqui.

Shade agarrou meu pulso e uma nuvem espessa nos envolveu antes que eu pudesse pedir detalhes ou até mesmo expressar minha aprovação. Um momento depois, nosso prado apareceu. Relaxei os ombros imediatamente enquanto as flores e o sol chamavam meu Elemento. Envolvi os braços ao redor dele, senti seu cheiro familiar de menta e suspirei.

Apenas por um momento, eu me permiti me acalmar.

Para liberar os últimos minutos ou horas de caos.

Existir em um mundo que era eu e Shade, cercados pela familiaridade do lar.

Só que eu senti outra presença, uma que me fez franzir a testa em confusão.

Foi quando percebi que os braços de Shade não estavam ao meu redor, seu corpo rígido contra o meu.

Eu me afastei para estudar seus olhos, notando a frieza espreitando por dentro. *Shade?*

Sem resposta.

Curvei os lábios para baixo enquanto tentava acessar

nosso vínculo e o encontrei fechado, assim como ele havia feito antes ao me manter fora de sua mente.

Eu balancei a cabeça.

— Não entendo.

— Eu sei — ele respondeu, com a atenção em algo por cima do meu ombro.

Não, não algo. Alguém.

Porque eu podia senti-lo.

A familiaridade de sua magia.

A sugestão de um beijo do oceano.

A fraca lembrança de várias noites sem dormir.

Me virei lentamente, já sabendo quem eu enfrentaria: o homem de cabelos brancos dos meus sonhos.

— Você não é real — sussurrei.

Ele estava encostado em uma árvore, seus olhos azul-prateados brilhando com diversão.

— Já tivemos essa discussão antes, estrelinha. E eu sugeri que você reconsiderasse esse pensamento.

Dei um passo para trás em direção a Shade, implorando com a mente para que ele nos levasse embora daqui, mas além de colocar suas mãos de forma possessiva em meus quadris, ele não fez nada.

— Porque você está aqui? — perguntei, apavorada com a resposta, rezando para que ele dissesse algo diferente do que eu temia.

— Porque foi aqui que o Shadow e eu combinamos de nos encontrar para a troca — ele respondeu, matando todas as minhas esperanças.

Como você pôde? perguntei a Shade. Mas nosso vínculo permaneceu fechado, o toco de salgueiro fez a única coisa que me disse para não fazer apenas alguns minutos antes – ele me deixou de fora.

Zeph! chamei, abrindo rapidamente outro canal.

Silêncio.

Mas não da mesma forma que Shade.

Zeph parecia... *inconsciente*.

— O que você fez? — perguntei, tremendo incontrolavelmente apesar do sol quente. — O que você fez, Shade?

— O que o destino exigiu que eu fizesse — ele respondeu contra meu ouvido, roçando seus lábios em minha têmpora. — Eu avisei que você me odiaria. Agora você sabe por quê.

— Porque você está trabalhando com ele? — Mas eu nem sabia direito o que isso significava. Este macho atacou a Academia, me seduziu em meus sonhos, tentou me prender na aldeia e agora me olhava com uma intenção quase ilícita. — Quem é você? — perguntei a ele. — Por que está fazendo isso?

— Eu sou Zakkai — ele respondeu. — Por que estou fazendo isso? Bem... — Ele sorriu, se afastando da árvore para vir em minha direção.

Shade me segurou no lugar quando tentei dar um passo para o lado.

A energia tocou meus dedos enquanto meus poderes se inflamavam em defesa automática, mas bastou um aceno da mão de Zakkai para acalmar meu poder. Puxei minha varinha para tentar novamente, e ele sorriu com carinho para o item.

— Ah, eu estava procurando por isso — ele murmurou, arrancando-a facilmente da minha mão e girando-a entre os dedos. — Eu deveria saber que aquelas invenções da AcaWard dariam a você. — Ele riu e inclinou a cabeça para o lado, encarando meus olhos com os seus azul-prateados enquanto ele deslizava a varinha sob sua capa. — Obrigado por manter minha varinha aquecida para mim.

— Sua varinha? — repeti com a boca seca.

Seus lábios se curvaram novamente, fazendo com que pequenas covinhas aparecessem.

— Sim, doce estrela. Minha varinha.

— E-eu não entendo — sussurrei. — Como?

Ele estendeu a mão para colocar uma mecha do meu cabelo atrás da minha orelha, então entrou no meu espaço pessoal, me prendendo entre eles, com Zakkai na minha frente e Shade atrás de mim.

— Feche os olhos — ele sussurrou.

Eu não queria obedecê-lo, mas minhas pálpebras se fecharam como se ele as tivesse puxado para baixo com um feitiço. E então eu o senti em minha mente, distorcendo um fio de magia que levou à raiz dos meus vínculos de companheiro.

Um que finalmente me permitiu entender e ver a conexão no final.

O elo perdido que eu não consegui compreender todo esse tempo.

A verdadeira razão pela qual eu tinha acesso às habilidades Quandary de Sangue.

Nunca foram meus pais, minha própria herança ou minha linhagem.

Era *ele*.

Zakkai.

Meu companheiro Quandary de Sangue.

EPÍLOGO

SHADE

— É MELHOR VOCÊ ESTAR CERTO SOBRE ISSO — MURMUREI PARA O homem de cabelos brancos parado no lugar que Aflora tinha acabado de estar há trinta minutos. Antes que Zakkai a levasse. Antes que eu a traísse da pior maneira possível.

— Quantas vezes você deve viver a mesma história para acreditar no meu método? — Tadmir perguntou, seus olhos negros brilhando com um milênio de segredos. — Este é o único caminho. Até Kyros concorda, e ele raramente concorda com alguma coisa.

— Não parece certo — admiti, pressionando a palma da mão no meu coração.

— Sacrifícios raramente parecem — ele respondeu em voz baixa. — Mas o resultado provará que nossa dor vale a pena. Confie em mim, Shadow.

— A última vez que confiei em alguém, mordi uma Fae da Terra, me apaixonei por ela e a vi destruir o mundo de sete maneiras diferentes — eu disse, lembrando cada versão de nossas vidas juntas.

Todas elas se ligavam àquele momento crucial na suíte de Kols, quando Aflora ameaçou quebrar os vínculos. Eu estava vivendo a mesma realidade repetidamente, de várias maneiras diferentes, todas terminando em guerra, não importando o que eu fizesse para evitá-la.

Então desta vez eu dei a Zakkai o que ele queria: nossa companheira.

Esse foi o plano o tempo todo.

Afinal, ele foi a razão pela qual mordi Aflora. Ele me avisou que ela era linda, que eu a desejaria, mas que ela não me pertencia

No entanto, eu a tomei.

Porque ela me mordeu e não pude deixar de reivindicá-la.

Eu esperava que ele tentasse me matar depois que contei a ele, mas em vez disso, ele deu de ombros e disse que isso só a fortaleceu ainda mais. Foi por isso que guiei Zeph por um caminho semelhante, dando a ele a oportunidade de terminar o vínculo com Aflora.

Eu sabia que o Conselho se reuniria para contar a verdade a Kols em nosso primeiro dia de folga, como eles fizeram todas as vezes durante as últimas sete repetições dessa sequência.

Mas, ao contrário de antes, não expressei descontentamento com Aflora e Zeph irem para a vila. No entanto, eu não contava com a interferência de Zakkai – um erro que quase destruiu tudo.

Só que isso fez Zeph levar Aflora para o Reino Humano e terminar o vínculo.

Isso deixou Kols, que infelizmente nunca aproveitou a

oportunidade para terminar o acasalamento antes de seu dever para com a Fonte.

Assim, Aflora ficou com apenas duas de suas âncoras e um terceiro companheiro sádico.

— Espero que seja o suficiente — sussurrei para mim mesmo. —Espero que possamos trazê-la de volta.

— Nunca foi só sobre ela, Shadow — Tadmir respondeu. — Essa é a peça que você não conseguiu ver: o destino dela está ligado a Zakkai. Para vencer esta guerra e garantir o futuro que ambos desejamos, ela precisa convencê-lo a seguir o caminho apropriado. Essa é a chave.

— E não há como voltar atrás desta vez — acrescentei.

— Exato — ele concordou. — Não sem arriscar suas memórias e as dela, e então estaremos de volta onde começamos quando abordei você pela primeira vez sobre o destino.

Isso parecia fazer uma eternidade.

E ainda...

— Isso já aconteceu antes? — perguntei a ele, curioso sobre quantas vezes ele usou suas habilidades de Paradoxo Fae para nos puxar através do círculo do tempo. A espada roxa em seu quadril brilhou para mim, como se estivesse de acordo com meu processo de pensamento.

— Você nunca saberá — ele respondeu, mas pelo brilho em seu olhar, suspeitei que tivesse acontecido pelo menos uma vez.

O que explicava minha conexão com Aflora.

Nossas almas se ligaram muitas vezes antes, assim como uniu Kols e Zeph em graus variados. Eu testemunhei alguns, mas talvez não todos.

E eu tinha visto o que aconteceu quando ela os cortou também.

Essas foram as piores repetições do destino.

As que eu nunca queria experimentar novamente.

— Você não está exausto? — perguntei a Tadmir. — Tantas centenas de anos disfarçados de Sangue Maléfico enquanto atravessavam os reinos do tempo e do espaço em voltas sem fim?

Ele deu de ombros.

— Faço o que preciso para garantir que o destino siga o caminho correto.

Sua existência confundiu minha mente. Ele era metade Fae da Meia-Noite Quandary de Sangue e metade Paradoxo Fae – a verdadeira definição de uma abominação – e ele usava suas habilidades de Quandary para reescrever seus dons para aparecer como um Maléfico de Sangue depois de saltar para o futuro e testemunhar a morte de sua espécie.

E ele vinha planejando esse momento desde então.

Aquele em que Aflora se alinhava com quatro companheiros para corrigir os erros dos Anciões Fae da Meia-Noite e do Conselho.

Eu me juntei ao lado errado no começo, optando por ouvir a retórica de Zakkai sobre a necessidade de vingança.

Então vi várias vezes onde esse caminho terminou.

Agora era hora de caminhar em uma nova direção, uma que Tadmir havia tentado me levar várias vezes. Só que, nessa tentativa, eu finalmente escutei.

E partiu meu coração no processo.

Sinto muito, Aflora, pensei, desejando poder abrir nossa conexão e contar tudo a ela. Mas Zakkai estava em sua mente. Foi por isso que a bloqueei inicialmente. Se ele descobrisse o que escondi, todos os destinos que vivi, os futuros que vi, estaríamos condenados.

Manter a Aflora no escuro era a única maneira de termos uma chance de vencer esta guerra antes que ela realmente começasse.

Eu só esperava que ela fosse capaz de me perdoar no final.

Continua...

Obrigada por ler Rainha dos Vampiros: Livro Dois.

Aflora e seus companheiros retornarão em **Rainha dos Vampiros: Livro Três.**

Rainha dos Vampiros: Livro Três

Vingança.
Reforma.
Dois lados de uma revolução, ambos disputando minha
lealdade.
Bem, não escolho nenhum deles.

Sou uma Fae Real da Terra ligada a quatro Faes da Meia-
Noite. Meus poderes estão ficando mais fortes a cada dia e
estou cansada de ser um peão em uma guerra que não
entendo. Agora que conheço todos os jogadores envolvidos
e os riscos em jogo, estou pronta para ascender.

Chega de truques.
Sem mais mentiras.
Nem segredos mortais.

Meu nome é Aflora.

Sua a futura Rainha dos Faes da Meia-Noite.

E parei de jogar seus jogos.

Bem-vindos ao novo reinado, rapazes.

Eu faço as regras aqui.

E não vou me curvar.

Nota da autora: *Esta é uma* série *sombria de harém reverso paranormal com elementos de bully romance (inimigos para amantes). Apesar das opiniões de Aflora sobre o assunto, com certeza haverá mordidas. Shadow, também conhecido como Shade, garante isso. Este livro termina em um cliffhanger.*

AGRADECIMENTOS

Agradeço, em primeiro lugar, a todos os leitores que me acompanham nesta jornada. Aflora vem de um lugar muito especial no meu coração, e eu realmente amo este mundo. Mal posso esperar para que vocês vejam como termina.

Um agradecimento especial ao meu marido por seu apoio constante às vozes na minha cabeça. Você sempre sabe quando estou sonhando acordada e não usa isso contra mim. Desculpe, continuo te traindo com o Shade. Juro que não é sexual. Eu simplesmente amo a mente enigmática dele.

Para Jen, por tornar tudo isso possível. Nossa aventura de co-escrita continua crescendo, e estou amando cada minuto!!

À Louise & Diane, obrigada por todo o apoio. Vocês realmente cuidam da minha vida todos os dias, e sou mais agradecida do que posso dizer.

À minha equipe Alpha, Katie e Jean, muito obrigada por lerem minhas anotações e capítulos brutos, e me ajudarem a manter meu cérebro em ordem com todo o salto de tempo nos bastidores. Meu cérebro ainda está confuso.

À Bethany, minha editora extraordinária, obrigada por trabalhar novamente com meu livro em partes. Juro que vou te enviar um manuscrito completo um dia desses. Tipo em 2025, quando eu tiver mais tempo. É por isso que preciso de um Paradoxo Fae em minha vida.

Para Lori, obrigada pela linda capa e página de título. Adorei!

Para Heather, obrigada pelos cabeçalhos dos capítulos! Eles capturam os personagens perfeitamente.

Para minha equipe de ARC e grupo de leitores, eu amo todos vocês! Obrigada por me incentivarem a ser o melhor que posso ser.

E por último, mas certamente não menos importante, um sincero obrigado à minha equipe de relações públicas por me manter sã, organizada e dentro do cronograma.

Até a próxima...

Beijos,

Lexi

Lexi C. Foss é uma escritora perdida no mundo do TI. Ela mora em Chapel Hill, na North Carolina, com o marido e seus filhos de pelos. Quando não está escrevendo, está ocupada riscando itens da sua lista de viagem. Muitos dos lugares que visitou podem ser vistos em seus textos, incluindo o mundo mítico de Hydria, que é baseado em Hydra nas ilhas gregas. Ela é peculiar, consome café demais e adora nadar.

 facebook.com/lexicfoss

 twitter.com/lexicfoss

 instagram.com/lexicfoss

MAIS LIVROS DE LEXI C. FOSS

Série Aliança de Sangue

Inocência Perdida

Liberdade Perdida

Resistência Perdida

Rebeldia Perdida

Realeza Perdida

Crueldade Perdida

Rainha dos Elementos

Livro Um

Livro Dois

Livro Três

Rainha dos Vampiros

Livro Um

Livro Dois

Livro Três

Livro Quatro

Império Mershano

O Jogo do Príncipe: Livro 1

O Jogo do Playboy: Livro 2

A Redenção do Rebelde: Livro 3

Outros Livros

Ilha Carnage

Antologia: Entre Deuses

www.ingramcontent.com/pod-product-compliance
Lightning Source LLC
Chambersburg PA
CBHW051518250626
47156CB00001B/137